John Cheever

Willkommen in Falconer

John Cheever

Willkommen in Falconer

Roman

Mit einem Nachwort von Peter Henning

Aus dem Amerikanischen
von Thomas Gunkel

DUMONT

FSC
www.fsc.org
MIX
Papier aus verantwortungsvollen Quellen
FSC® C083411

Die Originalausgabe erschien 1977 unter dem Titel
›Falconer‹ bei Alfred A. Knopf, New York

Erste Auflage 2012

Übersetzung: Thomas Gunkel
Umschlag: Zero, München
Satz: Fagott, Ffm
Gesetzt aus der Stempel Garamond
Gedruckt auf säurefreiem und chlorfrei gebleichtem Papier
Druck und Verarbeitung: CPI – Clausen & Bosse, Leck
Printed in Germany
ISBN 978-3-8321-8069-0

www.dumont-buchverlag.de

Für Federico Cheever

Eins

Das Hauptportal von Falconer – der einzige Eingang für Häftlinge, Besucher und Personal – war von einem Wappen gekrönt, auf dem Allegorien der Freiheit und der Gerechtigkeit die souveräne Staatsgewalt einrahmten. Die Freiheit trug eine Spitzenhaube und war mit einem Spieß bewaffnet. Die Staatsgewalt wurde vom Bundesadler symbolisiert und hielt einen Olivenzweig und ein Bündel Jagdpfeile in den Krallen. Die Justitia bot das konventionelle Bild: die Augen verbunden, ihr eng anliegendes Gewand verlieh ihr einen Hauch von Erotik, und in der Hand hielt sie ein Richtschwert. Das Basrelief bestand aus Bronze, doch inzwischen war es ganz schwarz – wie matter Anthrazit oder Onyx. Wie viele Menschen waren wohl darunter hindurchgeschritten? Für die meisten von ihnen war es wohl das letzte Emblem gewesen, das vom Versuch des Menschen zeugte, das Mysterium der Gefangenschaft symbolisch zum Ausdruck zu bringen. Hunderte vermutlich, nein Tausende, wahrscheinlich sogar Millionen. Über dem Wappen waren die verschiedenen Namen der Anstalt aufgeführt: Falconer Kerker 1871, Falconer Besserungsanstalt, Falconer Bundeszuchthaus, Falconer Staatsgefängnis, Falconer Justizvollzugsanstalt und schließlich der letzte, der sich nie durchgesetzt hatte: Haus Morgenröte. »Knackis« hießen jetzt Häftlinge, »Wachteln« Vollzugsbeamte und der »Häuptling« Direktor. Ruhm ist launisch, weiß der Himmel, aber Falconer, das kaum genug Platz für zweitausend Straftäter bot, war so berühmt wie Newgate. Zwar waren die Wasserfolter, die gestreiften Sträflingsanzüge, das Marschieren im Gleichschritt, die Ketten und Kugeln abgeschafft worden, und wo einst der Galgen gestanden hatte, befand sich inzwischen ein Softballfeld, doch zu jener Zeit, über die ich schreibe, waren in Auburn noch immer Fußeisen in Gebrauch. Die Männer aus Auburn waren an dem Lärm zu erkennen, den sie bei ihrer Ankunft machten.

Farragut (Brudermord, bis zu zehn Jahre, Nr. 734-508-32) wurde an einem Spätsommertag in diesen alten Eisenkäfig gebracht. Er trug keine Fußeisen, war jedoch mit Handschellen an neun andere Männer gekettet, vier davon schwarz, und alle jünger als er. Die Fenster des Gefangenentransporters waren schmutzig und lagen so weit oben, dass er weder die Farbe des Himmels noch die Lichter und Konturen jener Welt erkennen konnte, die er gerade verließ. Drei Stunden zuvor hatte man ihm vierzig Milligramm Methadon verabreicht, und in seiner Trägheit sehnte er sich nach dem Tageslicht. Er nahm wahr, dass der Fahrer an Ampeln hielt, dass er hupte und bei starkem Gefälle abbremste, doch das war alles, was die Männer mit dem Rest der Menschheit zu teilen schienen. Eine unermessliche, nur bei Männern anzutreffende Schüchternheit schien die meisten von ihnen zu lähmen, aber nicht den rechts an Farragut Geketteten, einen hageren Mann mit hellem Haar und von Akne und Furunkeln scheußlich enstelltem Gesicht. »Ich hab gehört, sie haben ein Baseballteam, und wenn ich Baseball spielen kann, geht's mir gut. Solange ich Pitcher sein kann, komm ich über die Runden«, sagte er. »Wenn ich Baseball spielen kann, reicht mir das. Aber ich weiß nie, wie's steht. So spiel ich schon immer. Vorletztes Jahr hab ich mal in einem Spiel für North Edmonston keinen einzigen Hit zugelassen, aber das hab ich erst gemerkt, als ich vom Wurfhügel runterkam und alle schreien hörte. Und mir hat's auch noch nie eine umsonst besorgt, kein einziges Mal. Ich hab schon jeden Preis von fünfzig Cent bis fünfzig Dollar bezahlt, aber noch nie hat mich eine umsonst rangelassen. Das ist wohl so ähnlich wie nicht wissen, wie's steht. Niemand besorgt's mir freiwillig. Ich kenne Hunderte von Typen, die nicht so gut aussehen wie ich und es ständig umsonst kriegen, aber ich hab das noch nie, noch kein einziges Mal erlebt. Wenn's doch bloß mal dazu käme.«

Der Transporter hielt an. Der Mann links von Farragut war hochgewachsen, und als er mit einem großen Schritt ausstieg, zwang es Farragut auf die Knie. Farragut richtete sich wieder auf. Er sah das Wappen zum ersten und, wie er dachte, zum letzten Mal. Hier würde er sterben. Dann sah er den blauen Himmel und klammerte sich mit seinem ganzen Ich an diesen Anblick wie an die Formulierungen, die er in vier Briefen an seine Frau, seinen Anwalt, seinen Gouverneur und seinen Bischof benutzen wollte. Eine Handvoll Leute beobachtete, wie sie im Eilschritt über den Hof marschierten. Plötzlich hörte er jemanden deutlich sagen: »Aber die sehen doch ganz nett aus!« Das war bestimmt ein argloser Besucher, der sich hierher verirrt hatte, denn ein Uniformierter erwiderte: »Sobald Sie einem von denen den Rücken zukehren, stößt er Ihnen ein Messer ins Kreuz.« Doch der andere hatte recht. Der Himmel zwischen dem Transporter und dem Gefängnis war der erste Streifen Blau, den manche von ihnen seit Monaten sahen. Das war außergewöhnlich und verlieh ihnen etwas wahrhaft Reines. Sie würden nie wieder so gut aussehen. Das Licht des Himmels, das in ihre verdammten Gesichter schien, enthüllte einen Reichtum von Unschuld und guten Absichten. »Sie morden«, sagte der Wärter, »sie vergewaltigen, sie stopfen Babys in Heizkessel, für einen

Streifen Kaugummi würden sie ihre eigene Mutter erwürgen.« Dann wandte er sich den Häftlingen zu und rief: »Ihr werdet doch brav sein, ihr werdet brave Jungs, ganz, ganz brave Jungs sein ...« Sein langgezogener Ruf klang wie das Pfeifen einer Lokomotive, wie das Heulen eines Jagdhundes, ein spätnächtlicher einsamer Gesang oder Schrei.

Sie zogen sich gegenseitig eine Treppe hinauf in einen schäbigen Raum. Falconer war äußerst schäbig, und die Schäbigkeit dieses Raumes – alles, was man sah, berührte oder roch, atmete Vernachlässigung – vermittelte im ersten Moment den Eindruck, dass hier der Ort war, an dem die erzwungene Buße allmählich dem Sterben ähnelte, obschon es auf der Nordseite des Gefängnisses ein mit Todeskandidaten belegtes Haus gab. Die Gitterstäbe waren vor vielen Jahren weiß emailliert gewesen, doch unter der Emaille – auf Brusthöhe, wo die Männer sich unwillkürlich festklammerten – war wieder das Eisen zum Vorschein gekommen. Im nächsten Raum löste der Wärter, der sie brave Jungs genannt hatte, ihnen die Handschellen, und Farragut teilte mit den anderen die tiefe Freude, Arme und Schultern frei bewegen zu können. Alle rieben sich die Handgelenke. »Welche Zeit haben wir?«, fragte der Mann mit den Furunkeln. »Viertel nach zehn«, sagte Farragut. »Ich meine, welche Jahreszeit«, erwiderte der Mann. »Du hast doch so 'ne Kalenderuhr. Ich will die Jahreszeit wissen. Los, zeig mal, zeig mal her.« Farragut zog seine teure Uhr vom Handgelenk, reichte sie dem Fremden, und der steckte sie in die Tasche. »Er hat meine Uhr gestohlen«, beklagte sich Farragut bei dem Wärter. »Er hat gerade meine Uhr gestohlen.« – »Ach wirklich?«, sagte der Wärter. »Hat er tatsächlich deine Uhr gestohlen?« Dann wandte er sich an den Dieb: »Wie lange hat dein Urlaub gedauert?« – »Dreiundneunzig Tage«, antwortete der Dieb. »Warst du schon mal so lange draußen?« »Vorletztes Mal war ich anderthalb Jahre draußen«, sagte der Dieb. »Ist es denn die Möglichkeit«, rief der Wärter. Aber all das, alles, was da zu hören und zu sehen war, bekam Farragut gar nicht richtig mit, weil er vor Angst wie gelähmt war.

Sie wurden in einen ramponierten Lastwagen mit Holzbänken verfrachtet und eine Straße innerhalb der Mauern entlanggefahren. An einer Kurve sah Farragut einen Mann in grauer Gefängniskleidung, der ein Dutzend Tauben mit Brotkrumen fütterte. Dieses Bild hatte für ihn eine außerordentliche Realität, ein Versprechen von Normalität. Der Mann war ein Häftling, und er und das Brot und die Tauben waren alle unerwünscht, doch aus irgendwelchen Gründen, die Farragut nicht kannte, schwang bei dem Bild eines Mannes, der sein Brot mit den Vögeln teilte, etwas sehr Altertümliches mit. Farragut stand von seinem Platz auf, um die Szene so lange wie möglich betrachten zu können. Ähnlich ergriffen war er, als er in dem Gebäude, das sie wenig später betraten, hoch oben an einem Wasserrohr unter der Decke eine ausgeblichene silberne Weihnachtsgirlande erblickte. Die Ironie war banal, doch die Girlande schien wie der Mann, der die Vögel fütterte, ein Körnchen Vernunft zu symbolisieren. Unter der Weihnachtsgirlande hindurch gingen sie in einen Raum voller Schreibstühle mit wackligen Beinen, deren Lack abgeblättert war, deren Schreibflächen mit Initialen und Obszönitäten bekritzelt waren und die, wie alles in Falconer, von einer städtischen Müllkippe zu stammen schienen. Die erste Untersuchung bestand aus einem psychologischen Test, den Farragut schon in den drei Drogenkliniken gemacht hatte, in die er eingewiesen worden war. »Haben Sie Angst vor Krankheitskeimen auf Türknäufen?«, las er. »Würden Sie gern im Dschungel auf Tigerjagd gehen?« Die darin liegende Ironie war nicht annähernd so eindringlich und ergreifend wie der Mann, der die Vögel gefüttert hatte, oder die an einem Rohr hängende silberne Verbindung zu Weihnachten. Es dauerte den halben Tag, bis sie die fünfhundert Fragen beantwortet hatten, und dann brachte man sie zum Essen in den Speisesaal.

Dieser Speisesaal war viel älter und größer als der in der Untersuchungshaft. Stahlträger durchzogen die Decke. In einem Blechkrug auf dem Fensterbrett standen ein paar Wachsblumen, deren Farben an diesem düsteren Ort feurig wirkten. Farragut aß mit einem Blechlöffel etwas Säuerliches und ließ den Löffel und den Teller danach ins Schmutzwasser gleiten. Die Verwaltung hatte ihnen Schweigen auferlegt, doch sie hatten eigenhändig für eine Rassentrennung gesorgt, bei der die Schwarzen auf der einen, die Weißen auf der anderen Seite und in der Mitte die Spanischsprachigen saßen. Nach dem Essen wurden seine körperlichen und beruflichen Fähigkeiten und seine Religionszugehörigkeit ermittelt, und nach längerem Warten führte man ihn allein in einen Raum, in dem drei Männer in billigen Straßenanzügen an einem klapprigen Schreibtisch saßen. Auf beiden Seiten des Schreibtisches standen eingerollte Fahnen. Links war ein Fenster, in dem er den blauen Himmel sah, und er stellte sich vor, dass im Licht dieses Himmels noch immer ein Mann stand und Tauben fütterte. Kopf, Hals und Schultern taten ihm weh, und als er vor das Tribunal trat, war er ganz gebeugt und hatte das Gefühl, nur ein winziger Zwerg zu sein, der noch nie die Größe der Unbescheidenheit erlebt, erprobt oder sich ausgemalt hatte.

»Sie sind Professor«, sagte der Mann zur Linken, der der Sprecher zu sein schien. Farragut hielt den Kopf gesenkt und blickte ihm nicht ins Gesicht. »Sie sind Professor, und die Erziehung der Jugend – all jener, die etwas lernen wollen – ist Ihr Beruf. Wir lernen durch Erfahrung, nicht wahr, und als Professor, herausgehoben durch die Verantwortung intellektueller und moralischer Führerschaft, haben Sie unter dem Einfluss gefährlicher Drogen das abscheuliche Verbrechen des Brudermords begangen. Schämen Sie sich nicht?« – »Ich möchte sichergehen, dass ich mein Methadon bekomme«, sagte Farragut. »Haben Sie denn keinerlei Schamgefühl?«, rief der Mann. »Wir sind hier, um Ihnen zu helfen. Wir wollen Ihnen helfen. Bevor Sie keine Scham zeigen, ist für Sie kein Platz in der zivilisierten Welt.« Farragut erwiderte nichts. »Der Nächste«, sagte der Mann, und Farragut wurde durch die Hintertür hinausgebracht. Dort empfing ihn ein Mann mit den Worten: »Ich bin Tiny. Beeil dich. Ich hab nicht den ganzen Tag Zeit.«

Tinys Anblick war furchteinflößend. Er war nicht groß, aber sein massiger Körper war so abnorm, dass man seine Kleidung bestimmt extra anfertigen musste, und trotz seiner Aufforderung zur Eile ging er ausgesprochen langsam, weil ihn der Umfang seiner Schenkel behinderte. Sein graues Haar war bürstenkurz geschnitten, und man konnte seine Kopfhaut sehen. »Du bist in Block F«, sagte er. »F steht für Ficker, Freaks, Flaschen, Fotzen, Frischfleisch, Fettärsche wie mich, Phantome, Fliegenhirne, Fanatiker, Fuzzis, falsche Fuffziger und Furzer. Da gibt's noch mehr, aber ich hab's vergessen. Der Typ, der sich das mal ausgedacht hat, ist tot.« Sie gingen einen leicht ansteigenden Tunnel hinauf, an Männern vorbei, die in Gruppen herumstanden und sich unterhielten wie auf der Straße. »Wahrscheinlich kommst du nur vorübergehend in F«, sagte Tiny. »So komisch, wie du redest, stecken sie dich bestimmt bald in A, wo sie den

Vizegouverneur, den Wirtschaftsminister und die ganzen Millionäre haben.« Tiny bog rechts ab, und Farragut folgte ihm durch eine offene Tür in den Zellenblock. Wie überall war es auch hier schäbig, unordentlich und übel riechend, doch seine Zelle hatte ein Fenster. Er trat davor und sah ein Stück Himmel, zwei hohe Wassertürme, die Mauer, weitere Zellenblocks und eine Ecke des Hofs, den er auf Knien betreten hatte. Seine Ankunft wurde kaum zur Kenntnis genommen. Während er sein Bett machte, schaute jemand herein und fragte: »Bist du reich?« – »Nein«, sagte Farragut. »Bist du blank?« – »Nein«, sagte Farragut. »Bläst du?« – »Nein«, sagte Farragut. »Bist du noch Jungfrau?« Farragut gab keine Antwort. Im hinteren Teil des Blocks begann jemand, Gitarre zu spielen und mit tonloser Bluegrass-Stimme zu singen: »Ich hab den Unschulds-Blues/Der lässt mir keine Ruh …« So viel konnte man trotz des Lärms der Radios – in denen gesprochen, gesungen und musiziert wurde –, verstehen. Es ging zu wie auf einer Großstadtstraße bei Ladenschluss oder später.

Niemand sprach mit Farragut, bis – kurz bevor das Licht ausging – der Mann, den er an der Stimme als den Sänger erkannte, an seine Tür kam. Der Mann war alt und ausgemergelt und hatte eine dünne, unangenehme Stimme. »Ich bin Chicken Number Two«, sagte er. »Chicken Number One brauchst du gar nicht zu suchen. Der ist tot. Wahrscheinlich hast du von mir in der Zeitung gelesen. Ich bin der berühmte Tätowierte, der langfingrige Fassadenkletterer, der sein ganzes Geld für Körperkunst ausgegeben hat. Wenn ich dich besser kenne, zeig ich dir meine Bilder mal irgendwann.« Er grinste anzüglich. »Aber eigentlich wollte ich dir bloß sagen, dass das Ganze ein Irrtum ist, ein schrecklicher Irrtum, ich meine, dass du hier bist. Morgen werden sie's noch nicht merken, es wird ein, zwei Wochen dauern, bis sie kapieren, dass das Ganze ein Irrtum ist, aber dann wird's ihnen richtig leidtun, und sie werden sich schämen und so schuldig fühlen, dass der Gouverneur dir während des Weihnachtsrummels auf der Fifth Avenue in den Arsch kriecht. Ach, es wird ihnen unglaublich leid tun. Denn weißt du, jede Reise, die wir machen – und das gilt auch für Schwachköpfe –, führt zu was Gutem, zum Beispiel einem Topf voll Gold, einem Jungbrunnen, einem Meer oder einem Fluss, den noch niemand zu Gesicht bekommen hat, oder zumindest einem großen Porterhouse-Steak mit einer Ofenkartoffel. Am Ende einer Reise steht immer was Gutes, und deshalb wollte ich dir sagen, dass alles ein schrecklicher Irrtum ist. Und während du darauf wartest, dass sie diesen großen Irrtum erkennen, erhältst du Besuch. Ach, ich seh schon daran, wie du dasitzt, dass du jede Menge Freunde und Geliebte und natürlich eine Frau hast. Deine Frau kommt dich besuchen. Sie muss einfach kommen. Sie kann sich nicht von dir scheiden lassen, ohne dass du die Papiere unterschreibst, und die muss sie selbst herbringen. Im Grunde wollt ich dir bloß sagen, was du sowieso schon weißt – das Ganze ist ein großer Irrtum, ein schrecklicher Irrtum.«

Zwei

Farraguts erster Besuch war seine Frau. Er harkte gerade im Hof Y Laub zusammen, als über Lautsprecher durchgesagt wurde, 734-508-32 habe Besuch. Auf der Straße lief er an der Feuerwache vorbei zum Tunnel, und dann waren es noch vier Stockwerke bis zu Block F hinauf. »Besuch«, erklärte er Walton, der ihm die Zelle aufschloss. Für Besuche hielt er sein weißes Hemd bereit. Es war verstaubt. Er wusch sich das Gesicht und kämmte sich mit Wasser das Haar. »Mehr als ein Taschentuch ist nicht erlaubt«, sagte der Wärter. »Ich weiß, ich weiß, ich weiß …« Dann ging er zur Tür des Besucherraums, wo er gefilzt wurde. Durch die Scheibe sah er, dass es Marcia war.

Im Besucherraum gab es keine Gitter, aber die Glasfenster waren mit Maschendraht gesichert und nur oben einen Spaltbreit zu öffnen. Dort hätte sich nicht einmal eine magere Katze hindurchzwängen können, doch die Gefängnisgeräusche drangen mit dem Wind ungehindert herein. Wie er wusste, war sie durch drei Gittertore gekommen – bäng, bäng, bäng – und hatte in einem Vorraum mit Bänken, Getränkeautomaten und einer Ausstellung von Häftlingskunstwerken gewartet, an deren Rahmen Preise befestigt waren. Keiner der Gefangenen konnte malen, doch man konnte sich darauf verlassen, dass irgendein Schwachkopf eine Vase mit Rosen oder einen Sonnenuntergang über dem Meer kaufte, wenn man ihm erzählte, dass der Künstler ein Lebenslänglicher sei. An den Wänden des Besucherraums hingen keine Bilder, stattdessen gab es vier Schilder: RAUCHEN VERBOTEN. SCHREIBEN VERBOTEN. AUS-

TAUSCH VON GEGENSTÄNDEN VERBOTEN. BESUCHERN IST EIN EINZIGER KUSS ERLAUBT. Darunter stand das Ganze jeweils auf Spanisch. RAUCHEN VERBOTEN war durchgestrichen. Es hieß, der Besucherraum von Falconer sei der am nachlässigsten überwachte im ganzen Osten. Es gab keine Absperrungen außer einer neunzig Zentimeter breiten Theke zwischen Freien und Unfreien. Während er gefilzt wurde, musterte er die anderen Besucher – nicht so sehr aus Neugier, sondern um zu sehen, ob es irgendwas gab, woran Marcia Anstoß nehmen konnte. Ein Häftling hielt ein Baby im Arm. Eine weinende alte Frau sprach mit einem jungen Mann. Direkt neben Marcia saß ein mexikanisches Paar. Die Frau war wunderschön, und der Mann streichelte ihre nackten Arme.

Farragut betrat dieses Niemandsland und gab sich abgebrüht, als sei er rein zufällig in diese Situation katapultiert worden. »Hallo, Liebling«, rief er, wie er es auf Bahnhöfen, Schiffen, Flughäfen, in der Einfahrt, am Ende einer Reise getan hatte; doch früher hätte er einen genauen Fahrplan ausgearbeitet, der darauf abzielte, so schnell wie möglich mit ihr ins Bett zu kommen.

»Hallo«, sagte sie. »Du siehst gut aus.«

»Danke. Du bist wunderschön.«

»Ich habe meinen Besuch nicht angekündigt, weil das unnötig schien. Als ich anrief, um einen Termin zu machen, erklärten sie, du hättest nicht vor auszugehen.«

»Das stimmt.«

»Ich konnte nicht früher kommen, weil ich mit Gussie in Jamaika war.«

»Hört sich toll an. Wie geht's Gussie?«

»Geht so. Sie ist unheimlich fett geworden.«

»Willst du die Scheidung einreichen?«

»Im Augenblick nicht. Zurzeit habe ich keine Lust, mich mit noch mehr Anwälten herumzuschlagen.«

»Es steht dir offen, dich scheiden zu lassen.«

»Ich weiß.« Sie betrachtete das mexikanische Paar. Der Mann hatte sich inzwischen bis zu den behaarten Achseln des Mädchens vorgearbeitet. Beide hatten die Augen geschlossen.

»Worüber redest du eigentlich mit diesen Leuten?«, fragte Marcia.

»Ich bekomme sie nicht oft zu sehen«, sagte Farragut, »nur beim Essen, und da dürfen wir uns nicht unterhalten. Weißt du, ich bin in Block F. Das ist ein gottverlassener Ort. Wie bei Piranesi. Letzten Dienstag haben sie vergessen, uns zum Abendessen zu holen.«

»Wie sieht deine Zelle aus?«

»Dreieinhalb mal zwei Meter«, erklärte er. »Das Einzige, was darin mir gehört, sind der Miró-Druck, der Descartes und ein Farbfoto von dir und Peter. Das Foto ist schon alt. Ich hab es aufgenommen, als wir ein Haus auf Martha's Vineyard hatten. Wie geht's Peter?«

»Gut.«

»Kommt er mich mal besuchen?«

»Keine Ahnung, das weiß ich wirklich nicht. Er fragt nicht nach dir. Der Sozialarbeiter meint, dass es im Moment für alle am besten ist, wenn er seinen wegen Mordes hinter Gittern sitzenden Vater nicht sieht.«

»Könntest du mir ein Foto mitbringen?«

»Wenn ich eins hätte.«

»Könntest du nicht eins machen?«

»Du weißt doch, dass ich nicht mit Kameras umgehen kann.«

»Trotzdem, vielen Dank für die neue Uhr, die du mir geschickt hast, Liebes.«

»Nichts zu danken.«

Irgendwer in Block B schlug ein fünfsaitiges Banjo an, und sang: »Ich hab den Zellen-Blues/Der lässt mir keine Ruh/Ich hab den Zellen-Blues/weil ich hinter Mauern bleiben muss …« Der Mann war gut. Die Stimme und das Banjo klangen laut, klar und aufrichtig und erinnerten in diesem Grenzterritorium daran, dass es überall in diesem Teil der Welt Spätsommernachmittag war. Aus dem Fenster sah er, dass draußen Unterwäsche und Drillichanzüge zum Trocknen aufgehängt waren. Sie wehten im Wind, als seien ihre Bewegungen – genau wie die der Ameisen, Bienen und Wildgänse – an den Polen ausgerichtet. Einen Augenblick fühlte er sich wie ein Mann von Welt, die ihm erstaunlich und absurd erschien. Marcia öffnete ihre Handtasche und suchte etwas. »Das Militär war bestimmt eine gute Vorbereitung auf diese Erfahrung hier«, sagte sie.

»Irgendwie schon«, erwiderte er.

»Ich habe nie verstanden, warum es dir beim Militär so gut gefallen hat.«

Auf dem freien Platz vor dem Haupteingang rief ein Wärter: »Ihr werdet doch brav sein, stimmt's? Ihr werdet brave Jungs sein, ganz, ganz brave Jungs.« Er hörte Metall auf dem Boden schleifen und mutmaßte, dass die Männer aus Auburn kamen.

»Ach, verflucht«, rief Marcia. Ärger verdüsterte ihr Gesicht. »Verdammt noch mal«, rief sie voller Entrüstung.

»Was ist denn?«, fragte Farragut.

»Ich kann meine Kleenextücher nicht finden«, sagte sie und kramte in der Tasche.

»Tut mir leid.«

»Heute scheint sich alles gegen mich verschworen zu haben«, sagte sie, »absolut alles.« Sie kippte den Inhalt ihrer Tasche auf die Theke.

»Hallo, Sie da«, sagte der Wärter, der wie ein Bademeister auf einem erhöhten Stuhl thronte. »Außer Limonade und Aschenbechern darf nichts auf die Theke.«

»Ich bin Steuerzahlerin«, entgegnete sie. »Ich trage zum Unterhalt dieses Gefängnisses bei. Es kostet mich mehr, meinen Mann hier unterzubringen, als meinen Sohn auf eine gute Schule zu schicken.«

»Gnädige Frau, bitte«, sagte er. »Räumen Sie die Sachen weg, sonst muss ich Sie rauswerfen.«

Sie fand das Schächtelchen Papiertücher und schob den Inhalt ihrer Handtasche wieder dorthin zurück, wo er hingehörte. Plötzlich legte Farragut seine Hand auf ihre, ganz hingerissen von der Erinnerung an sein früheres Leben. Sie zog die Hand weg, aber warum? Hätte sie zugelassen, dass er sie einen Augenblick berührte, hätten die Wärme und die Entspannung wochenlang angehalten. »Tja«, sagte sie und gewann offenbar ihre Haltung und ihre Schönheit zurück.

Das Licht im Raum war unfreundlich, doch es konnte ihr nichts anhaben. Sie war eine anerkannte Schönheit gewesen. Mehrere Fotografen wollten sie als Modell haben, obwohl ihre Brüste, die wunderbar zum Stillen und für die Liebe taugten, für diese Arbeit etwas zu groß waren. »Dazu bin ich viel zu schüchtern, viel zu faul«, hatte sie gesagt. Doch das Kompliment hatte sie als Beweis ihrer Schönheit akzeptiert. »Weißt du«, hatte sein Sohn gesagt, »wenn es einen Spiegel im Zimmer gibt, kann ich mit Mummy nicht reden. Sie ist ganz besessen von ihrem Aussehen.« Narziss war ein Mann, und Farragut brachte das Ganze nicht in Einklang, aber Marcia hatte vielleicht zwölf oder vierzehn Mal vor dem Ankleidespiegel in ihrem Schlafzimmer gestanden und ihn gefragt: »Gibt es in diesem Land noch eine Frau in meinem Alter, die so schön ist wie ich?« Sie war nackt und überwältigend gewesen, und er hatte es als Aufforderung betrachtet, doch als er sie anfasste, sagte sie: »Lass die Finger von meinen Brüsten. Ich bin schön.« War sie auch. Er wusste, sobald sie weg war, würde jeder, der sie gesehen hatte – zum Beispiel der Wärter – sagen: »Wenn das deine Frau ist, hast du das große Los gezogen. Außer im Kino hab ich noch nie so eine Schönheit gesehen.«

Wenn sie Narzissa war, traf dann auch der Rest der Freud'schen Lehre auf sie zu? Im Rahmen seines begrenzten Urteilsvermögens hatte er sich nie ernsthaft damit auseinandergesetzt. Einmal war sie drei Wochen mit ihrer ehemaligen Zimmergenossin Maria Lippincott Hastings Guglielmi – drei Ehen, jeweils eine üppige Abfindung und eine sehr anrüchige sexuelle Reputation – in Rom gewesen. Damals hatten sie keine Hausangestellte gehabt, deshalb hatten er und Peter das Haus geputzt, die Kaminfeuer angezündet und Blumen besorgt, um ihre Rückkehr aus Italien zu feiern. Er holte sie am Kennedy Airport ab. Das Flugzeug hatte Verspätung. Es war schon nach Mitternacht. Als er sich hinabbeugte, um sie zu küssen, wandte sie das Gesicht ab und zog die weiche Krempe ihres neuen römischen Hutes tiefer in die Stirn. Er nahm ihr Gepäck, holte den Wagen, und dann machten sie sich auf die Heimfahrt. »Offenbar hattest du eine herrliche Zeit«, sagte er. »Ich war noch nie so glücklich in meinem Leben«, erwiderte sie. Er zog keine vorschnellen Schlussfolgerungen. Die Kaminfeuer würden brennen, die Blumen leuchten. In diesem Teil der Welt war der Boden mit schmutzigem Schnee bedeckt. »Lag in Rom auch Schnee?«, fragte er. »Nicht in der Stadt«, sagte sie. »Auf der Via Cassia lag ein bisschen Schnee. Das hab ich aber nicht mit eigenen Augen gesehen, sondern in der Zeitung gelesen. Es war jedenfalls nicht so scheußlich wie hier.«

Er brachte ihr Gepäck ins Wohnzimmer. Dort wartete Peter im Schlafanzug. Sie umarmte ihn und vergoss ein paar Tränen. Die Kaminfeuer und die Blumen fielen ihr gar nicht auf. Er hätte noch einmal versuchen können, sie zu küssen, doch er wusste, dass er damit einen Kinnhaken riskierte. »Möchtest du etwas trinken?«, fragte er behutsam. »Warum nicht«, sagte sie, wobei ihre Stimme um eine Oktave sank. »Campari«, fügte sie hinzu. »*Limone*?«, fragte er. »Sì, sì«, sagte sie, »einen Spritzer.« Er holte die Eiswürfel, die Zitronenschale und wollte ihr das Glas reichen. »Stell's auf den Tisch«, sagte sie. »Der Campari wird mich an mein verlorenes Glück erinnern.« Dann ging sie in die Küche, befeuchtete einen Schwamm und wischte die Kühlschranktür ab. »Wir haben alles saubergemacht«, sagte er traurig. »Peter und ich haben alles saubergemacht. Peter hat den Küchenboden geputzt.« – »Aber die Kühlschranktür scheint ihr vergessen zu haben«, entgegnete sie. »Sollte es im Himmel Engel geben«, sagte er, »und diese Engel sind weiblich, dann legen sie bestimmt oft ihre Harfen weg, um Spülen, Kühlschranktüren und emaillierte Oberflächen zu wischen. Das gehört bei Frauen offenbar zu den sekundären Geschlechtsmerkmalen.« – »Spinnst du?«, fragte sie. »Ich weiß gar nicht, wovon du redest.« Sein Schwanz, der gerade noch auf Lust eingestellt gewesen war, trat von Waterloo den Rückzug nach Paris und von Paris nach Elba an. »Fast alle, die ich geliebt habe, haben mich für verrückt gehalten«, sagte er. »Ich würde gern mit dir über die Liebe reden.« –

»Ach wirklich? Na dann los.« Sie steckte sich die Daumen in die Ohren, wedelte mit den Fingern, schielte und ahmte mit der Zunge ein lautes Furzen nach. »Ich wünschte, du würdest keine Grimassen schneiden«, sagte er. »Und ich wünschte, du würdest anders aussehen«, erwiderte sie. »Zum Glück kannst du nicht sehen, wie du aussiehst.« Er verstummte, da er wusste, dass Peter lauschte.

Diesmal dauerte es zehn Tage, bis sie wieder einlenkte. Es passierte zwischen einer Cocktailparty und einer Abendgesellschaft. Sie machten ein Nickerchen, Marcia in seinen Armen. Wir sind eins, dachte er. Der wohlriechende Fächer ihres Haars lag auf seinem Gesicht. Ihr Atem ging schwer. Als sie aufwachte, berührte sie sein Gesicht und fragte: »Hab ich geschnarcht?« – »Und wie«, sagte er, »es klang wie eine Motorsäge.« – »Ich habe herrlich geschlafen«, sagte sie, »ich schlafe gern in deinen Armen.« Dann liebten sie sich. Die Bilder, die er mit dem gewaltigen Orgasmus verband, waren der Sieg bei einer Segelregatta, die Renaissance, ein Hochgebirge. »Mein Gott, das war gut«, sagte sie. »Wie spät ist es?« – »Sieben«, sagte er. »Wann sollen wir da sein?« – »Um acht.« – »Du hast schon gebadet, und jetzt bade ich.« Er wischte sie mit einem Kleenextuch ab und reichte ihr eine brennende Zigarette. Er folgte ihr ins Bad und setzte sich auf den heruntergeklappten Toilettendeckel, während sie sich mit einer Bürste den Rücken säuberte. »Ich hab ganz vergessen dir zu sagen, dass Liza uns einen Laib Brie geschickt hat.« – »Das ist nett«, sagte sie, »aber weißt du was? Von Brie bekomme ich immer Durchfall.« Er hob seine Genitalien an und schlug die Beine übereinander. »Das ist komisch«, sagte er. »Ich bekomme immer Verstopfung.« So war damals ihre Ehe – nicht die oberste Sprosse der Himmelsleiter, kein

Sprudeln italienischer Fontänen, kein Wind in exotischen Olivenbäumen, sondern ein Mann und eine Frau, die splitternackt dasaßen und über ihre Verdauung sprachen.

Ein anderes Mal. Damals züchteten sie noch Hunde. Hannah, die Hündin, hatte acht Welpen geworfen. Sieben waren im Zwinger hinter dem Haus untergebracht. Den achten, einen schwächlichen, unterentwickelten kleinen Kerl, der bald sterben würde, hatten sie zu sich ins Haus genommen. Gegen drei Uhr früh schreckte Farragut aus einem leichten Schlaf auf, weil der Welpe sich übergab oder kotete. Farragut schlief nackt, stieg nackt aus dem Bett, um Marcia nicht zu wecken, und ging hinunter ins Wohnzimmer. Unter dem Flügel sah er die Bescherung. Der Welpe zitterte. »Ist ja gut, Gordo«, sagte Farragut. Peter hatte den Hund Gordon Cooper getauft. So lange war das schon her. Er holte einen Mopp, einen Eimer und ein paar Papiertücher und kroch splitternackt unter den Flügel, um die Schweinerei aufzuwischen. Marcia war doch wach geworden, und er hörte sie die Treppe herunterkommen. Sie trug ein durchsichtiges Nachthemd, das alles erkennen ließ. »Tut mir leid, dass ich dich geweckt habe«, sagte er. »Gordo ist ein Malheur passiert.« – »Ich helfe dir«, sagte sie. »Nicht nötig«, erwiderte er, »bin gleich fertig.« – »Ich will aber helfen«, beharrte sie. Auf allen vieren kroch sie zu ihm unter den Flügel. Als sie fertig waren und Marcia aufstehen wollte, stieß sie sich den Kopf an einem vorstehenden Teil des riesigen Instruments. »Au«, sagte sie. »Hast du dir wehgetan?«, fragte er. »Nicht der Rede wert«, erwiderte sie. »Hoffentlich bekomme ich keine Beule oder einen blauen Fleck.« – »Tut mir leid, Liebling«, sagte er. Er stand auf, umarmte sie, küsste sie, und dann schliefen sie miteinander auf dem Sofa. Danach zündete er ihr eine Zigarette an, und sie kehrten ins Bett zurück. Doch als er ein paar Tage später in die Küche kam, um Eiswürfel zu holen, überraschte er sie dabei, wie sie Sally Midland küsste, mit der sie sich zweimal wöchentlich zum Sticken traf. Er hatte das Gefühl, dass die Umarmung keineswegs platonisch war, und empfand Abscheu für Sally. »Entschuldigung«, sagte er. »Wofür denn?«, fragte sie. »Ich hab einen fahren lassen«, sagte er. Das war widerlich, und das wusste er auch. Er brachte die Eisschale in den Anrichteraum. Beim Essen und den Rest des Abends sprach sie kein Wort mehr. Als sie am nächsten Morgen – einem Samstag – erwachten, fragte er: »Guten Morgen, Liebling?« – »Scheiße«, sagte sie. Sie zog ihren Morgenrock an und ging in die Küche, wo sie dem Kühlschrank und dann der Geschirrspülmaschine einen Tritt versetzte. »Ich kann euch nicht ausstehen, ihr beschissenen, ramponierten, zweitklassigen Geräte«, schrie sie. »Ich kann diese beschissene, dreckige, altmodische Küche auf den Tod nicht ausstehen. Ich hab davon geträumt, in Marmorsälen zu wohnen.« Das war kein gutes Omen, das wusste er, und es bedeutete, dass er kein Frühstück bekommen würde. Wenn sie aufgebracht war, tat sie so, als müsste sie die Frühstückseier selbst legen. Das Ei, das Frühstücksei! Das Ei glich einer Sibylle des Attischen Dramas. »Kann ich Eier zum Frühstück haben?«, hatte er einmal vor Jahren gefragt. »Erwartest du etwa, dass ich in diesem Haus Usher Frühstück mache?«, hatte sie entgegnet. »Kann ich mir dann selbst ein paar Eier kochen?« – »Nein, kannst du nicht«, erwiderte sie. »Du richtest in dieser Ruine ein solches Durcheinander an, dass ich stundenlang alles wieder aufräumen muss.« An so einem Morgen konnte er von Glück sagen, wenn er eine Tasse Kaffee bekam. Als er sich angezogen hatte und hinunterging, blickte sie noch immer ganz finster drein, und das bedrückte ihn mehr als der Hunger. Wie konnte er das nur wiedergutmachen? Durchs Fenster sah er, dass es zum ersten Mal Frost gegeben hatte. Die Sonne war aufgegangen, doch im Schatten des Hauses und der Bäume lag mit euklydischer Präzision weißer Raureif. Nach dem ersten Frost schnitt man die Concord-Trauben, von denen sie gern Marmelade machte. Diese Beeren der Fuchsrebe waren nicht viel größer als Rosinen, schwarz und würzig. Er dachte, dass ein Sack voll Concord-Trauben das Blatt vielleicht wenden konnte. Er nahm es sehr genau mit der sexuellen Magie von Werkzeugen. Das konnte Angst sein oder daran liegen, dass sie einmal einen Sommer im Südwesten Irlands verbracht hatten, wo Werkzeuge männlich oder weiblich waren. Mit einem Korb und einer Schere wäre er sich wie ein Transvestit vorgekommen. Er entschied sich für einen Leinensack und ein Jagdmesser. Er ging in den Wald, wo es – ungefähr einen Kilometer vom Haus entfernt – auf der Ostseite eines Kiefernhains Fuchsreben gab. Die Trauben waren reif, schwärzlich-lila und im Schatten mit Raureif bedeckt. Er schnitt sie mit seinem männlichen Messer ab und stopfte sie in den groben Sack. Er schnitt sie für Marcia, aber wer war sie? Sally Midlands Geliebte? Ja, ja, ja! Er musste den Tatsachen ins Auge blicken. Er sah sich entweder mit der größten Lüge oder mit der reinsten Wahrheit konfrontiert, aber in beiden Fällen schützte und stützte ihn seine Vernunft. Doch wenn sie Sally Midland liebte, liebte er dann nicht Chucky Drew? Er war gern mit Chucky Drew zusammen, aber wenn er neben ihm in der Dusche stand, dachte er, dass Chucky wie ein krankes Huhn aussah, seine Arme so wabbelig wie die der Frauen, die mit seiner Mutter Bridge spielten. Seit der Zeit bei den Pfadfindern hatte er keinen Mann mehr geliebt. Und so kehrte er mit seinem Sack Wildtrauben zum Haus zurück, Kletten an der Hose, die Stirn von den letzten Mücken des Jahres zerstochen. Marcia hatte sich wieder ins Bett gelegt und das Gesicht im Kissen vergraben. »Ich habe ein paar Trauben gepflückt«, sagte er. »Letzte Nacht hatten wir den ersten Frost. Ich habe ein paar Concord-Trauben zum Marmeladekochen gepflückt.« – »Danke«, murmelte sie ins Kissen. »Ich lege sie in die Küche«, sagte er. Den Rest des Tages verbrachte er damit, das Haus winterfest zu machen. Er nahm die Fliegengitter ab und setzte die Sturmfenster ein, häufte rings um den Rhododendron zusammengeharktes, saures Eichenlaub auf, überprüfte den Ölstand im Heizungstank und schliff seine Schlittschuhe. Er arbeitete in Gesellschaft zahlreicher Hornissen, die gegen die Dachtraufe stießen und genauso stetig wie er nach einer Zuflucht für die bevorstehende Eiszeit suchten …

»Zum Teil lag es daran, dass wir nichts mehr zusammen unternommen haben«, sagte er. »Früher war das ganz anders. Wir haben zusammen geschlafen, sind zusammen verreist, sind Ski und Schlittschuh gelaufen, gesegelt, in Konzerte gegangen, wir haben alles zusammen gemacht, wir haben uns Baseball angesehen und zusammen Bier getrunken, obwohl uns beiden in diesem Land das Bier nicht schmeckt. Das war das Jahr, in dem Lomberg oder wie er hieß es fast geschafft hätte, in einem Spiel keinen einzigen Hit zuzulassen. Du hast geweint. Ich auch. Wir haben zusammen geweint.«

»Du hast gefixt«, sagte sie. »Das konnten wir nicht zusammen machen.«

»Aber ich war schon sechs Monate clean«, erwiderte er, »ohne dass es mir besser ging. Kalter Entzug. Das hat mich fast umgebracht.«

»Sechs Monate sind keine Ewigkeit«, sagte sie, »und überhaupt, wie lange ist das schon her?«

»Da hast du recht«, sagte er.

»Wie geht es dir jetzt?«

»Ich bin von vierzig Milligramm auf zehn runter. Ich bekomme jeden Morgen um neun Methadon. Ein Schwuler teilt es aus. Er trägt ein Toupet.«

»Ist er scharf auf dich?«

»Keine Ahnung. Er hat mich gefragt, ob ich gern Opern höre.«

»Tust du natürlich nicht.«

»Genau das hab ich ihm gesagt.«

»Gut. Ich hab nämlich keine Lust, mit einem Homosexuellen verheiratet zu sein, wo ich doch schon einen drogensüchtigen Mörder zum Mann habe.«

»Ich habe meinen Bruder nicht umgebracht.«

»Du hast ihn mit einem Schürhaken niedergeschlagen. Er ist gestorben.«

»Ich habe ihn mit einem Schürhaken geschlagen. Er war betrunken. Er ist mit dem Kopf an den Kamin gestoßen.«

»Strafrechtler sagen, dass Häftlinge immer ihre Unschuld beteuern.«

»Konfuzius sagt ...«

»Du bist total oberflächlich, Farragut. Du warst schon immer ein Leichtgewicht.«

»Ich habe meinen Bruder nicht umgebracht.«

»Können wir das Thema wechseln?«

»Bitte.«

»Wann glaubst du, bist du clean?«

»Keine Ahnung. Ich kann mir das nur schwer vorstellen. Ich

könnte behaupten, dass ich's mir vorstellen kann, aber das wäre nicht wahr. Es wäre, als würde ich behaupten, dass ich mich in einen Nachmittag meiner Jugend zurückversetzt habe.«

»Deshalb bist du ein Leichtgewicht.«

»Ja.«

Er wollte sich nicht streiten, nicht hier, nie wieder mit ihr. Im letzten Jahr ihrer Ehe war ihm aufgefallen, dass der Ablauf eines Streits ebenso rituell war wie die Worte und das Sakrament der heiligen Eheschließung. »Ich muss mir deine Scheiße nicht länger anhören«, hatte Marcia geschrien. Er war erstaunt gewesen, nicht über ihre Hysterie, sondern darüber, dass sie ihm die Worte aus dem Mund genommen hatte. »Du hast mein Leben zerstört, du hast mein Leben zerstört«, schrie sie. »Nichts auf Erden ist so grausam wie eine miserable Ehe.« All das hatte auch ihm auf der Zunge gelegen. Doch dann, während er darauf wartete, dass sie weiterhin seine Gedanken vorwegnahm, hörte er, wie ihre Stimme, gedämpft und besänftigt von echter Trauer, einen Ton anschlug, zu dem er nicht fähig gewesen wäre. »Du bist der größte Fehler, den ich je begangen habe«, sagte sie leise. »Ich dachte, dass mein Leben die totale Enttäuschung ist, aber als du deinen Bruder umgebracht hast, begriff ich, dass ich meine Probleme unterschätzt habe.«

Wenn sie von Enttäuschung sprach, meinte sie manchmal die Enttäuschung über ihre Karriere als Malerin, die damit begonnen und geendet hatte, dass sie vor fünfundzwanzig Jahren bei einer Kunstausstellung im College mit dem zweiten Preis ausgezeichnet worden war. Eine Frau, die er sehr geliebt hatte, hatte ihn einmal ein Schwein genannt, und das hatte er nie vergessen. Das Ganze hatte sich zugetragen, als sie sich splitterfasernackt im Obergeschoss eines guten Hotels vergnügten. Sie hatte ihn geküsst und gesagt: »Los, wir begießen uns jetzt gegenseitig mit Whiskey und lecken ihn auf.« Genau das hatten sie getan, und wie konnte er dem Urteil einer solchen Frau misstrauen? Vielleicht hatte er sich auch bei Marcias Karriere als Malerin so schweinisch benommen. Als sie sich kennenlernten, lebte sie in einem Atelier und malte die meiste Zeit. Als sie heirateten, hatte die Times sie als Malerin bezeichnet, und in den Wohnungen und Häusern, in denen sie danach lebten, gab es jedes Mal ein Atelier. Sie malte und malte und malte. Wenn zum Abendessen Gäste kamen, wurden Marcias Bilder vorgeführt. Sie ließ die Bilder fotografieren und schickte die Fotos an Galerien. Sie stellte sie in öffentlichen Parks, auf der Straße und auf Flohmärkten aus. Sie brachte sie in die Siebenundfünfzigste, die Dreiundsechzigste und die Zweiundsiebzigste Straße, bewarb sich um Stipendien, Preise, die Aufnahme in subventionierte Malerkolonien, sie malte und malte und malte, doch ihr Werk wurde nie begeistert aufgenommen. Er verstand es, versuchte es zu verstehen, schweinisch, wie er war. Es war ihre Berufung, vermutlich so stark wie die Liebe zu Gott, und wie bei einem unglückseligen Geistlichen blieben ihre Gebete unerhört. Das hatte seinen traurigen Charme.

Ihr leidenschaftlicher Unabhängigkeitsdrang ging so weit, dass sie ihr gemeinsames Konto manipulierte. Die Unabhängigkeit der Frauen war für ihn nichts völlig Neues. Er besaß eine weitreichende, wenn nicht sogar einzigartige Erfahrung. Seine Urgroßmutter hatte zweimal Kap Hoorn umsegelt. Sie war Frachtaufseherin und natürlich die Frau des Kapitäns gewesen, doch das hatte sie nicht vor schweren Stürmen auf See, vor der Einsamkeit, vor Meutereien, Todesgefahr und Schlimmerem bewahrt. Seine Großmutter wollte in die Feuerwehr eintreten.

Sie war präfreudianisch, sah das Ganze aber mit Humor. »Ich mag Glocken«, sagte sie, »Leitern, Schläuche, das Brausen und Klatschen des Wassers. Warum kann ich nicht als Freiwillige zur Feuerwehr gehen?« Seine Mutter war eine erfolglose Geschäftsfrau gewesen. Sie betrieb Cafés, Restaurants, Kleiderläden und besaß irgendwann einmal eine Fabrik, in der Handtaschen, bemalte Zigarettenetuis und Türstopper hergestellt wurden. Er wusste, der Ursprung von Marcias Unabhängigkeitsdrang lag nicht in seiner Gesellschaft, sondern in der Familiengeschichte.

Die Scheckbuchmanipulationen waren ihm ziemlich schnell aufgefallen. Marcia besaß ein bisschen eigenes Geld, aber kaum genug, um ihre Kleidung zu bezahlen. Sie war finanziell von ihm abhängig, und da sie daran nichts ändern konnte, war sie entschlossen, es zu verheimlichen. Sie hatte begonnen, sich von den Handwerkern für Schecks Bargeld geben zu lassen, und behauptete dann, das Geld für die Instandhaltung des Hauses benötigt zu haben. Die Klempner, Elektriker, Tischler und Anstreicher verstanden zwar nicht richtig, was sie im Schilde führte, doch sie war zahlungsfähig, deshalb machte es ihnen nichts aus, ihre Schecks einzulösen. Als Farragut dahinterkam, begriff er, dass ihr Motiv Unabhängigkeit war. Sie wusste bestimmt, dass er dahintergekommen war. Da sie beide Bescheid wussten, war es sinnlos, die Sache anzusprechen, sofern er keine Tränenflut auslösen wollte – und das war das Letzte, worauf er es anlegte.

»Und wie steht's mit dem Haus?«, fragte er. »Was macht Indian Hill?« Er benutzte kein Possessivpronomen – mein Haus, dein Haus, unser Haus. Es war immer noch sein Haus, und bis zur Scheidung würde das auch so bleiben. Marcia gab keine Antwort. Sie streifte sich weder Finger für Finger die Handschuhe über, noch betupfte sie ihr Haar oder bediente sich irgendwelcher anderer abgedroschener Seifenoperngesten, die Verachtung ausdrücken sollten. Sie war rabiater. »Tja«, sagte sie, »es ist angenehm, dass der Toilettensitz immer trocken ist.«

Im Laufschritt verließ er den Besucherraum und eilte die Treppe zu Block F hinauf. In der Zelle hängte er sein weißes Hemd auf einen Bügel und trat ans Fenster, von wo er durch einen etwa dreißig Zentimeter breiten Spalt zwei Stufen des Eingangs und den Gehsteig einsehen konnte, den die Besucher auf dem Weg zu ihren Wagen, den Taxis oder dem Zug entlanggingen. Er wartete auf ihr Erscheinen, wie ein Kellner in einem schlecht besuchten Restaurant, der darauf wartet, dass sich die Tür zum Speisesaal öffnet, wie ein Liebhaber, wie ein dürregeschädigter Farmer, der auf Regen wartet, aber ohne Verständnis für die Universalität des Wartens.

Plötzlich tauchten sie auf – einer, drei, vier, zwei – insgesamt siebenundzwanzig. Es war ein Wochentag. Mexikaner, Schwarze, Weiße, seine Oberschicht-Gattin mit ihrer Glockenfrisur – oder was gerade in diesem Jahr Mode war. Bevor sie ins Gefängnis kam, war sie beim Friseur gewesen. Hatte sie es gesagt? »Ich gehe zu keiner Party, ich besuche meinen Mann im Gefängnis.« Er erinnerte sich an die Frauen im Meer, bevor die modischen Badekappen auf den Markt kamen. Alle waren in Brustlage geschwommen, damit ihr Haar nicht nass wurde. Einige der Besucher hatten Papiertüten dabei, in denen sie die Schmuggelware wieder nach Hause mitnahmen, die sie eigentlich ihren Angehörigen zustecken wollten. Sie waren frei, konnten rennen, springen, vögeln, trinken, einen Platz im Flugzeug nach Tokio buchen. Sie waren frei, und doch nahmen sie dieses kostbare Gut so gleichgültig hin, dass es an sie vergeudet schien. Ihre Bewegungen ließen keine Wertschätzung der Freiheit erkennen. Ein Mann bückte sich, um seine Socken hochzuziehen. Eine Frau kramte in ihrer Handtasche, um sich zu vergewissern, dass sie die Schlüssel dabeihatte. Eine jüngere Frau blickte in den bewölkten Himmel und spannte einen grünen Regenschirm auf. Eine alte, sehr hässliche Frau trocknete ihre Tränen mit einem Fetzen Papier. Das waren ihre Zwänge, die Zeichen ihrer Gebundenheit, aber ihre Gefangenschaft hatte etwas Natürliches, etwas Unbekümmertes, das ihm, der sie zwischen den Gitterstäben hindurch beobachtete, furchtbar fehlte.

Das war kein Schmerz, kein so schlichtes und klares Gefühl. Er verspürte bloß einen Aufruhr in seinen Tränenkanälen, den blinden, ungehemmten Wunsch zu weinen. Tränen waren kein Problem, genauso wenig, wie sich in zehn Minuten einen runterzuholen. Am liebsten hätte er geweint und geschrien. Er befand sich unter lebenden Toten. Es gab keine Worte, keine lebendigen Worte, die seinem Kummer, diesem inneren Riss gerecht wurden. Er war wie ein Urmensch, konfrontiert mit romantischer Liebe. Als der letzte Besucher, der letzte Schuh verschwand, traten ihm Tränen in die Augen. Er setzte sich auf seine Pritsche und nahm das Anziehendste, Weltlichste, Empfänglichste und Sehnsüchtigste, was es in der Zelle gab, in die rechte Hand. »Beeil dich«, sagte Chicken Number Two. »In acht Minuten gibt's was zu mampfen.«

Block F war nur zur Hälfte belegt. In der oberen Etage waren die meisten Toiletten und Türschlösser kaputt und die dazugehörigen Zellen leer. Auch bei ihnen funktionierte kaum etwas außer den Schlössern, und in Farraguts Zelle rauschte die Toilettenspülung oft ohne sein Zutun los. Die Atmosphäre der

Altertümlichkeit – das Gefühl, dass dies die letzten Tage der Einkerkerung sein mussten – war stark. Unter den zwanzig Häftlingen in F gehörte Farragut nach Ablauf von zwei Wochen zu einer Familiengruppe, die aus Chicken Number Two, Bumpo, dem Stone, dem Hahnrei, Ransome und Tennis bestand. Diese Einteilung war äußerst rätselhaft. Ransome war ein großer, gut aussehender Mann, der angeblich seinen Vater ermordet hatte. Farragut hatte rasch gelernt, dass man seine Mitgefangenen besser nicht fragte, weshalb sie in Falconer waren. Das wäre ein dummer Verstoß gegen die Regeln ihres Zusammenlebens gewesen, und außerdem sagten sie sowieso nicht die Wahrheit. Ransome war wortkarg. Er sprach fast nur mit dem Stone, der völlig hilflos war. Alle redeten über den Stone. Eine Verbrecherbande hatte ihm mit einem Eispickel beide Trommelfelle durchbohrt. Dann hatten sie ihm irgendwas angehängt, das ihm eine lange Strafe einbrachte, und ihm ein Zweihundert-Dollar-Hörgerät besorgt. Das Gerät trug er in einer Segeltuchtasche mit zwei Gurten auf den Schultern. Es bestand aus einem fleischfarbenen Empfänger aus Plastik, einer Leitung zu seinem rechten Ohr und vier Batterien. Ransome brachte den Stone zum Speisesaal und zurück, sorgte dafür, dass er sein Hörgerät benutzte, und wechselte die Batterien, wenn sie schwach wurden. Mit anderen Leuten sprach er fast nie.

Tennis hatte sich am zweiten Tag frühmorgens, als sie ihre Zellen fegten und aufs Essen warteten, vor Farragut aufgebaut. »Ich bin Lloyd Haversham junior«, hatte er gesagt. »Kommt dir der Name bekannt vor? Nein? Man nennt mich Tennis. Ich dachte, du wüsstest vielleicht Bescheid, weil du wie jemand aussiehst, der Tennis spielt. Ich hab zweimal hintereinander das Spartanburg-Doppel gewonnen. Ich bin der zweite Mensch in der Tennisgeschichte, dem das gelungen ist. Natürlich habe ich auf Privatplätzen spielen gelernt. Ich hab noch nie auf einem öffentlichen Platz gespielt. Ich stehe in der Sportenzyklopädie, dem Lexikon der Sportgrößen, bin Mitglied der Tennisakademie, und die Märzausgabe von *Racquets* hat mir die Titelstory gewidmet. *Racquets* ist die führende Publikation der Tennisausrüstungsindustrie.« Beim Reden zeigte er die aggressive Körpersprache eines Verkäufers – Hände, Schultern, Becken, alles war in Bewegung. »Ich bin wegen eines Buchhaltungsfehlers, eines Bankirrtums hier. Ich bin nur vorübergehend zu Besuch, in ein paar Tagen stehe ich vor dem Entlassungsausschuss, und dann komme ich raus. Ich hab am Morgen des Neunten dreizehntausend Dollar bei der Sparkasse eingezahlt und, bevor das Ganze verbucht war, drei Schecks über zweihundert Dollar ausgestellt. Aus Versehen hab ich das Scheckbuch meines Zimmergenossen benutzt – er war im Spartanburg-Doppel mein Gegner und hat mir meinen Sieg nie verziehen. Etwas Missgunst und ein Buchhaltungsfehler – nichts als Pech –, und schon landet man im Gefängnis, aber in ein, zwei Wochen bin ich wieder auf der Gewinnerseite. Also ist das eher ein Abschied als eine Begrüßung, aber sei trotzdem willkommen!« Tennis redete wie die meisten von ihnen im Schlaf, und Farragut hatte ihn fragen gehört: »Hat man sich um dich gekümmert? Hat man sich um dich gekümmert?« Bumpo klärte Farragut auf. Tennis' Sportkarriere lag dreißig Jahre zurück, und man hatte ihn wegen Scheckfälschung verhaftet, als er Verkäufer in einem Feinkostgeschäft war. Das hatte Bumpo über Tennis hinausposaunt, doch über sich selbst sagte er nichts, obwohl er im Block als Berühmtheit galt, weil er angeblich als zweiter Mensch auf die Idee gekommen war, ein Flugzeug zu entführen. Er hatte den Piloten gezwungen, von Minneapolis nach Kuba zu fliegen, und war zu achtzehn Jahren Gefängnis verurteilt worden. Bumpo sprach überhaupt nicht von sich, lediglich über den großen Ring an seinem Finger, der mit einem Brillanten oder einem Stück Glas verziert war. »Der ist zwanzigtausend wert«, sagte er. Der Preis variierte von Tag zu Tag. »Ich würde ihn ja verkaufen, ich würde ihn schon morgen verkaufen, wenn jemand mir garantieren könnte, dass ich damit ein Menschenleben rette. Ich meine, wenn es einen sehr alten, einsamen und hungrigen Menschen gäbe, dessen Leben ich retten könnte, dann würde ich ihn verkaufen. Natürlich müsste ich Beweise sehen. Oder wenn ich ein kleines Mädchen kennen würde, das schutzlos und ganz allein ist, und ich wäre sicher, dass nichts und niemand auf der Welt ihr das Leben retten könnte, dann würde ich ihr meinen Stein schenken. Aber erst würde ich Beweise sehen wollen. Eidesstattliche Erklärungen, Fotos und die Geburtsurkunde. Aber wenn man mir beweisen könnte, dass nur mein Stein zwischen ihr und dem Grab steht, dann könnte sie ihn in zehn Minuten haben.«

Chicken Number Two erzählte von seiner glänzenden Karriere als Juwelendieb in New York, Chicago und Los Angeles, und obwohl er öfter im Schlaf redete als die anderen, war es häufig dieselbe Leier. »Verlange keinen niedrigeren Preis von ihr«, rief er immer. Seine Stimme klang scharf und gereizt. »Ich hab dir doch gesagt, du sollst nicht versuchen, sie runterzuhandeln. Sie gibt ihn dir nicht billiger, also lass es sein.« Wenn er von seiner Karriere sprach, ging er nicht näher auf seine Erfolge ein. Meistens sprach er von seinem Charme. »Der Grund, warum ich so gut war, ist mein Charme. Ich konnte sehr charmant sein. Alle wussten, dass ich Niveau habe. Und Zuvorkommenheit, ich war zuvorkommend. Ich mache einen sehr zuvorkommenden Eindruck. Wenn mich jemand bittet, ihm etwas zu besorgen, dann gebe ich ihm das Gefühl, dass ich es versuche. ›Hol mir die Niagarafälle‹, sagen sie. ›Hol mir das Empire State Building.‹ ›Ja, Sir‹, sage ich dann immer, ›ja, Sir, ich versuch's.‹ Ich habe nämlich Niveau.«

Der Hahnrei spielte sich genau wie Tennis vor Farragut auf. Farragut gehörte erst seit ein paar Tagen zur Familie, als ihn der Hahnrei aufsuchte. Er war dick und hatte ein rosiges Gesicht, schütteres Haar und ein schwer erträgliches, übertriebenes Lächeln. Das Interessanteste an ihm war, dass er Geschäfte machte. Für zwei aus dem Speisesaal entwendete Löffel bezahlte er eine Schachtel Mentholzigaretten. In der Werkstatt fertigte er aus den Löffeln Armbänder an, und Walton, der Zellenaufseher, schmuggelte sie in der Unterwäsche nach draußen, um sie in der nächsten Stadt an einen Souvenirladen zu verhökern, wo man sie als Arbeiten eines zum Tode Verurteilten anpries. Sie kosteten fünfundzwanzig Dollar. Von seinem Gewinn deckte er sich mit Dosenschinken, Huhn, Sardinen, Erdnussbutter, Crackern und Pasta ein, damit er seine Mitgefangenen ködern konnte, sich seine Geschichten über seine Frau anzuhören. »Kann ich dich zu einem Scheibchen Schinken einladen?«, fragte er Farragut. »Na los, setz dich und iss von dem Schinken, aber erst will ich erzählen, warum ich hier bin. Ich hab aus Versehen meine Frau kaltgemacht. An dem Abend, an dem es passiert ist, hat sie behauptet, dass keins unserer drei Kinder von mir wär. Und dann hat sie noch gesagt, dass auch die beiden Abtreibungen, die ich bezahlt hab, und die Fehlgeburt nicht auf mein Konto gingen. Da hab ich sie kaltgemacht. Selbst wenn alles gut lief, konnte man ihr nicht trauen. Wie damals, als wir ein, zwei Wochen lang nur gevögelt haben. Ich war Vertreter, aber es war gerade keine

Saison, deshalb waren wir die ganze Zeit im Haus und haben gevögelt, gegessen und getrunken. Irgendwann hat sie gesagt, wir sollten mal 'ne Pause einlegen, und das hab ich eingesehen, denn ich hab sie wirklich geliebt. Sie meinte, es wär doch herrlich, wenn wir uns ein paar Wochen nicht sehen würden, dann wär unser Wiedersehen bestimmt umso schöner. Ich verstand, worauf sie hinauswollte, und ging wieder ein paar Wochen auf Tour, aber eines Nachts hab ich mich in South Dakota betrunken und es mit einer Fremden getrieben. Da hatte ich ein ganz schlechtes Gewissen, und als ich nach Hause kam und die Hose auszog, dachte ich, dass ich ihr meinen Seitensprung beichten müsste, und das hab ich auch getan. Sie küsste mich und sagte, das wär nicht so schlimm, und sie wär froh, dass ich's ihr gebeichtet hätte, denn sie müsste mir auch was beichten. An dem Tag, an dem ich aufgebrochen wär, hätte sie ein Taxi genommen, um ihre Schwester am anderen Ende der Stadt zu besuchen, und der Taxifahrer hätte so funkelnde schwarze Augen gehabt, dass ihr sein Blick durch und durch gegangen wär, darum hätte sie um zehn, als er Feierabend machte, mit ihm gebumst. Und am nächsten Tag hätte sie bei Melcher's Katzenfutter besorgt und wär dabei Augenzeugin einer Massenkarambolage geworden, und als der gut aussehende Polizist ihre Aussage aufnahm, hätte er gefragt, ob sie die Vernehmung nicht bei ihr zu Hause fortsetzen könnten, und da hätte sie auch mit ihm gebumst. Und dann wär noch am selben Abend ein alter Schulfreund aufgetaucht, und um sich nichts entgehen zu lassen, hätte sie's auch mit ihm getrieben. Am nächsten Morgen, nur ein paar Stunden später, hätte sie bei Harry's getankt und wär plötzlich ganz scharf auf den neuen Tankwart gewesen, und der wär in der Mittagspause zu ihr ins Haus gekommen. An diesem Punkt der Geschichte bin ich wieder in meine Hose geschlüpft und hab mich in die Bar an der Ecke verzogen, wo ich etwa zwei Stunden gesessen hab, aber danach sind wir wieder im Bett gelandet.« – »Du wolltest mir eine Scheibe Schinken geben«, sagte Farragut. »Ja, stimmt«, sagte der Hahnrei. Er war geizig und gierig zugleich, und Farragut bekam nur eine kleine, dünne Scheibe. Chicken feilschte immer mit dem Hahnrei und betrat seine Zelle erst, wenn sie den Umfang der Belohnung genau festgelegt hatten.

An jenem Abend stand Farragut in der Schlange vor der Essensausgabe zwischen Bumpo und Tennis. Es gab Reis, Würstchen, Brot, Margarine und einen halben Dosenpfirsich. Er stahl drei Scheiben Brot für seine Katze und begab sich im Laufschritt zurück zu Block F. Wenn er lief, gab ihm das die Illusion von Freiheit. Tiny setzte sich gerade an seinen Tisch am Ende des Gangs, um sein von draußen mitgebrachtes Essen zu verzehren. Er hatte ein schönes Stück Rinderbraten, drei Ofenkartoffeln und eine Dose Erbsen vor sich und auf einem anderen Teller einen ganzen Fertigkuchen. Farragut seufzte vernehmlich, als er das Fleisch roch. Essen war eine neu entdeckte Wahrheit in seinem Leben. Er hatte immer gedacht, dass das heilige Abendmahl ausreichte, sofern man genug davon bekam. In manchen Kirchen wurde das Brot – warm, duftend und knusprig – zu bestimmten Zeiten im Altarraum gebacken. *Esst dies zu meinem Gedächtnis.* Essen hatte etwas mit seinen Anfängen als Christ und als Mensch zu tun. Irgendwo hatte er gelesen, dass es traumatische Folgen habe, wenn das Stillen unvermittelt abgebrochen werde, und soweit er sich an seine Mutter erinnerte, konnte sie ihm durchaus die Brust aus dem Mund gerissen haben, um nicht zu spät zum Bridge zu kommen; aber das grenzte an Selbstmitleid, und er hatte sich bemüht, Selbstmitleid aus seiner Gefühlspalette herauszufiltern. Essen war Essen, Hunger war Hunger, und sein halbleerer Magen und der Duft des gebratenen Fleischs stellten eine Verbindung her, die nur der Teufel hätte zerstören können. »Lass dir's schmecken«, sagte er zu Tiny. Irgendwo klingelte ein Telefon. Der Fernseher lief, und durch eine manipulierte Abstimmung hatte sich die Mehrheit für eine Quizshow entschieden. Die Ironie lag darin, dass das Fernsehen gegenüber der Konzentration auf jegliche Art zu leben oder zu sterben oberflächlich und beliebig war.

Während man also im Sterben lag oder am vergitterten Fenster stand und auf den leeren Hof starrte, hörte man die Stimme eines Mannes, eines belanglosen Menschen, mit dem man in der Schule oder am College kein Wort gesprochen hätte, dem Opfer eines schlechten Friseurs, Schneiders und Maskenbildners, und diese Stimme rief: »Wir freuen uns, Mrs. Charles Alcorn, wohnhaft am 275. Boulevard Nr. 11235, den viertürigen Riesenkühlschrank überreichen zu dürfen, gefüllt mit hundert Kilogramm erstklassigem Rindfleisch und genügend Vorräten, um eine sechsköpfige Familie zwei Monate lang zu ernähren. Auch an das Futter für die Haustiere wurde gedacht. Was für eine Freude, Mrs. Alcorn – ach, meine Liebe, ist das nicht fantastisch, ist das nicht traumhaft? ... Und die anderen Teilnehmer erhalten das komplette Warenpaket unseres Sponsors.« Die Zeit für banale Ironie, für Hintergrundkommentare ist längst vorbei, dachte Farragut. Es geht um den vollen Klang, die tiefen Flüsse, die unveränderliche Tiefe der Sehnsucht, der Liebe und des Todes. Plötzlich brüllte Tiny los. Normalerweise war er ein vernünftiger Mensch, aber jetzt klang seine Stimme schrill, ohrenbetäubend, wahnsinnig. »Du rattenfickender, schwanzlutschender, arschleckender, hinterlistiger, stinkender Sack voll Flöhe.«

Kraftausdrücke erinnerten Farragut an den lange zurückliegenden Krieg gegen Deutschland und Japan. »In einer beschissenen Scharfschützenkompanie«, hätte er oder jemand anders damals sagen können, »kriegt man die beschissene, nicht richtig funktionierende M-1 oder die beschissene 03 anstelle von beschissenen Karabinern, beschissenen, längst veralteten Brownings und beschissenen Sechzig-Millimeter-Mörsern, an denen man das beschissene Visier einstellen muss, um das beschissene Ziel zu treffen.« Schimpfwörter hatten ihrer Sprache damals Nachdruck verliehen, ihr Kraft und Struktur gegeben, doch inzwischen war das Wort »beschissen« für Farragut nur noch eine schwache Erinnerung. »Beschissen« bedeutete M-1-Gewehre, Fünfundzwanzig-Kilo-Rucksäcke, Kescher, die stinkenden Pazifikinseln und die Sprecherinnen von Radio Tokio. Tinys ungehemmter Wutausbruch brachte eine Vergangenheit ans Licht, die Farragut nicht besonders lebhaft vor Augen stand, weil er nichts Positives damit verband, doch es waren vier volle Jahre seines Lebens. Als der Hahnrei vorbeiging, fragte Farragut: »Was ist denn mit Tiny los?« – »Ach, weißt du das noch nicht?«, sagte der Hahnrei. »Er hatte gerade angefangen zu essen, als ihn der stellvertretende Direktor auf dem Außentelefon anrief, um die Arbeitszettel zu überprüfen. Als er zurückkam, hatten zwei Katzen, große Katzen, sein Steak und die Kartoffeln gefressen, auf seinen Teller geschissen und auch seinen Kuchen halb aufgefuttert. Einer hat er den Hals umgedreht. Die andere ist ihm entwischt. Als er der einen den Hals umdrehte, hat sie ihn heftig gebissen. Er hat geblutet wie ’n Schwein. Wahrscheinlich ist er auf der Krankenstation.«

Falls Gefängnisse erbaut wurden, um irgendein Lebewesen glücklich zu machen, dann waren es vermutlich Katzen, doch die Gespreiztheit dieser Beobachtung ärgerte Farragut. Tatsache war doch, dass gebildete Männer mit Hilfe von Reißbrettern, Handlangern, Mörtel und Steinen Gebäude erbauten, um ihren Mitmenschen ein gebührendes Maß an Freiheit zu verwehren. Daraus zogen die Katzen den größten Nutzen. Auch die dicksten von ihnen, echte Schwergewichte, schlüpften mühelos zwischen den Gitterstäben hindurch in die Zellen, wo es jede Menge Ratten und Mäuse für die Jäger, liebeshungrige Männer für die Zärtlichen und Turtelnden und Würstchen, Fleischklöße, altbackenes Brot und Margarine für die Hungrigen gab.

Farragut hatte schon die Katzen von Luxor, Kairo und Rom gesehen, aber in einer Zeit, in der jeder um die Welt reiste und Ansichtskarten verschickte oder gar Bücher darüber schrieb, hatte es nicht viel Sinn, die schemenhaften Katzen im Gefängnis mit den schemenhaften Katzen der antiken Welt in Verbindung zu bringen. Als Hundezüchter hatte er Katzen nicht besonders gemocht, doch das hatte sich geändert. In Falconer gab es mehr Katzen als Häftlinge, dabei saßen hier zweitausend Gefangene. Es waren schätzungsweise viertausend Katzen. Ihr Geruch überdeckte alles, doch sie sorgten dafür, dass sich Ratten und Mäuse nicht unkontrolliert vermehrten. Farragut hatte eine Lieblingskatze. Alle hatten Lieblingskatzen – manche bis zu sechs Stück. Manche Frauen brachten ihren Männern Katzenfutter mit. Die Einsamkeit brachte den Unbeugsamen bei, ihre Katzen zu lieben, denn Einsamkeit kann auf der Welt alles verändern. Die Katzen waren warm, sie waren weich, sie waren lebendig, und sie zeigten bisweilen ihr Innenleben, ihre Intelligenz und Einzigartigkeit oder auch ihre Anmut und Schönheit. Farragut nannte seine Katze Bandit, denn sie hatte eine schwarzweiße Maske wie ein Postkutschenräuber oder ein Waschbär.

»Komm, Muschi«, rief er und legte die drei Scheiben Brot auf den Boden. Erst leckte Bandit die Margarine vom Brot, dann fraß er mit katzenhafter Pingeligkeit die Krusten, trank einen Schluck Wasser aus der Toilettenschüssel, fraß das Weiche und kletterte schließlich auf Farraguts Schoß. Seine Krallen durchstachen den Drillich wie die Dornen einer Rose. »Braver Bandit, braver Bandit. Weißt du was, Bandit? Meine Frau, meine teure Frau, hat mich heute besucht, und ich weiß überhaupt nicht, was ich davon halten soll. Am besten erinnere ich mich daran, wie ich sie beim Verlassen des Gefängnisses beobachtet habe. Scheiße, Bandit, ich liebe sie.« Er kraulte die Katze mit Daumen und Mittelfinger hinter den Ohren. Bandit schnurrte vernehmlich und schloss die Augen. Farragut hatte sich nie um das Geschlecht der Katze gekümmert. Er musste an das mexikanische Paar im Besucherraum denken. »Es ist gut, dass ich nicht scharf auf dich bin, Bandit. Ich hab mit meinem Schwanz schon viel durchgemacht. Einmal bin ich in den Abruzzen auf einen Berg gestiegen. Tausendachthundert Meter. In den Wäldern wimmelte es angeblich von Bären. Deshalb bin ich da raufgestiegen. Um Bären zu sehen. Auf dem Gipfel stand eine Hütte, die ich kurz vor Einbruch der Dunkelheit erreichte. Ich ging rein und machte Feuer, aß die mitgebrachten Sandwiches, trank einen Schluck Wein und kroch dann in meinen Schlafsack und versuchte zu schlafen, aber mein verdammter Schwanz war einfach nicht zum Schlafen aufgelegt. Er pulsierte und fragte mich, warum nichts los wäre, was wir auf dem Berg wollten, wenn es keine Belohnung gäbe, und wie das Ganze jetzt weitergehen sollte. Plötzlich scharrte irgendein Tier an der Tür. Bestimmt ein Wolf oder ein Bär. Außer mir war auf dem Berg keine Menschenseele. Also sagte ich zu meinem Schwanz: ›Wenn das eine

Wölfin oder eine Bärin ist, kann ich dir vielleicht doch noch helfen.‹ Das stimmte ihn nachdenklich, und er beruhigte sich, sodass ich endlich schlafen konnte, aber …«

Plötzlich ertönte der Generalalarm. Farragut hatte das noch nie gehört und wusste nicht, was es zu bedeuten hatte. Aber es herrschte ein Heidenlärm, der augenscheinlich Feuer, Aufstände und den Höhepunkt und das Ende von allem anzeigen sollte. Es klingelte immer weiter, viel länger, als es für eine Durchsage, eine Warnung oder einen Alarm nötig gewesen wäre. Es klang wie eine Vorstufe zum Wahnsinn, der Lärm schien außer Kontrolle zu sein, er beherrschte und kontrollierte alles, doch dann betätigte jemand einen Schalter, und das flüchtige Wohlgefühl, das am Ende des Schmerzes aufflammt, stellte sich ein. Die meisten Katzen hatten sich verkrochen, und die klügeren hatten sich davongemacht. Bandit hockte hinter der Toilette. Dann glitt die Metalltür zur Seite, und, angeführt von Tiny, drängten mehrere Wärter herein. Sie trugen die gelben Schutzanzüge, die sie bei Feuerwehrübungen anhatten, und alle hatten ihre Knüppel gezückt.

»Wer Katzen in der Zelle hat, soll sie rausjagen«, befahl Tiny. Zwei Katzen, die vielleicht glaubten, Tiny habe etwas zu fressen dabei, kamen vom Ende des Gangs auf ihn zu. Eine war groß, die andere klein. Tiny holte weit mit dem Knüppel aus und traf die Kleine mit solcher Wucht, dass er ihr sämtliche Knochen brach. Gleichzeitig zertrümmerte ein anderer Wärter der großen Katze den Schädel. Blut, Hirn und Innereien spritzten auf ihre gelben Schutzanzüge, und der Anblick dieses Gemetzels strahlte in Farraguts Zähne aus: Die Kronen, Plomben und Füllungen taten ihm weh. Er riss den Kopf herum und sah, dass Bandit auf die geschlossene Tür zulief. Er freute sich über dieses Zeichen von Intelligenz und weil Bandit ihm die Auseinandersetzung ersparte, die gerade zwischen Tiny und Chicken Number Two stattfand: »Wirf die Katze raus«, forderte Tiny Chicken auf. »Du bringst meine Muschi nicht um«, erwiderte Chicken. »Du willst wohl sechs Tage eingeschlossen bleiben«, sagte Tiny. »Du bringst meine Muschi nicht um«, wiederholte Chicken. »Acht Tage Einschluss«, sagte Tiny. Chicken schwieg. Er klammerte sich an der Katze fest. »Du willst wohl ins Loch«, sagte Tiny. »Einen ganzen Monat.« – »Ich komme später noch mal, um sie zu holen«, sagte einer der anderen Männer.

Es gab zwei verschiedene Reaktionen. Die eine Hälfte der Katzen sah sich das Gemetzel an und flüchtete dann zur geschlossenen Tür. Die anderen liefen unsicher umher, schnupperten am Blut ihrer Artgenossen, und manche tranken es auch. Zwei der Wärter übergaben sich, und ein halbes Dutzend Katzen wurde umgebracht, während sie das Erbrochene fraßen. Die Katzen, die sich vor der Tür drängten und darauf warteten, hinausgelassen zu werden, waren ein leichtes Ziel. Als dem dritten Wärter übel wurde, sagte Tiny: »Okay, okay, das reicht für heute, aber mein schönes Stück Rinderbraten bringt mir das auch nicht zurück. Holt das Löschkommando, die sollen hier saubermachen.« Er gab das Zeichen, die Tür zu öffnen, und als sie aufglitt, flüchteten sechs bis zehn Katzen und erinnerten Farragut an das Unbezwingbare.

Das Löschkommando kam mit Abfalleimern, Schaufeln und zwei Schläuchen herein. Die Männer spritzten den Gang sauber und schaufelten die toten Katzen in die Kübel. Sie spritzten auch die Zellen sauber, und Farragut kletterte auf seine Pritsche, kniete sich hin und sagte: »Selig sind die Sanftmütigen«, doch dann wusste er nicht mehr, wie es weiterging.

Drei

Farragut war drogenabhängig und glaubte, dass das Bewusstsein eines Opiumessers viel umfangreicher, detaillierter und bezeichnender für die Conditio humana war als das Bewusstsein eines Menschen, der nie süchtig gewesen war. Als Droge benötigte er ein Destillat aus Erde, Luft, Wasser und Feuer. Er war sterblich, und seine Sucht veranschaulichte das aufs Schönste. Seine ersten Drogenerfahrungen hatte er im Krieg auf einer Insel gemacht, auf der eine drückende Hitze herrschte, die Dschungelfäule an seinen behaarten Körperpartien eiterte und der Feind mörderisch war. Der Kompaniearzt hatte Unmengen eines klebrigen gelben Hustensafts bestellt, und jeden Morgen tranken die Angehörigen der Kampftruppe ein Glas davon und zogen in die Schlacht, angetörnt und im Frieden mit der drückenden Hitze, dem Eiter und dem Morden. Als Nächstes kam Benzedrin an die Reihe. Das Benzedrin und seine Bierration brachten ihn durch den Krieg und in sein Land zurück, zu seinem Heim und seiner Frau. Ohne eigene Schuld stieg er von Benzedrin auf Heroin um und wurde von seinem Umfeld in seiner Sucht bestärkt. Gestern war das Zeitalter der Angst, das Zeitalter der Fische, und heute, sein Tag, sein Morgen, war das geheimnisvolle, abenteuerliche Zeitalter der Nadel. Seine Generation war die Generation der Süchtigen. Die Sucht war seine Schule, sein College, die Flagge, unter der er in den Kampf zog. Die Sucht wurde in jeder Zeitung, in jeder Zeitschrift und von jeder Stimme im Radio verkündet. Sie war das Gesetz der Propheten. Am Beginn seiner Professorenlaufbahn setzten er und sein Dekan sich vor jeder großen Vorlesung einen Schuss, womit sie zugaben, dass das, was die Welt von ihnen erwartete, nur mithilfe der Essenz einer Blume hervorgebracht werden konnte. Es war Herausforderung und Antwort. Die neuen Gebäude der Universität überstiegen das menschliche Maß, die menschliche Vorstellungskraft, die wildesten Menschheitsträume. Die Brücken, die er auf dem Weg zur Universität überquerte, waren das Destillat von Konstruktionscomputern, einer Art mechanischem Heiligen Geist. Die Flugzeuge, die ihn von seiner Universität zu einer anderen brachten, schwangen sich mühelos in Höhen, in denen der Mensch nicht leben konnte. In den Wissenschaften, die in den hohen Gebäuden gelehrt wurden, auf die man von den Fenstern des Englisch- und Philosophieseminars blickte, konnte keine philosophische Betrachtung etwas anderes als Zerstörungskraft sehen. Dort gab es Menschen, die zu dumm waren, um auf diese mörderischen Widersprüche zu reagieren, und ein Leben ohne jedes Bewusstsein und Unterscheidungsvermögen führten. Seine Erinnerung an ein Leben ohne Drogen hatte etwas von der Erinnerung daran, wie er als blonder, halbnackter Junge in seiner guten Flanellhose zwischen dem dunklen Meer und den wie Löwenköpfen geformten Granitfelsen einen weißen Strand entlangging, und eine derartige Erinnerung hervorzukramen, war verachtenswert. Ein Leben ohne Drogen schien aus realer und geistiger Sicht ein weit entfernter und jämmerlicher Punkt in seiner Vergangenheit zu sein – mit übereinandergeschobenen Linsen von Ferngläsern und Teleskopen gewaltig vergrößert, um eine unbedeutende Gestalt an einem lange zurückliegenden Sommertag zu erkennen.

Doch in den Weiten seines Opiumesserbewusstseins fand sich – nicht größer als ein Sandkörnchen – das Wissen, dass ihn, falls seine beseelte Kenntnis von den Drogen der Erde unterbrochen wurde, ein grausamer, unnatürlicher Tod erwartete. Manchmal besuchten Kongressabgeordnete und Senatoren das Gefängnis. Nur selten wurden ihnen die Häftlinge gezeigt, die um Methadon anstanden, aber zweimal waren sie zufällig auf diese Schlange gestoßen und hatten dagegen protestiert, dass der Steuerzahler seinen Schweiß vergeuden musste, um verurteilte Verbrecher in ihrer krankhaften Sucht zu unterstützen. Ihre Proteste hatten keinen Erfolg gehabt, doch Farraguts Einstellung zu Senatoren, die Gefängnisse besuchten, hatte sich in einen tödlichen Hass verwandelt, denn diese Männer konnten seinen Tod bedeuten. Für jeden von uns lauert die Angst vor dem Tod überall, doch für den großen Scharfsinn des Opiumessers verengt sie sich wunderbarerweise auf das Problem der Drogen. Im Glücksgefühl eines herrlichen Drogenrausches bedeutet es gar nichts, ob man verhungert, verbrennt oder ertrinkt. Drogen gehören zu jedem exaltierten Zustand, dachte Farragut. Drogen gehören in die Kirche. »Nimm dies zu meinem Angedenken, und sei dankbar«, sagte der Geistliche und legte dem Knienden eine Amphetamintablette auf die Zunge. Nur der Opiumesser kann Todesqualen wirklich verstehen. Als eines Morgens der Pfleger, der Farragut sein Methadon gab, nieste, war das für Farragut ein unheilverkündendes, schreckliches Zeichen. Der Pfleger konnte eine Erkältung bekommen, und in Anbetracht der aufwendigen Gefängnisbürokratie gab es dann vielleicht niemanden mehr, der die Drogen ausgeben durfte. Ein Niesen bedeutete den Tod.

Am Donnerstag wurde alles nach Schmuggelware durchsucht, und die Zellenblocks waren bis nach dem Abendessen gesperrt. Gegen acht Uhr wurden die Namen der Übeltäter bekannt gegeben. Der Hahnrei und Farragut wurden ausgerufen, und die beiden gingen zum Büro des stellvertretenden Direktors hinunter. In Farraguts Toilettenschüssel hatte man zwei Löffel gefunden. Er bekam sechs Tage Einschluss. Farragut sah der Strafe zunächst ruhig entgegen, da er nur an die Qual der Isolation dachte. Er sagte sich, dass er den Einschluss mit Fassung ertragen würde. Doch er war gerade die oberste Schreibkraft des Gefängnisses, geachtet wegen seiner Intelligenz, Leistungskraft und Schnelligkeit, und musste mit der Möglichkeit rechnen, dass in seiner Abwesenheit eine neue Schreibkraft seinen Platz einnahm und er seine Aufgabe und seine Bedeutung verlor. An diesem Nachmittag konnte jemand mit dem Bus angekommen sein, der Kopien doppelt so schnell wie er rausfeuerte und sein Büro, seinen Stuhl, seinen Schreibtisch und seine Lampe in Beschlag nahm. Aus Sorge über die völlige Wehrlosigkeit während des Einschlusses und die Bedrohung seines Selbstwertgefühls ging Farragut zu Tiny, gab ihm seinen Strafzettel und fragte: »Wie komme ich zu meinem Stoff?«

»Ich überprüfe das«, sagte Tiny. »Der wird wahrscheinlich von der Krankenstation raufgebracht. Vor morgen früh kriegst du nichts.« Farragut brauchte noch kein Methadon, doch der nächste Morgen drohte die Fakten der Nacht zu verdrängen. Farragut zog sich aus, ging ins Bett und sah sich im Fernsehen die Nachrichten an. In den letzten beiden Wochen hatte eine Mörderin die Nachrichten beherrscht. Sie wurde als ganz normal beschrieben. Sie und ihr Mann bewohnten ein teures Haus in einer exklusiven Wohngegend. Das Haus war weiß gestrichen, das Grundstück mit prächtigen Tannen bepflanzt, der Rasen und die Hecken gut gepflegt. Die Frau wurde wegen ihres Charakters allseits bewundert. Sie unterrichtete in der Sonntagsschule und betreute eine Gruppe von Pfadfinderinnen. Ihre Kuchen für die Basare der Trinity Church waren berühmt, und bei den Elternabenden in der Schule verstand sie es stets, sich intelligent, unverwechselbar und charmant auszudrücken. »Ach, sie war wirklich nett«, sagten die Nachbarn, »so sauber, so freundlich, sie hat ihn so geliebt, dass ich mir gar nicht vorstellen kann …« Was sie sich nicht vorstellen konnten, war die Tatsache, dass sie ihren Gatten ermordet hatte, ihn sorgfältig ausbluten ließ, das Blut die Toilette hinunterspülte, ihn dann sauber wusch und seinen Körper verschönerte und verbesserte. Zuerst enthauptete sie die Leiche und setzte ihr den blutleeren Kopf eines zweiten Opfers auf. Dann ersetzte sie die Genitalien durch die Genitalien ihres dritten und die Füße durch die Füße ihres vierten Opfers. Erst als sie eine Nachbarin einlud, um ihr diesen perfekten Mann zu zeigen, erregte sie Verdacht. Daraufhin verschwand sie. Es gab Angebote, die Überreste kommerziell zu verwerten, doch man konnte sich nicht einigen. Abend für Abend endeten die Bruchstücke der Geschichte mit dem zurückzoomenden Bild von dem friedlichen weißen Haus, den seltenen Bäumen und dem samtigen Rasen.

Während Farragut im Bett lag, spürte er seine Angst langsam größer werden. Am Morgen würde man ihm seinen Stoff verweigern. Er würde sterben. Ermordet werden. Plötzlich fielen ihm die Augenblicke ein, in denen sein Leben bedroht gewesen war. Zuerst hatte sein Vater, der Farraguts Namen mit seinem Schwanz geschrieben hatte, den Versuch unternommen, ihn wieder auszuradieren. Eine der Lieblingsgeschichten von Farraguts Mutter handelte von dem Abend, an dem sein Vater einen Arzt zum Abendessen mitbrachte. Während des Essens stellte sich heraus, dass der Arzt Abtreibungen vornahm und nur eingeladen worden war, um Farragut zu töten. Daran konnte er sich natürlich nicht erinnern, doch er wusste noch, wie er einmal mit seinem Bruder Eben am Strand spazieren ging. Das war auf einer Atlantikinsel. An der Spitze der Insel gab es eine Meerenge, die Chilton Gut hieß. »Lust zu schwimmen?«, fragte sein Bruder. Sein Bruder schwamm nicht gern, aber Farragut war dafür bekannt, bei jeder Gelegenheit die Kleider abzustreifen und ins Wasser zu springen. Er zog sich aus und watete gerade ins Meer, als irgendein Fremder, ein Fischer, den Strand entlanggerannt kam und schrie: »Halt, halt! Was haben Sie vor?« – »Ich will mal kurz schwimmen«, erwiderte Farragut. »Sie sind wohl verrückt«, sagte der Fremde. »Die Ebbe setzt gleich ein, und wenn Sie nicht von der Strömung mitgerissen werden, dann werden Sie von den Haien erwischt. Hier kann man nicht schwimmen. Man müsste endlich ein Schild aufstellen – der Strömung halten Sie keine Minute stand. Hier kann man einfach nicht schwimmen. Man vergeudet die Steuergelder für Verkehrsschilder – Geschwindigkeits-, Vorfahrts-, Stoppschilder –, aber an einer berüchtigten Todesfalle wie der hier steht gar kein Schild.« Farragut dankte dem Fremden und zog sich wieder an. Sein Bruder war bereits weitergegangen. Eben musste sich beeilt haben, denn er war ihm weit voraus. Als Farragut ihn einholte, fragte er ihn als Erstes: »Wann kommt Louisa aus Denver zurück? Ich weiß, dass du's mir schon gesagt hast, aber ich hab's vergessen.« – »Am Dienstag«, sagte Eben. »Sie bleibt bis nach Ruths Hochzeit.« Und während sie zum Haus zurückgingen, sprachen sie über Louisas Besuch. Farragut erinnerte sich, wie froh er damals gewesen war, noch am Leben zu sein. Der Himmel war blau.

In einer Entzugsklinik in Colorado, in die man Farragut eingewiesen hatte, um seine Sucht unter Kontrolle zu bringen, stellten die Ärzte fest, dass das Heroin sein Herz in Mitleidenschaft gezogen hatte. Die Entziehungskur dauerte achtunddreißig Tage, und vor seiner Entlassung erhielt er genaue Anweisungen. Er werde als ambulanter Patient entlassen. Wegen seines Herzens dürfe er sechs Wochen lang weder Treppen steigen noch Auto fahren oder sich auf irgendeine Art anstrengen. Er müsse heftige Temperaturschwankungen und vor allem jegliche Aufregung vermeiden. Jede Aufregung könne ihn umbringen. Danach benutzte der Arzt das klassische Beispiel des Mannes, der Schnee schaufelte, dann das Gewächshaus betrat und sich mit seiner Frau stritt. Das sei so tödlich, wie sich eine Kugel in den Kopf zu schießen. Farragut flog wieder in den Osten zurück, und der Flug verlief völlig ereignislos. Er nahm ein Taxi zu seiner Wohnung, wo ihn Marcia empfing. »Hi«, sagte er und beugte sich herab, um sie zu küssen, doch sie wandte das Gesicht ab. »Ich werde ab jetzt ambulant behandelt, salzlose Diät – eigentlich nicht salzlos, sondern ohne Salz hinzuzufügen. Ich darf weder Treppen steigen noch Auto fahren und muss jegliche Aufregung vermeiden. Scheint nicht so schwer zu sein. Vielleicht können wir ans Meer fahren.«

Marcia ging durch den langen Flur zu ihrem gemeinsamen Schlafzimmer und schlug die Tür hinter sich zu. Es klang wie eine Explosion, und für den Fall, dass ihm das entgangen sein sollte, öffnete sie die Tür wieder und schlug sie noch einmal zu. Sofort meldete sich sein Herz. Ihm wurde schwindlig, er bekam keine Luft mehr und war einer Ohnmacht nahe. Er wankte zum Sofa im Wohnzimmer und legte sich hin. Vor Schmerzen und Angst begriff er nicht, dass die Heimkehr eines Drogensüchtigen nichts Romantisches hatte. Er schlief ein. Als er wieder zu Bewusstsein kam, dämmerte es bereits. Sein Herz pochte noch immer heftig, sein Blick war getrübt, und er war ganz schwach und verängstigt. Er hörte, wie Marcia die Schlafzimmertür öffnete und den Flur entlangkam. »Kann ich irgendwas für dich tun?«, fragte sie in vernichtendem Ton.

»Ein bisschen freundlich sein«, sagte er. Er war hilflos. »Nur etwas Freundlichkeit.«

»Freundlichkeit?«, fragte sie. »In so einem Augenblick erwartest du Freundlichkeit? Womit hättest du das verdient? Was hast du mir schon gegeben? Plackerei. Ein oberflächliches, sinnloses Leben. Staub. Spinnweben. Autos und Feuerzeuge, die nicht funktionieren. Schmutzränder in der Badewanne, ungespülte Toilettenbecken, ein internationales Renommee für sexuelle Abartigkeit, Alkoholismus und Drogensucht, Arm- und Beinbrüche, Gehirnerschütterungen und jetzt auch noch massives Herzversagen. Das ist alles, was du mir gegeben hast, und jetzt erwartest du Freundlichkeit.« Das Pochen seines Herzens verschlimmerte sich, sein Blick wurde noch trüber, und er schlief ein, doch als er erwachte, stand Marcia in der Küche und kochte, und er war noch am Leben.

Sein Bruder kam ihm wieder in den Sinn. Es war bei einer Party in einem New Yorker Sandsteinhaus. Einige der Gäste verabschiedeten sich, und Farragut stand an einem offenen Fenster und rief ihnen Lebewohl zu. Es war ein großes Fenster, und er stand auf dem Sims. Unter ihm befand sich ein Lichtschacht, gesäumt von einem Eisenzaun, dessen Stäbe die Form von Speeren hatten. Als er so im Fenster stand, versetzte ihm jemand einen kurzen Stoß. Er sprang oder stürzte aus dem Fenster, konnte den Eisenspeeren gerade noch ausweichen und landete mit den Knien auf dem Pflaster. Einer der scheidenden Gäste kehrte zurück und half ihm auf die Füße, und Farragut sprach mit ihm über ihr nächstes Treffen. Dadurch vermied er, zu dem Fenster hinaufblicken und vielleicht sehen zu müssen, wer ihn gestoßen hatte. Das wollte er nicht wissen. Er hatte sich den Knöchel verstaucht und das Knie zerschrammt, doch er wollte nicht weiter über den Vorfall nachdenken. Viele Jahre später, bei einem Spaziergang im Wald, hatte Eben plötzlich gefragt: »Kannst du dich an die Party von Sarah erinnern, bei der du so stockbetrunken warst und jemand dich aus dem Fenster gestoßen hat?« – »Ja«, sagte Farragut. »Ich hab dir nie gesagt, wer es war«, erklärte Eben. »Es war dieser Typ aus Chicago.« Farragut dachte, dass sich sein Bruder mit dieser Bemerkung selbst belastet hatte, doch Eben schien sich befreit zu fühlen. Er straffte die Schultern, streckte den Kopf dem Licht entgegen und trat kräftig nach dem Laub, das auf dem Weg lag.

Das Licht und der Fernseher gingen aus. Tennis begann zu murmeln: »Hat sich jemand um dich gekümmert? Hat sich irgendwer um dich gekümmert?« Farragut, der auf seiner Pritsche lag und an den Morgen und seinen möglichen Tod dachte, fand, dass die Toten im Vergleich zu den Gefangenen einige Vorteile hatten. Die Toten hatten zumindest umfassende Erinnerungen und Reuegefühle, während er als Häftling nur gebrochene, episodische Erinnerungen an die strahlende Welt draußen hatte, die von zufälligen Gerüchen abhängig waren – Gras, Schuhleder, das Leitungswasser in den Duschen. Er besaß einige Erinnerungen, doch sie waren dunkel und dumpf. Wenn er morgens aufwachte, suchte er ungestüm und verzweifelt nach einem Wort, einer Metapher, einer Berührung oder einem Geruch, die ihm eine Orientierung boten, doch meistens blieb er mit dem Methadon und seinem ungebärdigen Pumpenschwengel allein. Er kam sich im Gefängnis wie ein Reisender vor, er hatte schon so viele fremde Länder bereist, dass er diese starke Entfremdung wiedererkannte. Es war das Gefühl, dass ihm beim Erwachen vor Tagesanbruch, angefangen bei dem Traum, aus dem er erwachte, alles fremd war. Er hatte in einer anderen Sprache geträumt und nahm beim Erwachen den Stoff und den Geruch fremder Bettwäsche wahr. Vom Fenster drang der fremde Geruch fremder Brennstoffe herüber. Er badete in fremdem, rostfarbenem Wasser, wischte sich den Hintern mit fremdem, barbarischem Toilettenpapier ab und stieg eine unbekannte Treppe hinunter, um ein fremdes, völlig abstoßendes Frühstück vorgesetzt zu bekommen. So war das Reisen. Hier war es genauso. Alles, was er sah, anfasste, roch und träumte, war auf grausame Weise fremd, doch dieser Kontinent, dieses Land, in dem er vielleicht den Rest seines Lebens verbringen würde, hatte keine Flagge, keine Hymne, keinen König oder Präsidenten, keine Steuern, Grenzen oder Gräber.

Er schlief schlecht, und als er erwachte, fühlte er sich wie gerädert. Chicken Number Two brachte ihm Haferschleim und Kaffee, doch sein Herz schlug im Gleichtakt mit seiner Uhr. Wenn das Methadon um neun noch nicht da war, würde er langsam sterben. Es würde anders sein, als den Raum mit dem elektrischen Stuhl oder dem Galgen zu betreten. Um fünf Minuten vor neun begann er, Tiny anzuschreien. »Ich will meinen Stoff, es ist Zeit für meinen Stoff, lass mich einfach zur Krankenstation runtergehen und meinen Stoff holen.« – »Die müssen sich da unten um die Anstehenden kümmern«, sagte Tiny. »Lieferung frei Haus gibt's erst später.« – »Vielleicht findet gar keine Lieferung frei Haus statt«, erwiderte Farragut. Er saß mit geschlossenen Augen auf seiner Pritsche und versuchte, in Besinnungslosigkeit zu verfallen. Das dauerte ein paar Minuten. Dann brüllte er: »Um Gottes willen, bring mir meinen Stoff!« Tiny sah weiter Blätter mit der Arbeitseinteilung durch, doch Farragut konnte ihn kaum noch erkennen. Die übrigen Männer, die nicht zur Arbeit gegangen waren, blickten herüber. Außer dem Hahnrei saß sonst niemand im Einschluss. Dann erschien Chisholm, der stellvertretende Direktor, mit zwei anderen Wachteln. »Ich hab gehört, du hast eine Entzugs-Show auf dem Programm«, sagte er. »Ja«, sagte Tiny. »War aber nicht meine Idee.« Er blickte nicht von den Papieren auf. »Sucht euch einen freien Tisch. Die Show geht gleich los.«

Farragut hatte in den Achselhöhlen, im Schritt und auf der Stirn zu schwitzen begonnen. Inzwischen troff der Schweiß von den Rippen und durchnässte seine Hose. Seine Augen brannten. Er konnte immer noch rechnen. Er würde fünfzig Prozent seines Sehvermögens einbüßen. Als der Schweiß in Strömen floss, begann er zu zittern. Zuerst die Hände. Er setzte sich darauf, doch plötzlich wackelte sein Kopf. Er stand auf. Jetzt zitterte er am ganzen Körper. Dann schnellte sein Arm in die Höhe. Er zog ihn wieder an sich. Sein linkes Knie stieß in die Luft. Er presste es auf den Boden, doch es zuckte wieder nach oben und bewegte sich auf und ab wie ein Kolben. Er stürzte und schlug den Kopf auf den Boden, um einen erklärbaren Grund für seine Schmerzen zu haben. Die Schmerzen würden ihm Frieden bringen. Als er begriff, dass er sie so nicht herbeizwingen konnte, unternahm er die gewaltige Anstrengung, sich zu erhängen. Unzählige Male versuchte er vergeblich, die Hand auf die Gürtelschnalle zu legen, bis es ihm endlich gelang. Doch die Hand schnellte wieder in die Luft, und erst nach einem weiteren langen Kampf bekam er die Gürtelschnalle zu fassen und öffnete sie. Auf den Knien, den Kopf immer noch auf dem Boden, riss er den Gürtel aus den Schlaufen. Farragut schwitzte nicht mehr. Ihn überliefen Kälteschauer. Flach auf den Boden gedrückt, robbte er wie ein Schwimmer zum Stuhl, machte aus dem Gürtel eine Schlinge und befestigte sie an einem Nagel, der aus dem Stuhl ragte. Als er versuchte, sich zu erdrosseln, sagte Chisholm: »Schneidet den jämmerlichen Scheißkerl ab und holt seinen Stoff.« Tiny schloss die Zellentür auf. Farragut konnte nicht viel erkennen, aber das sah er, und als sich die Zelle öffnete, sprang er sofort auf, stieß mit Tiny zusammen und wollte zur Krankenstation rennen, doch Chisholm schlug ihm einen Stuhl auf den Schädel. Das linke Bein eingegipst und den halben Kopf bandagiert, kam er auf der Krankenstation wieder zu sich. Tiny stand in Zivil an seinem Bett. »Farragut, Farragut, warum biste bloß 'n Fixer?«, fragte er.

Farragut gab keine Antwort. Tiny tätschelte ihm den Kopf. »Morgen bring ich dir 'n paar frische Tomaten mit. Meine Frau macht grad fünfzig Gläser Tomatensoße. Bei uns gibt's morgens, mittags und abends Tomaten. Und trotzdem hab ich noch welche übrig. Morgen bring ich dir ein paar mit. Willste sonst noch was?«

»Nein, danke«, sagte Farragut. »Aber ein paar Tomaten nehme ich gern.«

»Warum biste bloß 'n Fixer?«, fragte Tiny und ging.

Farragut ließ sich von der Frage nicht aus der Fassung bringen, doch er war aufgebracht. Es war nur natürlich, dass er süchtig war. Er war bei Leuten aufgewachsen, die mit verbotenen Waren handelten. Nicht mit harten Drogen, sondern mit geistigen, intellektuellen und erotischen Stimulanzien. Er war der Bürger, das Produkt eines Grenzfürstentums wie Liechtenstein. In seinem Lebenslauf fehlte zwar das Bergpanorama, doch sein

Pass war voller Visa, er handelte mit verbotener geistiger Ware, konnte sich in vier Sprachen leidlich verständigen und kannte den Text von vier Nationalhymnen. Als er einmal mit seinem Bruder in Kitzbühel in einem Café saß, wo sie einer Kapelle zuhörten, war Eben plötzlich aufgesprungen und hatte seinen Tirolerhut ans Herz gedrückt. »Was ist los?«, fragte Farragut, und Eben sagte: »Gleich spielen sie die Nationalhymne.« Die Kapelle spielte dann doch bloß »Home on the Range«, aber für Farragut veranschaulichte es in der Erinnerung, dass sich seine Familie stets bemüht hatte, in politischer, geistiger und erotischer Hinsicht flexibel zu sein. Das erklärte auch die Tatsache, dass er süchtig war.

Farragut konnte sich erinnern, wie seine Mutter in einem korallenroten, perlenbestickten Kleid eine Wendeltreppe herunterkam, um sich *Tosca* anzuhören; und er konnte sich auch erinnern, wie sie an der Hauptstraße zum Cape Cod, an jenem einprägsamen Punkt in der Landschaft, an dem die Virginia-Kiefern beginnen und die Nähe des Atlantischen Ozeans am blassen Himmel und der salzigen Luft zu erkennen ist, Benzin zapfte. Seine Mutter trug zwar keine Tennisschuhe, aber immerhin eine Art Gesundheitsschuhe, und ihr Kleid war vorn viel tiefer ausgeschnitten als hinten. Er konnte sich erinnern, wie sie mehrmals beiläufig Einladungen zum Abendessen bei den Trenchers ausschlug, die im ganzen Ort berühmt waren, weil sie sich innerhalb einer Woche eine Orgel und eine Yacht zugelegt hatten. Die Trenchers waren Millionäre – sie waren Parvenüs – und hatten einen Butler; doch die Farraguts hatten bereits mehrere Butler gehabt – Mario, Fender und Chadwick – und behaupteten jetzt, dass sie ihren Tisch lieber selbst deckten. Die Farraguts hatten in einem viktorianischen Herrenhaus gewohnt, und als das verloren ging, zogen sie wieder auf ihren ehemaligen Familiensitz. Er bestand aus einem schäbigen, aber ruhmreichen Gebäude aus dem achtzehnten Jahrhundert und der Konzession für zwei Socony-Zapfsäulen, die vor dem Haus standen, an der Stelle, wo sich früher Großmutters berühmter Rosengarten befunden hatte. Als bekannt wurde, dass sie ihr ganzes Geld verloren hatten und nun eine Tankstelle betreiben wollten, kam Farraguts Tante Louisa unverzüglich zu ihnen und rief schon in der Diele: »Du kannst doch nicht Benzin zapfen!« – »Warum nicht?«, fragte Farraguts Mutter. Tante Louisas Chauffeur kam herein und stellte eine Stiege Tomaten auf den Boden. Er trug Gamaschen. »Weil du dann deine ganzen Freunde verlierst«, erklärte Tante Louisa. »Ganz im Gegenteil«, sagte Farraguts Mutter. »Ich werde genau erfahren, wer dazuzählt.«

Die Crème de la Crème der postfreudianischen Generation war süchtig. Alle Übrigen gehörten zu jenen psychiatrischen Rekonstruktionen, die man auf Cocktailpartys in den uninteressanten Hinterzimmern anzutreffen pflegte. Sie wirkten unversehrt, doch wenn man sie im falschen Moment an der falschen Stelle berührte, fielen sie in sich zusammen wie ein Kartenhaus. Die Drogensucht ist charakteristisch. Opiumesser wissen das. Farragut konnte sich an eine Opiumesserin namens Polly erinnern, deren Mutter mit wechselndem Erfolg auf Schallplatten und in Nachtclubs sang. Sie hieß Corinne. Als Corinne ganz unten war und sich um ein Comeback bemühte, begleitete Farragut Polly zu dem großen Durchbruchsversuch ihrer Mutter in Las Vegas. Der Versuch war erfolgreich, und Corinne avancierte von einer vergessenen Sängerin zum drittgrößten Schallplattenstar der Welt. So bedeutsam das auch sein mochte, er erinnerte sich vor allem daran, dass Polly Probleme mit ihrer Figur hatte und während des ersten entscheidenden Gesangsvortrags ihrer Mama das ganze bereitgestellte Brot und die ganze Butter aufaß, die auf dem Tisch standen, und als es vorbei war – damit meinte Farragut den Gesangsvortrag –, standen alle auf und spendeten Beifall, und Polly ergriff seinen Arm und sagte: »Das ist meine Mama, das ist meine liebe Mama.« Da stand sie also, die liebe Mama, im grellen Rampenlicht, das an das kalte Funkeln eines Diamanten erinnerte und für sie vielleicht tatsächlich das Lächeln der Welt darstellte. Wie konnte man das mit Wiegenliedern und Muttermilch in Einklang bringen, ohne Opiumesser zu sein? Bei Farragut beschwor das Wort »Mutter« das Bild einer Frau herauf, die Benzin zapfte, aber auch im Ballsaal einen Knicks machte oder bei einer Versammlung mit dem Hammer auf das Rednerpult schlug. Das verwirrte ihn, und diese Verwirrung schrieb er den schönen Künsten zu, ganz besonders Degas. Es gibt ein Gemälde von Degas, auf dem eine Frau mit einer Vase voll Chrysanthemen zu sehen ist. Für Farragut verkörperte es die große Heiterkeit des Begriffs »Mutter«. Die Welt zwang ihn fortwährend dazu, seine eigene Mutter, eine berühmte Brandstifterin, Snobistin, Tankwartin und Tontaubenschützin mit dem Bild der Fremden mit ihren bitter duftenden Herbstblumen zu vergleichen. Warum hatte das Universum diesen Abgrund aufgerissen? Was trieb ihn dazu, diesen so breiten, grammvollen Graben weiter zu vertiefen? Ihn hatte kein Storch von irgendeinem Stern aufgelesen. Warum sollten er und die anderen sich dann so benehmen, als wäre dies so? Der Opiumesser wusste Bescheid. Nach Corinnes großem Comeback und Durchbruch fand eine triumphale Party statt, und als er und Polly dazukamen, ging die liebe Mama sofort auf ihre einzige Tochter, ihr einziges Kind, los. »Polly«, sagte sie, »ich hätte dich umbringen können. Du hast direkt vor mir gesessen, genau vor meinen Augen, und bei den ersten Songs meines großen Comebacks hast du den ganzen Brotkorb leer gegessen – acht Brötchen, ich habe mitgezählt –, und obendrein hast du die ganze Butter verputzt. Wie soll ich denn meinen Arrangements folgen, wenn ich gleichzeitig deine Brötchen mitzählen muss? Ach, ich hätte dich umbringen können.« Polly, auf irgendeinem Stern aufgelesen, brach natürlich in Tränen aus, und Farragut brachte sie ins Hotel zurück, wo sie spitzenmäßiges kolumbianisches Kokain schnupften, von dem ihnen die Nase blutete. Was hätte man sonst tun sollen? Polly hatte fünfzehn Kilo Übergewicht, und Farragut stand nicht auf dicke Frauen; er stand nur auf dunkeläugige Blondinen, die mindestens eine Fremdsprache beherrschten, ein eigenes Einkommen hatten und den Eid der Pfadfinderinnen aufsagen konnten.

Der Vater, der eigene Vater, hatte Farraguts Leben auslöschen wollen, während das Kind noch im Leib seiner Mutter weilte. Wie hätte Farragut mit diesem Wissen glücklich leben sollen ohne die Unterstützung jener Pflanzen, die ihre Weisheit aus der Erde sogen? Der Vater war mit ihm in der Wildnis angeln gegangen und hatte ihm gezeigt, wie man hohe Berge bestieg, doch als er sich dieser Pflichten entledigt hatte, vernachlässigte er seinen Sohn und verbrachte den größten Teil seiner Zeit damit, in einer kleinen Jolle im Hafen von Travertine zu kreuzen. Er erzählte, dass er schwere Stürme bestanden hatte – ein Unwetter vor Falmouth war seine Lieblingsgeschichte –, doch seit Farragut lebte, bevorzugte er sichere Häfen. Er war einer dieser alten Yankees, die sehr geschickt mit der Pinne und den Schoten umzugehen wussten. Er kam mit allen Leinen gut zurecht – Drachenleinen, Angelschnüren, Bootstauen – und konnte einen Gartenschlauch so fachmännisch aufrollen, dass Farragut fasziniert war. Das Tanzen – der Wiener Walzer mit einer hübschen Frau ausgenommen – war dem alten Mann ein Gräuel, doch mit dem Tanzen ließen sich seine Verrichtungen auf einem Boot am besten umschreiben. Sobald er das Boot losgemacht hatte, begann eine Darbietung, die so streng gegliedert, würdevoll und anmutig war wie eine Pavane. Gewitterböen, killende Segel, Donner und Blitz konnten diesem Rhythmus nichts anhaben.

O Heroin, steh mir bei! Mit einundzwanzig durfte Farragut den Nanuet-Kotillon anführen. Die *Nanuet* war 1672 in der Neuen Welt gelandet. Der Leiter jener Expedition hieß Peter Wentworth. Da Farraguts Bruder Eben nicht anwesend war, war Farragut nach seinem betrunkenen, exzentrischen Vater Wentworths direktester männlicher Nachfahre, und deshalb führte er den Kotillon an. Es war ihm eine Freude gewesen, das Benzin Harry – einem Spastiker – zu überlassen und den Frack seines Vaters anzulegen. Das gehörte wieder zum Reiz des Lebens in einem Grenzfürstentum und natürlich auch zu den Gründen, warum er Opiumesser wurde. Der Frack seines Vaters saß perfekt. Er war aus schwarzem Tuch, so schwer wie ein Mantel, und Farragut dachte, dass er darin unwiderstehlich aussah. Er würde im ersten anspringenden Wagen in die Stadt fahren, würde eine Debütantin, die vom Komitee wegen ihres Reichtums und ihrer Beziehungen ausgewählt worden war, zur Hauptloge führen und sich vor den dort Sitzenden verbeugen. Dann würde er die ganze Nacht tanzen und am Morgen zu seinen Zapfsäulen zurückkehren.

Die Farraguts gehörten zu jenen Leuten, die behaupteten, sich auf die Tradition zu stützen, doch in Wirklichkeit stützten sie sich auf eine wesentlich robustere Form der Improvisation, bar jeder Beständigkeit. Als sie noch im Herrenhaus wohnten, fuhren sie immer donnerstags und sonntags zum Abendessen in den Club. Farragut erinnerte sich an einen dieser Abende. Seine Mutter hatte den Wagen unter dem Schutzdach geparkt. Es war ein Cabriolet, ein Jordan Blue Boy, den sein Vater bei einer Tombola gewonnen hatte. Sein Vater war nicht zu Hause, wahrscheinlich war er auf seiner Jolle. Farragut stieg in den Blue Boy, aber sein Bruder blieb auf dem Trittbrett stehen. Eben war ein gut aussehender junger Mann, doch an diesem Abend war sein Gesicht kreidebleich. »Ich komme nur mit in den Club«, sagte er zu ihrer Mutter, »wenn du den Kellner mit seinem Namen ansprichst.« – »Sein Name ist Horton«, erwiderte Mrs. Farragut. »Sein Name ist Mr. Horton«, verbesserte Eben sie. »Na schön«, sagte Mrs. Farragut. Eben stieg ein. Mrs. Farragut fuhr nicht mit Absicht waghalsig, doch ihr Sehvermögen ließ allmählich nach, und auf der Straße war sie ein Werkzeug des Todes. Sie hatte bereits einen Airedale-Terrier und drei Katzen überfahren. Eben und Farragut schlossen die Augen, bis sie in der Einfahrt des Clubs den Kies knirschen hörten. Sie setzten sich an einen Tisch, und als der Kellner kam, um sie zu begrüßen, fragte ihre Mutter: »Womit wollen Sie uns heute Abend in Versuchung führen, Horton?« – »Entschuldigt mich«, sagte Eben. Er verließ den Tisch und ging zu Fuß nach Hause. Als Farragut zurückkehrte, fand er seinen Bruder – einen erwachsenen Mann – schluchzend in seinem Zimmer vor. Aber auch Eben, sein einziger Bruder, war unbeständig. Wenn sie sich ein paar Jahre später in New York zum Trinken trafen, klatschte Eben jedes Mal in die Hände, um den Kellner herbeizurufen. Als sie der Oberkellner deswegen einmal aufforderte, das Lokal zu verlassen, und Farragut versuchte, seinem Bruder zu erklären, dass es einfachere und angemessenere Möglichkeiten gab, die Aufmerksamkeit eines Kellners auf sich zu lenken, sagte Eben: »Ich versteh das nicht, ich versteh das einfach nicht. Ich wollte doch bloß einen Drink.«

Das Opium hatte Farragut geholfen, sich mit Gelassenheit ins Gedächtnis zu rufen, dass er noch nicht ganz sechzehn war, als sein Vater zum ersten Mal mit Selbstmord drohte. Bezüglich seines Alters war er sich sicher, denn er hatte damals noch keinen Führerschein. Er kam vom Benzinzapfen ins Haus und sah, dass der Tisch nur für zwei Personen gedeckt war. »Wo ist Dad?«, fragte er – das klang ungestüm, weil der von den Farraguts kultivierte Lakonismus zeremoniell und sippenspezifisch war und man selten Fragen stellte. Seine Mutter seufzte und stellte den Corned-Beef-Eintopf mit verlorenen Eiern auf den Tisch. Farragut hatte sich bereits danebenbenommen, deshalb fragte er weiter: »Und wo ist Dad?« – »Ich weiß nicht genau«, sagte seine Mutter. »Als ich runterkam, um das Abendessen zuzubereiten, überreichte er mir eine lange Anklageschrift, in der er meine Versäumnisse als Frau, Gattin und Mutter aufzählte. Es waren zweiundzwanzig Anklagepunkte. Ich habe nicht alle gelesen, sondern den Wisch ins Feuer geworfen. Er reagierte ziemlich ungehalten und sagte, er würde nach Nagasakit fahren und sich ertränken. Anscheinend ist er per Anhalter gefahren, denn der Wagen ist noch da.« – »Entschuldige mich«, sagte Farragut ganz aufrichtig. Es sollte nicht sarkastisch klingen. Einige Familienmitglieder dürften auf dem Sterbebett etwas Ähnliches gesagt haben. Er stieg in den Wagen und fuhr zum Strand. Deshalb wusste er so genau, dass er noch nicht sechzehn gewesen war. Damals hatten sie in Hepworth nämlich einen neuen Polizisten, der ihn als Einziger vielleicht angehalten und nach seinem Führerschein gefragt hätte. Aus irgendeinem Grund hatte der Polizist in Hepworth die Farraguts auf dem Kieker. Die übrigen Polizisten in der Gegend kannte Farragut gut.

Als er in Nagasakit ankam, lief er zum Strand hinunter. Die Saison neigte sich ihrem Ende zu, es war spät am Tag, und man sah weder Badegäste noch Strandwächter, nichts als das träge wogende, schon damals verschmutzte Meer. Woran sollte er erkennen, ob sein Vater im Wasser trieb, mit Perlen als Augen? Er ging den halbmondförmigen Strand entlang. Der Vergnügungspark war noch geöffnet. Er hörte eine äußerst unernste, längst der Vergangenheit angehörende Musik herüberdringen. Um nicht in Tränen auszubrechen, musterte er den Sand. In jenem Jahr waren japanische Sandalen und Spielzeugritter in Rüstung wahre Verkaufsschlager gewesen. Als Überbleibsel des Sommers lagen nun zahllose zerstückelte Ritter und vereinzelte Sandalen zwischen den Kieselsteinen. Er lauschte dem Atem seines geliebten Meeres. Die Berg- und Talbahn war noch in Betrieb. Er hörte, wie die Wagen über die Schienenverbindungen ratterten, und immer wieder ertönte lautes Gelächter – ein Geräusch, das ihm an diesem Ort völlig vergeudet vorkam. Er verließ den Strand und überquerte die Straße, um zum Eingang des Vergnügungsparks zu gelangen. Die Fassade kennzeichnete eine Phase der italienischen Einwanderung. Handwerker aus Italien hatten aus Gips und Zement eine Mauer errichtet, sie in römischem Safrangelb getüncht und dann mit Meerjungfrauen und Muscheln verziert. Über dem Eingangsbogen thronte Poseidon mit seinem Dreizack. Hinter der Mauer drehte sich das Karussell. Niemand fuhr mit. Das laute Gelächter kam von einigen Leuten, die der Berg- und Talbahn zuschauten. Dort fuhr Farraguts Vater und tat so, als tränke er aus einer leeren Flasche und überlegte bei jeder Steigung, sich in selbstmörderischer Absicht aus dem Wagen zu stürzen. Seine Kaspereien kamen gut an. Die Zuschauer waren hingerissen. Farragut begab sich zu dem Schaustellergehilfen, der die Schalthebel bediente. »Das ist mein Vater«, sagte er, »können Sie ihn bitte herunterholen?« Das Lächeln des Mannes war voller Mitgefühl. Als der Wagen, in dem sein Vater saß, an der Rampe hielt, sah Mr. Farragut seinen Sohn, seinen Jüngsten, den Unerwünschten, den Spaßverderber. Er stieg aus und ging mit ihm, da er wusste, dass ihm nichts anderes übrig blieb. »Ach, Daddy«, sagte Farragut, »so was solltest du mir in meinen Entwicklungsjahren nicht antun.« Ach, Farragut, warum biste bloß 'n Fixer?

Am nächsten Morgen brachte ihm Tiny vier große Tomaten, und Farragut war gerührt. Sie schmeckten schmerzlich nach Sommer und Freiheit. »Ich will Klage einreichen«, erzählte er Tiny. »Kannst du mir eine Ausgabe von Gilberts Strafgesetzbuch besorgen?« – »Ich kann's versuchen«, sagte Tiny. »Mishkin hat eine, aber die verleiht er nur für vier Schachteln pro Monat. Hast du vier?« – »Ich kann sie besorgen, falls mich meine Frau je wieder besucht«, erwiderte Farragut. »Ich will Klage einreichen, Tiny, aber das geht nicht gegen dich. Ich will erleben, dass Chisholm und die anderen beiden Wachteln vier Jahre lang mit dem Löffel Würstchen mit Reis essen. Vielleicht klappt das. Sagst du als Zeuge aus?« – »Klar, mach ich«, sagte Tiny. »Wenn ich kann, mach ich das. Mir gefällt nicht, wie sich Chisholm an den Entzugserscheinungen der Leute aufgeilt. Ich tu, was ich kann.« – »Für mich liegt der Fall ganz klar«, sagte Farragut. »Die Bewohner dieses Bundesstaates und unser Volk haben mich zu einer Gefängnisstrafe verurteilt. Für meine Haft wurde mir von drei ehrenwerten Mitgliedern der Ärzteschaft ein Medikament verschrieben. Dieses Medikament wurde mir vom stellvertretenden Direktor, einem Mann, der im Auftrag des Volkes meine Bestrafung überwachen soll, vorenthalten. Und dann erklärte er meinen vorhersehbaren Todeskampf zum Spektakel. So einfach ist das.«

»Na ja, du kannst es versuchen«, sagte Tiny. »Vor zehn, fünfzehn Jahren hat mal ein Bursche geklagt, der zusammengeschlagen wurde, und der kriegte jede Menge Hautverpflanzungen. Und als sie Freddy, dem Killer, die Zähne ausschlugen, hat er geklagt und ein neues Gebiss gekriegt. Das hat er nur getragen, wenn's Truthahn gab. Freddy war ein großer Basketballstar, aber das war lange vor deiner Zeit. Vor vier-, fünfundzwanzig Jahren hatten wir hier ein unschlagbares Basketballteam. Morgen hab ich frei, aber übermorgen komm ich wieder vorbei. Ach, Farragut, warum biste bloß 'n Fixer?«

Als man den Verband von Farraguts Schädel abnahm, entdeckte er natürlich, dass man ihn kahl geschoren hatte, doch auf der Krankenstation gab es keine Spiegel, sodass er sich um sein Aussehen nicht zu grämen brauchte. Er versuchte, mit den Fingern die Nähte auf seinem Schädel zu zählen, verlor aber jedes Mal den Überblick. Also fragte er den Pfleger, ob er wisse, wie viele es seien. »Na klar«, sagte der Pfleger, »es sind zweiundzwanzig Stück. Ich war in Block F, um dich zu holen. Du hast auf dem Boden gelegen. Tony und ich haben dich auf der Trage in den Operationssaal geschleppt.« Dass er, Farragut, die Macht hatte, den stellvertretenden Direktor Chisholm ins Gefängnis zu bringen, war für ihn eine unerschütterliche Tatsache. Die Vorstellung, dass der stellvertretende Direktor mit einem Löffel Würstchen mit Reis aß, stand ihm mit der ungetrübten Heiterkeit einer fixen Idee vor Augen. Es war lediglich eine Frage der Zeit. Sein Bein war in Gips, weil sein Meniskus gerissen war, hieß es. Dass er sich schon zweimal bei Skiunfällen einen Meniskusriss zugezogen hatte, war ihm völlig entfallen. Er würde für den Rest seines Lebens hinken und dachte voller Genugtuung, dass der stellvertretende Direktor seinen Todeskampf zum Spektakel erklärt und ihn zum Krüppel gemacht hatte.

»Sag's mir noch mal«, forderte Farragut den Pfleger auf. »Wie viele Nähte hab ich auf meinem Schädel?« – »Zweiundzwanzig, zweiundzwanzig«, sagte der Pfleger. »Ich hab's dir doch schon gesagt. Du hast geblutet wie ein Schwein. Ich weiß, wovon ich rede, denn ich hab früher Schweine geschlachtet. Als Tony und ich in euren Zellenblock kamen, war alles voller Blut. Du hast auf dem Boden gelegen.« – »Wer war sonst noch da?«, fragte Farragut. – »Tiny natürlich«, antwortete der Pfleger. »Chisholm, der stellvertretende Direktor, und Lieutenant Sutfin und Lieutenant Tillitson. Und da saß noch ein Kerl in seiner Zelle. Keine Ahnung, wer das war.« – »Würdest du das, was du gerade gesagt hast, vor einem Rechtsanwalt wiederholen?«, fragte Farragut. – »Na klar doch, das hab ich schließlich gesehen. Ich bin ein ehrlicher Mensch. Ich stehe zu dem, was ich sehe.« – »Könnte ich einen Anwalt sprechen?« – »Klar doch«, sagte der Pfleger. »Ein-, zweimal in der Woche kommt einer her. Es gibt einen Ausschuss für den Rechtsschutz von Häftlingen. Wenn wieder einer kommt, erzähl ich ihm von dir.«

Ein paar Tage später kam ein Anwalt an Farraguts Bett. Er hatte so volles Haar und einen so dichten Bart, dass Farragut weder sein Gesicht beurteilen noch sein Alter einschätzen konnte, auch wenn der Bart noch kein Grau aufwies. Seine Stimme klang unbeschwert. Sein brauner Anzug war abgetragen, an seinem rechten Schuh klebte Schlamm, und zwei seiner Fingernägel hatten Schmutzränder. Das Geld, das er in sein Jurastudium gesteckt hatte, hatte sich anscheinend nicht ausgezahlt. »Guten Morgen«, sagte er, »na, da wollen wir mal sehen. Tut mir leid, dass ich jetzt erst komme, aber ich habe erst vorgestern erfahren, dass Sie nach einem Rechtsbeistand verlangen.« Er hatte ein Klemmbrett dabei, auf dem ein dicker Stapel Papiere befestigt war. »Hier stehen die Angaben über Sie«, sagte er. »Ich glaube, ich habe alles da. Bewaffneter Raubüberfall. Zehn Jahre. Zweites Vergehen. Das sind Sie doch, oder?« »Nein«, sagte Farragut. »Einbruchdiebstahl?«, fragte der Anwalt. »Geplanter Einbruch?« »Nein«, sagte Farragut. »Tja, dann müssen Sie das mit dem Totschlag sein. Der Brudermörder. Sie haben am Achtzehnten einen Ausbruchsversuch unternommen und wurden diszipliniert. Wenn Sie diese Erklärung hier unterschreiben, wird keine Anklage erhoben.« – »Was für eine Anklage denn?« – »Versuchter Ausbruch«, sagte der Anwalt. »Dafür können Sie sieben Jahre bekommen. Aber wenn Sie diese Erklärung unterschreiben, ist die ganze Sache vergessen.« Er reichte Farragut das Klemmbrett und einen Filzstift. Farragut hielt das Brett auf den Knien und den Stift in der Hand. »Ich habe keinen Ausbruchsversuch unternommen«, sagte er, »und dafür gibt es Zeugen. Ich war im unteren Gang von Block F hinter der sechsten Gittertür eines Hochsicherheitsgefängnisses. Ich habe versucht, meine Zelle zu verlassen, weil ich das mir verschriebene Medikament dringend brauchte. Wenn der Versuch, seine hinter sechs Gittertüren liegende Zelle in einem Hochsicherheitsgefängnis zu verlassen, einen Ausbruchsversuch darstellt, dann ist dieses Gefängnis ein Kartenhaus.«

»Ach du lieber Gott«, sagte der Anwalt. »Warum reformieren Sie nicht die Gefängnisbehörde?«

»Die Gefängnisbehörde ist bloß der verlängerte Arm der Justiz«, sagte Farragut. »Weder der Direktor noch die Wachteln haben uns zu einer Haftstrafe verurteilt. Das war die Justiz.«

»Au au au«, sagte der Anwalt. »Ich hab furchtbare Rückenschmerzen.« Er beugte sich steif nach vorn und massierte mit der rechten Hand seinen Rücken. »Die hab ich mir beim Cheeseburger-Essen geholt. Kennen Sie irgendein Hausmittel dagegen? Unterschreiben Sie einfach die Erklärung, dann lasse ich Sie mit Ihren Prinzipien allein. Wissen Sie, was man über Prinzipien sagt?«

»Ja«, sagte Farragut. »Prinzipien sind wie Arschlöcher. Jeder hat eins, und alle stinken.«

»Au au au«, stöhnte der Anwalt. Seine Stimme klang jungenhaft und sanft. Farragut versteckte seinen Stift unter der Bettwäsche. »Kennen Sie Charlie?«, fragte der Anwalt ganz sanft.

»Ich hab ihn beim Essen gesehen«, sagte Farragut. »Ich weiß, wer es ist. Und dass keiner mit ihm spricht.«

»Charlie ist ein prima Kerl«, sagte der Anwalt. »Er hat für Pennigrino, den Zuhälterboss, gearbeitet. Charlie hat dafür gesorgt, dass die Pferdchen parieren.« Seine Stimme war jetzt nur noch ein Flüstern. »Wenn eins der Pferdchen nicht spurte, brach ihm Charlie die Beine. Wollen Sie vielleicht mit ihm Scrabble spielen – wollen Sie mit Charlie Scrabble spielen oder diese Erklärung unterschreiben?«

Farragut, der mit einer schnellen geometrischen Berechnung mögliche Folgen ermittelte, feuerte das Klemmbrett in Richtung des Bärtigen. »Oh, mein Rücken«, sagte der Anwalt, »o Gott, mein Rücken.« Er stand auf und nahm das Klemmbrett. Er steckte die rechte Hand in die Tasche. Den Verlust seines Stiftes schien er nicht zu bemerken. Er sprach weder mit dem Pfleger noch mit den Wärtern, sondern verließ geradewegs die Krankenstation. Farragut schob sich den Stift langsam in den Arsch. Nach allem, was man ihm gesagt hatte – was er von der Welt gesehen hatte –, war sein Arschloch ungewöhnlich klein, unzugänglich und frigide. Er bekam den Stift nur bis zum Clip hinein, und das war schmerzhaft genug, doch auf die Weise war er verborgen. Der Pfleger wurde hinausgerufen, und als er zurückkam, ging er sofort zu Farragut und fragte ihn, ob er den Stift des Anwalts habe. »Ich weiß, dass ich das Klemmbrett nach ihm geworfen habe«, sagte Farragut. »Tut mir furchtbar leid. Ich hab die Beherrschung verloren. Hoffentlich hab ich ihn nicht verletzt.«

»Er hat gesagt, er hätte seinen Stift hier vergessen«, sagte der Pfleger. Er sah unter dem Bett, in der Schublade des Nachtschränkchens, unter dem Kissen, auf der Fensterbank und unter der Matratze nach. Dann half ihm ein Wärter bei der Suche, indem er das Bett abzog, Farragut nackt auszog und eine abfällige Bemerkung über die Größe seines Schwanzes machte, doch keiner von beiden kam – aus Güte, dachte Farragut – in die Nähe des Stiftes. »Ich kann ihn nicht finden«, sagte der Pfleger. »Er hat aber gesagt, dass wir ihn finden müssen«, erwiderte der Wärter. »Dann sag ihm, er soll ihn selbst suchen«, sagte der Pfleger. Der Wärter ging hinaus, und Farragut befürchtete, der Bärtige würde zurückkehren, doch der Wärter kam allein und sprach mit dem Pfleger. »Mit dir geht's aufwärts«, sagte der Pfleger in traurigem Ton zu Farragut. »Sie stecken dich in ein Einzelzimmer.«

Er reichte Farragut seine Krücken und half ihm ins Nachthemd. Farragut, der sich mit dem Stift im Hintern unbeholfen auf den Krücken vorwärtsschwang, folgte dem Wärter einen

Gang entlang, in dem es scharf nach ungelöschtem Kalk roch, bis zu einer Tür mit einem Riegel und einem Vorhängeschloss. Der Wärter hatte Probleme mit dem Schlüssel. Hinter der Tür befand sich eine winzige Zelle mit einem Fenster, das so hoch oben war, dass man nicht hinausblicken konnte, einer Toilette, einer Bibel und einer Matratze, auf der ein zusammengefaltetes Bettlaken und eine Decke lagen. »Wie lange?«, fragte Farragut. »Der Anwalt hat dich für einen Monat gebucht«, sagte der Wärter, »aber ich hab gesehen, dass Tiny dir Tomaten geschenkt hat, und wenn Tiny dein Freund ist, dann bist du in einer Woche wieder raus.« Dann schloss er die Tür und verriegelte sie.

Farragut zog den Stift heraus. Mit diesem kostbaren Schreibgerät würde er gegen Chisholm Anklage erheben, und er sah deutlich vor sich, wie Chisholm in seinem dritten Haftjahr mit einem verbogenen Blechlöffel Würstchen mit Reis aß. Farragut brauchte Papier. Toilettenpapier gab es nicht. Wenn er welches verlangte, würde er – das wusste er – mit Glück ein Blatt pro Tag bekommen. Er griff nach der Bibel. Es war eine rot eingebundene, kleinformatige Ausgabe, doch die Vorsatzblätter waren in solidem kirchlichem Schwarz gehalten, und die übrigen Seiten waren so eng bedruckt, dass er nichts draufschreiben konnte. Er wollte seine Anklage gegen Chisholm sofort verfassen. Dass der Anwalt entschlossen war, ihm einen Stift zu verweigern, mochte die Bedeutung einer niedergeschriebenen Anklage noch unterstreichen, doch sonst bliebe ihm nichts anderes übrig, als sie in Gedanken zu formulieren und sie sich einzuprägen, und er bezweifelte, dass ihm das gelingen würde. Er hatte einen Stift, aber das Einzige, worauf er schreiben konnte, schien die Wand seiner Zelle zu sein. Er konnte seine Anklage an die Wand schreiben und sie sich dann einprägen, doch bestimmte Aspekte seiner Herkunft und deren Einfluss auf seinen Charakter hielten ihn davon ab, die Wand als Schreibfläche zu benutzen. Er war ein Mann, der zumindest noch eine Vorstellung von Würde besaß, und seine vielleicht letzte Mitteilung an die Wand zu schreiben, kam ihm vor wie die ungebührliche Ausnutzung einer bizarren Situation. Seine Achtung vor Rechtschaffenheit hatte noch Bestand. Er konnte auf seinen Gips schreiben, auf sein Nachthemd oder sein Bettlaken. Der Gips kam nicht infrage, weil Farragut nur die Hälfte seiner Fläche erreichen konnte, deren Nutzen durch ihre Wölbung weiter eingeschränkt wurde. Er schrieb ein paar Buchstaben auf sein Nachthemd. Kaum war der Filzstift mit dem Stoff in Berührung gekommen, da zerfloss auch schon die Tinte und offenbarte die Komplexität des Gewebes von Kett- und Schussfäden dieses sehr schlichten Kleidungsstücks. Das Nachthemd kam also auch nicht in Frage. Sein Vorurteil gegen die Wand war noch stark, deshalb probierte er das Bettlaken aus. Die Gefängniswäscherei hatte glücklicherweise jede Menge Stärke verwendet, und die Oberfläche des Lakens war fast so brauchbar wie Papier. Er würde mindestens eine Woche mit dem Laken zusammenbleiben. Er konnte es mit seinen Äußerungen bedecken, diese veranschaulichen und überarbeiten und sie sich einprägen. Sobald er in Block F und an die Arbeit zurückkehrte, konnte er alles tippen und zu seinem Gouverneur, seinem Bischof und seinem Mädchen hinausschmuggeln lassen.

»Euer Ehren«, begann er. »Ich wende mich an Sie in Ihrer durch Wahl erlangten Position aus meiner ebenfalls durch Wahl erlangten Position. Sie wurden durch eine geringe Stimmenmehrheit für das Amt des Gouverneurs ausersehen. Ich wurde von einer viel älteren, mächtigeren und einträchtigeren Gewalt, der Gewalt der Justiz, dazu ausersehen, in Zellenblock F einzusitzen und die Nummer 734-508-32 zu tragen. Ich hatte sozusagen keine Konkurrenten. Trotzdem bin ich noch immer ein Staatsbürger. Als Steuerzahler der Fünfzig-Prozent-Klasse habe ich einen wesentlichen Beitrag zum Bau und Erhalt der Mauern geleistet, die mich umschließen. Ich habe für die Kleidung gezahlt, die ich trage, und für das Essen, das ich zu mir nehme. Ich bin in viel stärkerem Maße ein gewählter Repräsentant dieser Gesellschaft als Sie. Ihre Karriere ist deutlich geprägt von Zweckdenken, Ausflüchten, Korruption und Improvisation. Das durch Wahl erlangte Amt, das ich innehabe, ist hingegen rein.

Natürlich kommen wir aus verschiedenen Schichten. Wenn in diesem Land das intellektuelle und soziale Erbe geachtet würde, käme es mir nicht in den Sinn, mich an Sie zu wenden, aber wir haben es mit einer Demokratie zu tun. Ich hatte nie das Vergnügen, Ihre Gastfreundschaft zu genießen, doch ich war zweimal als Delegierter bei Konferenzen über Hochschulfragen im Weißen Haus zu Gast. Aus meiner Sicht gleicht das Weiße Haus einem Palast. Meine Unterkunft hier ist nackt, zwei mal drei Meter groß, beherrscht von einer Toilette, in der zwischen zehn- und vierzigmal pro Tag unerwartet das Wasser rauscht. Dieses Geräusch macht mir nichts aus, denn ich habe schon die Geysire im Yellowstone National Park und die Springbrunnen von Rom, New York und vor allem Indianapolis gehört.

Im April vor zwölf Jahren haben die Ärzte Dr. Lemuel Brown, Dr. Rodney Coburn und Dr. Henry Mills bei mir chronische Drogensucht diagnostiziert. Diese Männer waren Absolventen von Cornell, der Albany Medical School und der Harvard University. Ihre fachliche Befähigung wurde von den

Behörden und der Ärztevereinigung bestätigt. Wenn sie also ihr medizinisches Urteil fällen, sprechen sie zweifellos im Namen des Staates. Am Donnerstag, dem achtzehnten Juli, hat der stellvertretende Direktor Chisholm diesem unanfechtbaren Urteil zuwidergehandelt. Ich habe Chisholms Vergangenheit durchleuchtet. Chisholm ist in seinem vorletzten Jahr von der Highschool abgegangen, hat sich die Antworten für die Prüfung zur Aufnahme als Vollzugsbeamter in den Staatsdienst für zwölf Dollar gekauft und wurde von der Gefängnisbehörde mit monarchischer Gewalt über meine Grundrechte ausgestattet. Am Achtzehnten um neun Uhr morgens setzte sich Chisholm selbstherrlich über die Gesetze dieses Staates und des Bundes sowie über die ethischen Grundsätze des Ärztestandes hinweg, der zweifellos ein wichtiger Grundpfeiler unseres Gemeinwesens ist. Chisholm beschloss, mir das von der Gesellschaft gewährte Medikament zu verweigern. Ist es nicht Subversion, Heimtücke, ja Hochverrat, wenn die Verordnungen der Verfassung durch die Launen eines einzelnen, ungebildeten Mannes außer Kraft gesetzt werden? Ist das kein Verbrechen, das mit dem Tod bestraft wird – oder in manchen Staaten mit lebenslanger Haft? Ist das in seiner beispiellosen Destruktivität nicht weitreichender als ein gescheiterter Mordversuch? Trifft es nicht viel mörderischer ins Herz unserer schwer erkämpften, altbewährten Staatsphilosophie als Vergewaltigung oder Mord?

Natürlich erwies sich die ärztliche Diagnose als richtig. Die Qualen, die ich leiden musste, weil mir das von der höchsten Autorität im Land zugestandene Medikament vorenthalten wurde, waren lebensbedrohlich. Als der stellvertretende Direktor Chisholm sah, dass ich meine Zelle verlassen und mich zur Krankenstation begeben wollte, versuchte er, mich mit einem

Stuhl zu erschlagen. An meinem Schädel sind zweiundzwanzig Nähte, und ich werde mein Leben lang ein Krüppel sein. Gelten die Gesetze, die von der Menschheit für den Fortbestand des Lebens auf diesem Kontinent, ja sogar auf dem ganzen Planeten, als gerecht und dringend notwendig erachtet werden, nicht auch für unsere Strafvollzugs- und Rehabilitationseinrichtungen? Sie werden sich fragen, warum ich im Gefängnis bin, und ich erkläre es Ihnen gern, doch ich hielt es für meine Pflicht, Sie zuerst von dem Krebsgeschwür des Landesverrats in Kenntnis zu setzen, das im Herzen Ihres Verwaltungsappsarates wuchert.«

Zwischen dem Brief an den Gouverneur und dem Brief an den Bischof machte er fast keine Pause. »Eure Eminenz«, schrieb er. »Mein Name ist Ezekiel Farragut, und ich wurde im Alter von sechs Monaten in der Christ Church getauft. Sollten Sie einen Beweis benötigen, so kann Ihnen meine Frau ein Foto vorlegen, das wohl nicht am selben Tag, aber schon bald danach aufgenommen wurde. Darauf trage ich ein langes Spitzenhemd, das offenbar schon eine Geschichte hat. Mein Kopf ist kahl und ausladend und sieht aus wie ein Stopfei. Ich lächle. Mit elf Jahren wurde ich in derselben Kirche, in der ich getauft wurde, von Bischof Evanston konfirmiert. Seither habe ich, abgesehen von den Tagen, an denen ich keine Kirche finden konnte, jeden Sonntag meines Lebens das heilige Abendmahl empfangen. In den Provinzstädten und Dörfern Europas besuche ich die katholische Messe. Ich bin ein *croyant* – ich verabscheue den Gebrauch französischer Wörter im Englischen, doch in diesem Fall kann ich mir kein besseres vorstellen –, und als *croyants*, dessen bin ich mir sicher, teilen wir die Überzeugung, dass sich jeder, der sich zu exaltierten religiösen Erfahrungen außerhalb der kirchlichen Ordnung bekennt, zum Abtrünnigen macht; dabei meine ich, das grausame Gelächter jener Männer und Frauen zu hören, deren Liebe und Gnade wir erstreben; ich spreche von den Qualen von Feuer und Eis; von der Trostlosigkeit, an einem Kreuzweg mit einem Pfahl im Herzen beerdigt zu sein. Ich glaube aufrichtig an den einen Gott, den allmächtigen Vater, doch ich weiß, wenn ich das laut in einigem Abstand zur Kanzel – jedwedem Abstand – sagte, würde ich in gefährlichem Ausmaß meine Fähigkeit aufs Spiel setzen, die Gunst jener Männer und Frauen zu erlangen, mit denen ich leben möchte. Damit will ich sagen – und ich bin sicher, dass Sie mir zustimmen werden –, dass wir zwar zu transzendenten Erfahrungen fähig sind, dies jedoch nur zur passenden, vorbestimmten Zeit am passenden, vorbestimmten Ort aussprechen können. Ohne dieses Wissen könnte ich nicht leben; doch ebensowenig könnte ich ohne die aufregende Möglichkeit leben, unerwartet dem Duft der Skepsis zu begegnen.

Ich bin Strafgefangener. Mein Leben ist eng angelehnt an das traditionelle Leben der Heiligen, doch ich scheine von der gesegneten Gemeinschaft aller Gläubigen vergessen worden zu sein. Ich habe für Könige, Präsidenten und Bischöfe gebetet, aber kein einziges Mal für jemanden, der im Gefängnis sitzt, und kenne auch kein Kirchenlied, in dem vom Gefängnis die Rede ist. Wir Häftlinge haben mehr als jeder andere für unsere Sünden gebüßt, wir haben für die Sünden der Gesellschaft gebüßt, und unser Beispiel sollte wegen des von uns erduldeten Leides die innersten Gedanken der Menschen reinigen. Wir sind tatsächlich das fleischgewordene Wort; aber eigentlich will ich Ihre Aufmerksamkeit auf eine Blasphemie lenken.

Wie Eure Eminenz sehr wohl wissen dürften, ist das am weitesten verbreitete Bild in der menschlichen Vorstellung nicht das von Liebe oder Tod, sondern das des Jüngsten Gerichts. Man findet es bei den Höhlenmalereien in der Dordogne, in den Grabmälern Ägyptens, in den Tempeln Asiens und des byzantinischen Reiches, im Europa der Renaissance, in England, Russland und am Goldenen Horn. Dort siebt die Gottheit die Seelen der Menschen aus und gewährt den wahrhaft Reinen ewigen Frieden, während sie die Sünder zu Feuer und Eis und mitunter zu Pisse und Scheiße verurteilt. Dort, wo man diese Bilder findet – und man findet sie überall –, sind die gesellschaftlichen Konventionen außer Kraft gesetzt. Selbst in Ägypten findet man unter den Unsterblichkeitsanwärtern Seelen, die in der Welt der Lebenden ge- und verkauft werden konnten. Die Gottheit ist die Flamme, das Herz dieser Bilder. Eine Menschenschlange nähert sich ihr, stets von rechts; dabei spielt keine Rolle, aus welchem Land, Zeitalter oder Jahrhundert die Bilder stammen. Links sind Buße und Belohnung zu sehen. Schon in den frühesten Abbildungen sind Strafen und Qualen sehr viel leidenschaftlicher dargestellt als der ewige Frieden. Wer vor Durst schmachtete, im Feuer schmorte oder einer noch schlimmeren Folter ausgesetzt war, erlebte das mit viel größerer Eindringlichkeit und Inbrunst als derjenige, der seine Harfe schlug oder durch die Luft schwebte. Die Gegenwart Gottes hält die Welt zusammen. Seine Macht, sein Wesen ist das Gericht.

Jeder weiß, dass die einzigen Sakramente Brot und Wasser sind. Der Brautschleier und der goldene Ring kamen erst später ins Spiel, und als Verkörperung der Vorstellung von der Liebe ist die heilige Ehe nur eine Kostprobe auf die höllischen Konsequenzen der Behauptung, eine Vorstellung lasse sich in Gedanken, Worten und Taten ausdrücken. Hier in meiner Zelle findet man, was man auch in den Höhlen, den Königsgräbern, den Tempeln und Kirchen überall auf diesem Planeten von Menschenhand dargestellt sieht, der Hand von Menschen, die das vergangene Jahrhundert hervorgebracht haben könnte. Berühmtheiten, Schlaumeier, Mitläufer und Dummköpfe – sie sind es, die diese Kerker der Hölle und, mit der erwähnten verringerten Leidenschaft, die paradiesischen Gefilde auf der anderen Seite der Mauer geschaffen haben. Die Obszönität, die unaussprechliche Obszönität, besteht darin, dass dieses dumme Schauspiel des Strafgerichts, dünner als Luft oder Gas, diese Zellen mit dem Gestank sich ohne ersichtlichen Grund gegenseitig abschlachtender Männer erfüllt. Eure Eminenz, brandmarken Sie vom Rücken ihres breitschwingigen Adlers herab diese schwerwiegende Blasphemie.«

»Ach, mein Liebling«, schrieb er danach ohne jede Pause an ein Mädchen, mit dem er zwei Monate lang zusammengelebt hatte, als Marcia abgetreten und nach Carmel gezogen war. »Als ich mir gestern Abend eine Komödie im Fernsehen anschaute, sah ich, wie eine Frau einen Mann voller Vertrautheit berührte – nur ganz kurz an der Schulter –, und da lag ich auf meinem Bett und weinte. Niemand hat mich gesehen. Häftlinge erleiden natürlich einen Identitätsverlust, doch diese kurze Berührung gab mir einen erschreckenden Einblick in die Tiefe meiner Entfremdung. Außer mir selbst gibt es hier wirklich niemanden, mit dem ich sprechen kann. Außer mir selbst kann ich nichts berühren, das warm, menschlich und dafür empfänglich ist. Mein Verstand, der einen großen Anspruch auf Stärke, Licht und Nützlichkeit hat, ist ohne die Wärme der Empfindsamkeit total lahmgelegt. Mir ist ein obszönes Nichts aufgezwungen. Ich liebe nicht, ich werde nicht geliebt, und an die Verzückung der Liebe kann ich mich nur noch ganz schwach erinnern. Wenn ich die Augen schließe und beten will, falle ich in die Erstarrung der Einsamkeit. Ich will versuchen, mich zu erinnern.

Mein Liebling, beim Erinnern will ich versuchen, keine speziellen Ficks, Orte, Kleidungsstücke oder Höhepunkte gegenseitigen Verstehens zu erwähnen. Ich weiß noch, wie wir nach einem herrlichen Tag am Strand, wo wir beide von fast allen umworben wurden, ins *Danieli* am Lido zurückkamen. Es war zu der Uhrzeit, als diese schreckliche, diese einmalig schreckliche Kapelle ihre unglaublich schrecklichen Tangos spielte und die Schönheiten des Abends, die Mädchen und Jungen in ihrer handgenähten Garderobe auftauchten. Ich kann mich noch daran erinnern, aber ich verzichte lieber darauf. Die Landschaften, die mir vor Augen stehen, ähneln auf unangenehme Weise denen, die man auf Ansichtskarten sieht – immer wieder das eingeschneite Farmhaus –, doch ich würde etwas Uneindeutigeres vorziehen: Es ist schon bald Abend. Wir haben den Tag am Strand verbracht. Das erkenne ich daran, dass wir von der Sonne verbrannt sind und in meinen Schuhen Sand ist. Ein Taxi – ein Mietwagen mit Chauffeur – hat uns zu einem völlig abgeschiedenen Provinzbahnhof gebracht und uns dort zurückgelassen. Der Bahnhof ist abgeschlossen, und es gibt weit und breit keine Ortschaft, kein Farmhaus, kein Lebenszeichen außer einem streunenden Hund. Als ich den ans Bahnhofsgebäude genagelten Fahrplan betrachte, stelle ich fest, dass wir in Italien sind, doch ich weiß nicht, wo. Ich habe mich für diese Erinnerung entschieden, weil sie nur wenige Details enthält. Wir haben entweder den Zug verpasst, oder es fährt kein Zug, oder er hat Verspätung. Ich weiß es nicht mehr. Ich weiß auch nicht mehr, ob wir lachten oder uns küssten, ob ich den Arm um deine Schulter legte, während wir auf der harten Bank vor dem leeren Provinzbahnhof saßen, in einem Land, in dem nicht Englisch gesprochen wurde. Das Tageslicht schwand, aber es schwand wie so oft mit einem Fanfarenstoß. Alles, woran ich mich wirklich erinnere, sind das Gefühl, das mir deine Gesellschaft gab, und das Gefühl körperlicher Zufriedenheit.

Vermutlich hänge ich gerade romantischen und erotischen Gedanken nach, aber ich glaube, es geht um viel mehr. Heute Nacht in dieser Zelle erinnere ich mich, wie ich in einem Wohnzimmer darauf warte, dass du mit dem Ankleiden fertig wirst. Ich höre, wie du im Schlafzimmer eine Schublade schließt. Ich höre das Klappern deiner Absätze – Parkett, Teppich, Fliesen –, während du ins Bad gehst, um die Toilettenspülung zu betätigen. Dann höre ich wieder deine Absätze – diesmal ein bisschen schneller –, während du eine andere Schublade öffnest und schließt, dann auf das Zimmer zukommst, in dem ich auf dich warte, und die Freuden des Abends, der Nacht und des Lebens, dass wir zusammen haben, mit dir bringst. Und ich erinnere mich, wie ich oben im Schlafzimmer aufs Abendessen warte, während du die letzten Vorbereitungen triffst, und ich höre, wie du mit einem Topf an eine Porzellanplatte stößt. Daran erinnere ich mich.

Und ich erinnere mich an unsere erste Begegnung und bin heute und bis in alle Ewigkeit erstaunt über den Scharfblick, mit dem ein Mann im Nu die Fülle und Schönheit der Erinnerungen einer Frau beurteilen kann, ihren Geschmack bei Farben, Speisen, Klima und Sprache, die präzisen klinischen Dimensionen ihrer Eingeweide, ihres Schädels und ihrer Fortpflanzungsorgane, den Zustand ihrer Zähne, ihres Haars, ihrer Haut, ihrer Zehennägel, ihres Sehvermögens und ihrer Bronchien, bin erstaunt, dass er in einem Augenblick, im Überschwang der Liebesdiagnose, begreifen kann, dass sie für ihn bestimmt ist, er und sie füreinander bestimmt sind. Ich spreche von einem Augenblick, und dieses Bild scheint nur flüchtig zu sein, aber das ist eher rational als romantisch, denn ich denke an eine Fremde in den Augen eines Fremden. Zwischen irgendwo und anderswo und dem Ort, an dem ich dich das erste Mal sah, ganz in Blau, die Hand nach dem Pass oder einer Zigarette ausgestreckt, liegen Treppen, Straßenecken, Landungsbrücken, Aufzüge, See- und Flughäfen. Dann folgte ich dir über die Straße, quer durchs Land und rund um die Welt, zu Recht völlig davon überzeugt, dass wir zusammengehörten.

Du bist nicht die schönste Frau meines Lebens, aber vier der großen Schönheiten, die ich kannte, haben Hand an sich gelegt, und auch wenn das nicht heißt, dass alle großen Schönheiten, die ich kannte, Selbstmord begangen haben, sind vier doch eine ansehnliche Zahl. Vielleicht lässt sich das damit erklären, dass deine Schönheit zwar nicht besonders groß, aber sehr pragmatisch ist. Du kennst keine Nostalgie. Ich halte die Nostalgie für eine charakteristische weibliche Eigenschaft, und du zeigst überhaupt nichts davon. Du hast einen deutlichen Mangel an sentimentaler Tiefe, doch du verfügst über eine Klarheit, ein Strahlen, wie ich es noch nie erlebt habe. Jeder weiß das, jeder sieht es, jeder reagiert darauf. Ich kann mir nicht vorstellen, dass es je verdunkelt werden könnte. Deine Körperkoordination beim Sport kann sehr deprimierend sein. Ich verliere im Tennis gegen dich, und du schlägst mich sogar beim Hufeisenwerfen, doch ich erinnere mich, dass du nie aggressiv warst. Ich weiß noch, wie wir in Irland angeln waren. Erinnerst du dich? Wir sind in diesem schönen Herrenhaus voll internationaler Gäste abgestiegen, unter denen sich auch einige deutsche Barone mit Monokel befanden. Bedienstete mit Häubchen servierten den Tee. Erinnerst du dich? Mein Begleiter war an jenem Tag krank, und wir gingen allein das Flüsschen entlang – es hieß Dillon – bis zu einer Biegung, an der ein kleines Schild mit dem Hinweis aufgestellt war, man dürfe dort pro Tag nicht mehr als einen großen Lachs fangen. An der Flussbiegung erhob sich ein Hügel, auf dem eine Burgruine stand, und aus dem höchsten Turm ragte ein großer Baum hervor. In der verfallenen Halle sogen unzählige Hummelschwärme den Nektar aus den weißen Blüten einer Kletterpflanze. Wir betraten die Halle nicht, weil wir nicht gestochen werden wollten, aber ich weiß noch, wie wir davongingen und den schweren Duft der weißen Blüten rochen und das unglaublich laute Summen der Hummeln hörten – es klang wie das Brummen einer altmodischen Maschine mit ledernem Treibriemen –, und man hörte es den ganzen Weg hinab bis zum Flussufer. Ich weiß noch, wie ich das Grün der Hügel, deine Klarheit und die romantische Ruine betrachtete und das Summen der Hummeln hörte, wie ich meinen Köder befestigte und Gott dankte, dass mir das nicht schon früher im Leben widerfahren war, denn es wäre das Ende gewesen. Ich meine, ich wäre einer dieser Schwachköpfe geworden, die mit entrücktem Blick in Cafés herumsitzen, weil sie die Sphärenmusik vernommen haben. Also warf ich die Schnur aus, wohl wissend, dass du sie mit deiner Körperkoordination viel besser setzen könntest, und du saßt mit im Schoß gefalteten Händen am Ufer, als wünschtest du, du hättest dein Stickzeug dabei, obwohl du meines Wissens nicht mal einen Knopf annähen kannst. Und dann fing ich einen großen Lachs und zog ihn an Land, und es gab ein Gewitter, und wir wurden klitschnass und zogen uns aus, um im Fluss zu schwimmen, der wärmer war als der Regen. Und am Abend kam der Lachs mit einer Zitrone im Maul im Herrenhaus auf den Tisch, doch eigentlich wollte ich bloß sagen, dass du nicht aggressiv warst und wir uns, soweit ich mich erinnern kann, nie gestritten haben. Ich weiß noch, wie ich dich einmal in einem Hotelzimmer ansah und dachte: Wenn du sie wirklich so uneingeschränkt liebst, dann musst du doch mit ihr streiten, und wenn du das nicht wagst, dann wagst du vielleicht auch nicht zu lieben. Aber ich habe dich geliebt, und wir haben nicht gestritten, und ich kann mich an keinen Streit erinnern, nie, niemals, nicht mal, als ich gerade aus allen Rohren feuern wollte und du deine Zunge aus meinem Mund zogst und mir vorwarfst, dass ich dir immer noch nicht gesagt hätte, ob du zur Geburtstagsparty der Pinhams ein langes oder ein kurzes Kleid anziehen sollst. Kein einziges Mal.

Und ich erinnere mich an einen Wintersportort am Vorabend eines Feiertags, wohin Tausende von Menschen zum Skifahren gekommen waren und wo mit den letzten Flugzeugen und Zügen noch weitere Menschenmassen erwartet wurden. Ich erinnere mich an Skihotels, an die überheizten Räume, die von den Gästen zurückgelassenen Bücher und das elektrisierende Gefühl der Körperlichkeit. Wir lagen im Bett, als es gegen Mitternacht einen plötzlichen Temperaturanstieg gab. Der tauende Schnee tropfte vom Dach herab – eine Wasserfolter für den Hotelbesitzer und eine Trauermusik für alle anderen. Und so war es am Morgen nach den Maßstäben des fraglichen Landes sehr warm. Der Schnee war so pappig, dass er sich gut für Schneebälle eignete, und ich formte einen und warf damit nach einem Baum. Ob ich ihn traf oder verfehlte, weiß ich nicht mehr, doch jenseits des Schneeballs sahen wir den warmen blauen Himmel und den überall schmelzenden Schnee. Aber auf den Bergen, deren weiße Hänge und Gipfel uns umgaben, würde es kälter sein. Wir fuhren mit dem Lift nach oben, doch auch auf dem Gipfel war der Schnee warm, der Tag war geistig und finanziell verheerend, wir waren Gefangene unserer Umgebung, obwohl wir, wenn wir genug Geld gehabt hätten, in eine andere, kältere Weltgegend hätten fliegen können. Sogar auf dem Berggipfel war der Schnee pappig; es war ein Tag wie im Frühling, und ich lief halbnackt Ski, aber die nassen Pisten waren gefährlich, schnell im Schatten, in der Sonne gebremst, und weiter unten standen in jeder Mulde ein paar Zentimeter Wasser. Gegen elf drehte der Wind, und ich musste mein Hemd und alles übrige wieder anziehen, und ebenso plötzlich vereisten die Abfahrten, woraufhin die Pistenwarte überall Schilder aufstellten, auf denen in sieben Sprachen das Wort GESPERRT prangte. Dann ging ein Gerücht um, das bald darauf zur Gewissheit wurde: Der italienische Premierminister war bei seiner letzten Abfahrt vom Glockenschuss tödlich verunglückt. Danach kam niemand mehr mit dem Lift herauf, eine Menschenschlange wartete auf die Talfahrt, und obwohl die tiefer gelegenen Pisten noch eisfrei und befahrbar waren, war dieser Tag, dieser Feiertag, der Höhepunkt des Jahres, ruiniert. Doch in dem Augenblick, als die Sonne den Zenit erreichte, begann es zu schneien. Es war ein schöner, sehr schwerer Schnee, der wie in einer Aufhebung der Schwerkraft den Gebirgszug von der Erde loszulösen schien. Wir tranken in einer Hütte Kaffee oder Schnaps, warteten zwanzig Minuten oder eine halbe Stunde, dann hatten die unteren Pisten eine perfekte Schneedecke, und nach einer Stunde lag überall eine perfekte Schneedecke. Bei jedem Schwung stob der vielleicht zehn Zentimeter hohe Schnee auf wie Gischt, ein Geschenk, eine

Offenbarung, eine unerklärliche Vervollkommnung unserer rasanten Abfahrt über die verschneiten Hänge und Abschüsse. Wir fuhren hinauf und wieder hinab, immer wieder, mit unerschöpflicher Energie und geschmeidigen, vollendeten Schwüngen. Ein Psychiater würde sagen, dass wir jeden Abhang unseres Lebens bis zum Augenblick unserer Geburt hinabfuhren; und ein wohlwollender Mensch mit gesundem Menschenverstand würde behaupten, dass wir in alle möglichen Richtungen fuhren, um den Triumph unseres Anfangs und unseres Endes zu begreifen. Skifahren bedeutet also am Strand entlangzugehen, zu schwimmen, zu segeln, die Lebensmittel die Stufen zu einem beleuchteten Haus hinaufzutragen, die Hose herunterzulassen und ein großes anatomisches Missverhältnis zu enthüllen, eine Rose zu küssen. Wir fuhren an jenem Tag – die Hänge waren unbeleuchtet –, bis die Talstation den Liftbetrieb einstellen ließ, und dann – in dem Versuch, unser irdisches Gleichgewicht wiederzuerlangen, wie man es nach einem langen Segeltörn, einem Eishockeyspiel oder als Drahtseilartist macht – wankten wir in die Bar, wo unsere Gläser und alles andere übersprudelten. Daran erinnere ich mich, und auch an die Segelregatta, aber jetzt wird es allmählich dunkel, zu dunkel, um weiterschreiben zu können.«

Vier

Farragut hinkte immer noch, doch seine Haare waren schon wieder nachgewachsen, als man ihn beauftragte, die folgende Bekanntmachung abzutippen: DIE STIFTUNGSUNIVERSITÄT FÜR BANKWESEN BIETET ALLEN QUALIFIZIERTEN INSASSEN EINEN KURS ÜBER DIE GRUNDLAGEN DES BANKGESCHÄFTS AN. SPRECHEN SIE MIT DEM FÜR SIE ZUSTÄNDIGEN BEAMTEN, UM WEITERE INFORMATIONEN ZU ERHALTEN. Am Abend erkundigte sich Farragut bei Tiny nach den näheren Einzelheiten. Tiny sagte, die Teilnehmerzahl sei auf sechsunddreißig begrenzt. Die Kurse fänden dienstags und donnerstags statt. Jeder könne sich bewerben, doch die Teilnehmer würden anhand eines von der Universität durchgeführten Intelligenztests ausgewählt. Mehr wusste er auch nicht. Toledo vervielfältigte die Bekanntmachung, und die Zettel wurden zusammen mit der Abendpost in die Zellen gesteckt. Toledo sollte zweitausend Exemplare abziehen, hatte aber anscheinend doppelt so viele gemacht, denn die Flugblätter waren einfach überall. Farragut hatte keine Ahnung, wo sie herkamen, doch als im Hof Wind aufkam, sah man die Bekanntmachungen der Stiftungsuniversität zu Hunderten durch die Luft wirbeln. Ein paar Tage nach der Verteilung der Flugblätter musste Farragut einen Zettel für die Anschlagtafel tippen. JEDER, DER DIE BEKANNTMACHUNG DER STIFTUNGSUNIVERSITÄT ALS TOILETTENPAPIER BENUTZT, BEKOMMT DREI TAGE EINSCHLUSS. DIE BLÄTTER VERSTOPFEN DIE ROHRE. Papier war immer knapp, und diese Flut von Flugblättern war ein Segen. Sie wurden als

Taschentücher, als Papierflugzeuge und Schmierzettel benutzt. Die Gefängnisanwälte benutzten sie zum Formulieren von Petitionen an den Papst, den Präsidenten, den Gouverneur, den Kongress und die Gesellschaft für Rechtshilfe. Sie wurden für Gedichte, Gebete und illustrierte Werbeanzeigen benutzt. Die Gärtnereiabteilung spießte sie mit Nagelstöcken auf, eine Zeitlang schien die rätselhafte Flugblattflut unerschöpflich zu sein.

Es war Herbst, und die Bekanntmachungen der Stiftungsuniversität vermischten sich mit dem herbstlichen Laub. Die drei Rotahornbäume innerhalb der Mauern hatten sich früh verfärbt und schon am Herbstanfang ihre Blätter verloren, doch jenseits der Mauern gab es viele Bäume, und Farragut sah zwischen den Zetteln die Blätter von Buchen, Eichen, Tulpenbäumen, Eschen, Walnussbäumen und vielen Ahornarten. Das Laub vermochte es, Farragut etwa eine Stunde nach dem Methadon die ungeheure, absurde Freude ins Gedächtnis zu rufen, die er als freier Mann an seiner Umwelt gehabt hatte. Es hatte ihn beglückt, auf der Erde zu gehen, im Meer zu schwimmen, auf die Berge zu steigen und im Herbst die Blätter fallen zu sehen. Das schlichte Phänomen des Lichtes – Helligkeit, die die Luft durchdringt – kam ihm vor wie eine transzendentale gute Nachricht. Er hielt es für ein Glück, dass die Blätter im Fallen trudelten und sich drehten und so den Eindruck erweckten, als würden sie das Licht brechen. Er konnte sich an eine Treuhänderversammlung in der Stadt erinnern, bei der es um mehrere Millionen Dollar ging. Das Treffen fand im Erdgeschoss eines neuen Bürogebäudes statt. Entlang der Straße waren Gingkobäume gepflanzt. Es war Oktober, die Zeit, in der sich Gingkos erstaunlich rein und einheitlich gelb färben, und als Farragut die Blätter durch die Luft wirbeln sah, wurden plötzlich seine Vitalität und seine Intelligenz derart angeregt, dass er in der Versammlung einen gewichtigen Beitrag leisten konnte, der zweifelsfrei auf die Leuchtkraft von Blättern zurückzuführen war.

Über dem Laub, den Flugblättern und den Mauern sah man die Vögel. Farragut war gegenüber Vögeln etwas argwöhnisch, weil ihn die Sagen von grausam eingesperrten Männern, die die Vögel in der Luft liebten, immer kaltgelassen hatten. Er versuchte, seinem Interesse an den Tieren einen faktischen, sachkundigen Anstrich zu geben, doch er wusste kaum etwas über Vögel. Ein Schwarm Rotschulterstärlinge erregte sein Interesse. Er wusste, dass diese Vögel in Sümpfen lebten, also musste es in der Nähe von Falconer einen Sumpf geben. Bei Einbruch der Dunkelheit suchten sie an einem stehenden Gewässer in einiger Entfernung von ihren Nestern nach Nahrung. Abend für Abend, den ganzen Sommer über bis tief in den Herbst, stand Farragut an seinem Fenster und beobachtete, wie die schwarzen Vögel den blauen Himmel über den Mauern durchquerten. Einer oder zwei von ihnen flogen voran, und obwohl sie anscheinend die Anführer waren, hatte ihr Flug nichts Draufgängerisches. Sie flogen so unstet, als lebten sie in Käfigen. Auf die Anführer folgte ein Schwarm von zwei-, dreihundert Vögeln, deren Flug unbeholfen wirkte, doch ihre schiere Zahl verlieh ihnen eine solche Gewalt – die magnetische Energie des Planeten –, als glitten sie wie Glutfunken auf einem starken Luftstrom. Nach dem ersten Schwarm kamen einige Nachzügler und Abenteurer, dann folgte ein weiterer Schwarm mit Hunderten oder Tausenden von Vögeln und schließlich ein dritter. Zu ihren Nistplätzen flogen sie erst im Dunkeln zurück, und das konnte Farragut nicht beobachten. Er stand am Fenster und wartete auf das Geräusch ihrer Flügelschläge, bekam es aber nie zu hören. Und so beobachtete er also im Herbst, wie sich die Vögel, die Blätter und die Bekanntmachungen der Stiftungsuniversität mit dem Wind bewegten, ebenso wie der Staub, wie Pollen, wie Asche, wie jegliches Zeichen der unbezwingbaren Kraft der Natur.

In Block F bewarben sich nur fünf Häftlinge für die Teilnahme an dem Bankkurs. Niemand nahm das Ganze richtig ernst. Sie vermuteten, dass die Stiftungsuniversität entweder frisch gegründet oder auf dem absteigenden Ast war und sich nur aus Publicity-Gründen für Falconer entschieden hatte. Die großzügige Ausbildung bedauernswerter Häftlinge war in den Zeitungen immer für ein paar Zeilen gut. Als es so weit war, begaben sich Farragut und die anderen ins Zimmer des Bewährungsausschusses, um den Intelligenztest zu absolvieren. Farragut wusste, dass er bei solchen Tests immer schlecht abschnitt. Er hatte noch nie einen höheren Intelligenzquotienten als 119 erreicht, einmal sogar nur einen von 101. Beim Militär hatte er deshalb keinen Befehlsposten bekommen, und das hatte ihm das Leben gerettet. Er nahm mit vierundzwanzig anderen Männern an dem Test teil, zählte Zahlenreihen zusammen und zermarterte sich das Hirn über die Hypotenuse eines gleichschenkligen Dreiecks. Das Testergebnis sollte eigentlich geheim bleiben, doch für eine Schachtel Zigaretten verriet ihm Tiny, dass er mit 112 durchgefallen sei. Jody hatte 140 erreicht und behauptete, er habe noch nie so schlecht abgeschnitten.

Jody war Farraguts bester Freund. Sie hatten sich unter der Dusche kennengelernt, wo Farragut ein schmächtiger junger Mann mit schwarzem Haar aufgefallen war, der ihn anlächelte. Er trug ein schlichtes, elegantes Goldkreuz am Hals. Es war ihnen untersagt, unter der Dusche zu sprechen, doch der Fremde seifte sich die linke Schulter ein und streckte die Hand aus, auf der in wasserfester Tinte geschrieben stand: »Triff mich später.« Als sie sich angezogen hatten, trafen sie sich an der Tür. »Bist du der Professor?«, fragte der Fremde. »Ich bin 734-508-32«, erwiderte Farragut in seiner Unerfahrenheit. »Also, ich heiße Jody«, sagte der Fremde strahlend, »und ich weiß, dass du Farragut bist, aber solange du nicht homosexuell bist, ist mir egal, wie du heißt. Komm mit, ich zeig dir mein Versteck.« Farragut folgte ihm über das Gelände zu einem verlassenen Wasserturm. Sie stiegen auf einer rostigen Leiter zu einer Laufplanke hinauf, auf der sich eine Matratze, ein Aschenbecher und ein paar alte Zeitschriften befanden. »Jeder braucht ein Versteck«, sagte Jody. »Das hier ist meins. Den Ausblick könnte man als Millionärs-Aussicht bezeichnen. Einen besseren hat man nur im Todestrakt.« Farragut sah über die Dächer der alten Zellenblocks und die Mauern hinweg ein drei Kilometer langes Flussstück mit Klippen und Bergen am Westufer. Vom Ende der Gefängnisstraße aus hatte er den Fluss schon kurz gesehen, doch das hier war der weiteste Blick auf die Welt außerhalb der Mauern, und Farragut war tief ergriffen.

»Setz dich doch«, sagte sein Freund, »setz dich, und ich erzähl dir von meiner Vergangenheit. Ich bin nicht wie die meisten Typen hier, die dir nichts sagen. Jeder weiß, dass Freddy, der verrückte Killer, sechs Männer kaltgemacht hat, aber wenn du ihn danach fragst, erzählt er dir, dass er im Knast sitzt, weil er in einem Park Blumen geklaut hat. Und das soll kein Witz sein. Das meint er ernst. Er glaubt das wirklich. Aber wenn ich einen Kumpel hab, erzähl ich ihm alles, was er hören will. Ich rede viel, aber ich hör auch viel zu. Ich bin ein sehr guter Zuhörer. Und meine Vergangenheit ist wirklich meine Vergangenheit. Ich hab überhaupt keine Zukunft. Den Bewährungsausschuss seh ich erst in zwölf Jahren. Was ich hier treibe, spielt keine große Rolle, aber ich passe auf, dass ich nicht ins Loch komme. Ich weiß, dass es für Hirnschäden keinen medizinischen Beweis gibt, aber wenn du deinen Kopf vierzehnmal an die Wand donnerst, bist du bekloppt. An einem Tag hab ich das siebenmal gemacht. Das war total sinnlos, aber ich hab immer weitergemacht. Ich konnte nicht aufhören. Ich war am Durchdrehen. Das ist einfach nicht gesund. Jedenfalls wurde ich in dreiundfünfzig Punkten angeklagt. Ich hatte ein Fünfundvierzigtausend-Dollar-Haus in Leavittown, eine tolle Frau und zwei prima Söhne: Michael und Dale. Aber ich saß in der Klemme. Leute mit deinem Lebensstil verstehen so was nicht. Ich hab keinen Highschool-Abschluss, aber ich war für eine Stelle in der Hypothekenabteilung von Hamilton Trust vorgesehen. Doch es tat sich nichts. Natürlich war meine fehlende Ausbildung ein Nachteil, und außerdem haben sie reihenweise Leute entlassen. Ich hab einfach nicht genug Geld verdient, um eine Familie ernähren zu können, und als ich das Haus zum Verkauf anbot, musste ich feststellen, dass jedes verdammte Haus in unserer Straße zum Verkauf stand. Ich konnte nur noch an Geld denken. Ich hab sogar davon geträumt. Ich hab Zehn-, Fünf- und Ein-Cent-Münzen vom Gehsteig aufgelesen. Ich war verrückt nach Geld. Und ich hatte einen Freund namens Howie, der einen Ausweg wusste. Er erzählte mir von diesem alten Knacker namens Masterman, der im Einkaufszentrum einen Schreibwarenladen hatte. Er besaß zwei Siebentausend-Dollar-Anteilscheine. Die bewahrte er in einem Schränkchen neben seinem Bett auf. Das wusste Howie, weil er sich von dem Alten oft für einen Fünfer einen blasen ließ. Howie hatte zwar eine Frau,

Kinder und einen echten Kamin, aber kein Geld. Also beschlossen wir, uns die Anteilscheine unter den Nagel zu reißen. Damals musste man sie noch nicht indossieren. Das waren vierzehntausend in bar, ohne dass zurückverfolgt werden konnte, wer sie eingelöst hatte. Wir haben den Alten ein paar Nächte lang beobachtet. Es war das reinste Kinderspiel. Um acht schloss er den Laden, fuhr nach Hause, betrank sich, aß was und guckte Fernsehen. Als er eines Abends den Laden schloss und in seinen Wagen stieg, stiegen wir mit ein. Er war äußerst folgsam, weil ich ihm eine geladene Knarre an den Kopf hielt. Die gehörte Howie. Er fuhr nach Hause, und wir eskortierten ihn zur Haustür, wobei ich ihm die Knarre in alle erreichbaren Weichteile drückte. Wir brachten ihn in die Küche und fesselten ihn mit Handschellen an den großen verdammten Kühlschrank. Der war riesig, ein ganz neues Modell. Wir fragten ihn, wo die Scheine wären, und er sagte, sie lägen in einem Schließfach. Falls ihm jemand eins mit der Pistole übergezogen hat, wie er behauptete, dann nicht ich. Vielleicht Howie, aber ich hab nichts gesehen. Er sagte immer wieder, die beiden Scheine wären auf der Bank. Auf der Suche danach stellten wir das ganze Haus auf den Kopf, aber er hat wohl die Wahrheit gesagt. Also schalteten wir wegen den Nachbarn den Fernseher an, ließen den Alten an den Zehn-Tonnen-Kühlschrank gekettet zurück und machten uns in seinem Wagen davon. Das erste Auto, dem wir begegneten, war ein Streifenwagen. Das war bloß Zufall, aber wir kriegten es mit der Angst zu tun. Wir fuhren seinen Wagen in eine dieser Waschanlagen, bei denen man aussteigen muss. Als wir ihn dort abgestellt hatten, machten wir uns aus dem Staub. Wir fuhren mit dem Bus nach Manhattan und verabschiedeten uns am Busbahnhof.

Aber weißt du, was dieser alte Scheißkerl Masterman getan hat? Er ist weder groß noch stark, aber er hat diesen verdammten Kühlschrank Zentimeter um Zentimeter durch die Küche gezogen. Glaub mir, das Ding war riesig. Es war wirklich ein schönes Haus mit tollen Möbeln und Teppichen, und es muss total anstrengend gewesen sein, weil sich die ganzen Teppiche unter dem Kühlschrank bauschten, aber er hat es aus der Küche durch den Flur bis ins Wohnzimmer geschafft, wo das Telefon stand. Ich kann mir vorstellen, was für ein Bild sich den Polizisten bei ihrer Ankunft bot: dieser alte Mann mitten im Wohnzimmer an einen Kühlschrank gekettet und die ganzen Wände voller Gemälde. Das war Donnerstag. Am folgenden Dienstag haben sie mich geschnappt. Howie hatten sie schon. Er war vorbestraft, das hatte ich gar nicht gewusst. Ich mache dem Staat keinen Vorwurf. Ich mache niemandem einen Vorwurf. Wir haben alles falsch gemacht. Einbruch, Körperverletzung, Entführung. Entführung ist ein großes Tabu. Ich bin natürlich so gut wie tot, aber meine Frau und meine Söhne leben noch. Sie hat das Haus mit großem Verlust verkauft und lebt von der Wohlfahrt. Ab und zu kommt sie mich besuchen, aber weißt du, was die Jungen getan haben? Erst haben sie sich die Erlaubnis geholt, mir Briefe zu schreiben, und dann hat mir Michael, der ältere, geschrieben, sie würden sonnntags um drei mit einem Ruderboot auf dem Fluss sein und mir zuwinken. Am Sonntag stand ich um drei am Zaun, und sie kamen tatsächlich. Sie waren zwar weit draußen – man kommt nicht so nah ans Gefängnis ran –, aber ich konnte sie sehen und hab gespürt, wie sehr ich sie liebe, sie haben mit den Armen gewedelt, und ich auch. Das war im Herbst, und als der Bootsverleih zumachte, kamen sie nicht mehr, aber im Frühling waren sie wieder da.

Sie waren viel größer geworden, das konnte ich sehen, und dann kam mir der Gedanke, dass sie in der Zeit, die ich hier absitze, bestimmt heiraten und Kinder kriegen, und ich weiß, sie werden ihre Frauen und Kinder nicht in ein Ruderboot stecken und den Fluss runterfahren, um ihrem alten Daddy zu winken. Deshalb hab ich keine Zukunft, Farragut, und du hast auch keine. Komm, gehen wir runter und waschen uns vor dem Essen die Hände.«

Farragut arbeitete damals teils in der Gärtnerei, wo er den Rasen mähte und Hecken schnitt, und teils als Schreibkraft, die sich um die Bekanntmachungen der Gefängnisverwaltung kümmerte. Er hatte den Schlüssel zu einem Büro in der Nähe des Wachzimmers und konnte dort eine Schreibmaschine benutzen. Er traf sich weiter mit Jody auf dem Wasserturm und später, als es nachmittags zu kalt wurde, in seinem Büro. Als sie sich einen Monat lang kannten, wurden sie ein Liebespaar. »Ich bin so froh, dass du nicht homosexuell bist«, sagte Jody immer wieder, während er Farraguts Haar streichelte. Dann knöpfte er eines Nachmittags mit denselben Worten Farraguts Hose auf, und mit dessen tatkräftiger Unterstützung zog er sie bis zu den Knien herunter. Nach allem, was Farragut in den Zeitungen über das Gefängnisleben gelesen hatte, kam das nicht unerwartet, doch er hatte nicht damit gerechnet, dass diese groteske Verbindung in ihm eine so tiefe Liebe erwecken würde. Und er hatte auch nicht erwartet, dass die Verwaltung so nachsichtig sein würde. Für ein paar Zigaretten ließ Tiny Farragut zwischen dem Essen und dem Einschließen noch mal ins Büro zurückkehren. Dort traf er sich mit Jody, und sie liebten sich auf dem Fußboden. »Sie finden es gut«, erklärte Jody. »Anfangs waren sie dagegen. Aber dann kam ein Psychologe zu dem Schluss, dass wir keinen Aufstand anzetteln, wenn unsere Eier regelmäßig was zu tun haben. Sie lassen uns alles machen, solange sie glauben, dass es uns von gewalttätigen Aufständen abhält. Rutsch rüber, Süßer, rutsch rüber. Ach, ich liebe dich so.«

Sie trafen sich zwei- oder dreimal wöchentlich. Jody war der Geliebte, und hin und wieder versetzte er Farragut, sodass dieser eine übernatürliche Sensibilität für das Quietschen von Jodys Basketballschuhen entwickelte. An manchen Abenden schien sein Leben von diesem Geräusch abzuhängen. Als der Bankkurs begann, trafen sich die beiden immer dienstags und donnerstags, und Jody berichtete von seinen Erfahrungen mit der Universität. Farragut hatte aus der Werkstatt eine Matratze organisiert, Jody hatte irgendwo eine Kochplatte aufgetrieben, und sie lagen auf der Matratze, tranken heißen Kaffee und waren glücklich und zufrieden.

Doch Jody äußerte sich gegenüber Farragut skeptisch über die Universität. »Ist immer derselbe Scheiß«, sagte er. »Erfolg-Schule, Charme-Schule, Elite-Schule. Wie-macht-man-eine-Million-Schule. Ich hab all das durch, und es ist immer dasselbe. Weißt du, Süßer, die Bankbuchhaltung und das ganze Zeug werden heute von Computern erledigt, und man muss sich darauf konzentrieren, das Vertrauen des potenziellen Geldgebers zu gewinnen. Das ist das große Geheimnis des modernen Bankwesens. Man muss zum Beispiel lernen zu lächeln. Jeder Kurs, den ich besucht habe, beginnt mit Unterricht im Lächeln. Du stehst draußen vor der Tür und denkst an all die schönen Dinge, die dir an diesem Tag, in diesem Jahr, im ganzen Leben passiert sind. Es muss echt sein. Dieses Verkaufslächeln kann man nicht vortäuschen. Ich meine, du musst dir ein tolles Mädchen ins Gedächtnis rufen, das dich glücklich gemacht hat, oder ein gewagtes Unternehmen, falls du je eins zum Erfolg geführt hast, einen neuen Anzug, einen Wettlauf, den du gewonnen hast, oder einen herrlichen Tag, an dem du total viel Glück hattest. Und dann machst du die Tür auf, gehst rein und haust den anderen mit deinem Lächeln um. Nur dass sie keine Ahnung haben, Süßer. Ich meine vom Lächeln. Vom Lächeln haben sie nicht den geringsten Schimmer.

Es ist schon in Ordnung zu lächeln, ich meine, du musst lächeln, wenn du was verkaufen willst, aber wenn man's nicht richtig macht, kriegt man so schreckliche Falten im Gesicht wie du. Ich liebe dich, Süßer, aber du weißt einfach nicht, wie man lächelt. Wenn du's wüsstest, hättest du nicht so viele Fältchen um die Augen und keine dieser großen, abscheulichen Furchen im Gesicht, die wie Narben aussehen. Guck dir zum Beispiel mich an. Du hältst mich für vierundzwanzig, stimmt's? In Wirklichkeit bin ich zweiunddreißig, aber wenn die Leute mein Alter schätzen sollen, halten mich die meisten für achtzehn oder höchstens neunzehn. Und zwar weil ich weiß, wie man lächelt, wie man sein Gesicht richtig einsetzt. Das hat mir ein Schauspieler beigebracht. Er hat wegen einem Sittlichkeitsdelikt gesessen, sah aber sehr gut aus. Er hat mir beigebracht, dass man sein Gesicht einsetzt, um es zu schonen. Wenn man es unbekümmert allen Situationen ausliefert, in die man gerät, dann sieht man irgendwann aus wie du, nämlich völlig beschissen. Ich liebe dich, Süßer, wirklich, sonst würde ich dir gar nicht sagen, dass dein Gesicht völlig verwüstet ist. Jetzt guck dir mal mein Lächeln an. Siehst du? Ich sehe richtig glücklich aus – stimmt doch, oder? –, aber wie du siehst, hab ich die Augen weit offen, damit ich keine so abstoßenden Falten kriege wie du, und wenn ich den Mund aufmache, dann ganz, ganz weit, damit meine schönen Wangen, meine schönen, glatten Wangen, nicht darunter leiden. Dieser Lehrer von der Universität fordert uns auf, zu lächeln und immer wieder zu lächeln, aber wenn man ständig mit einem Lächeln rumläuft, wie er es verlangt, dann sieht man bald aus wie ein Greis, wie ein uralter, verhärmter Greis, mit dem niemand was zu tun haben will, schon gar nicht, wenn's um Geldanlagen geht.«

Wenn Jody verächtlich von der Stiftungsuniversität sprach, nahm Farragut einen elterlichen Standpunkt ein, in dem ein bleibender Respekt für alles zum Ausdruck kam, was von einer Institution gelehrt wurde, wie falsch dessen Inhalt und wie unwissend die Institution auch sein mochte. Wenn er hörte, dass Jody die Stiftungsuniversität als Scheiße bezeichnete, fragte sich Farragut, ob Respektlosigkeit nicht auch der Grund für Jodys kriminelle Karriere und sein Leben im Gefängnis war. Seiner Ansicht nach hätte Jody mehr Geduld, mehr Intelligenz für seine Angriffe auf die Universität aufbringen müssen. Vielleicht lag das nur daran, dass das Wort »Stiftung« in Farraguts Augen Respekt verdiente und Rechtschaffenheit ausstrahlte; und eng damit verbunden waren Sparsamkeit, Fleiß, Genügsamkeit und ehrliches Streben.

Eigentlich waren Jodys Angriffe auf die Universität endlos, vorhersehbar und letztlich eintönig. Alles an dem Kurs war falsch. Der Lehrer richtete sein Gesicht mit einem zu breiten und verbindlichen Lächeln zugrunde. Die Lernkontrollen waren zu leicht. »Ich tue so gut wie gar nichts«, sagte Jody, »und kriege immer die besten Noten von allen. Ich hab ein erstklassiges Gedächtnis. Es fällt mir leicht, mir alles zu merken. Ich hab den Katechismus in einer Nacht auswendig gelernt. Heute ging es zum Beispiel um Nostalgie. Man könnte meinen, das hat was mit Algen zu tun. Stimmt aber nicht. Es ist etwas, woran man sich gern erinnert. Unsere Aufgabe besteht also darin, herauszufinden, woran sich der potenzielle Anleger gern erinnert, und auf diesen angenehmen Erinnerungen zu spielen wie auf einer verdammten Geige. Du beschwörst nicht nur im Gespräch nostalgische Erinnerungen herauf, auch deine Kleidung, dein Erscheinungsbild, deine Sprache und deine Gesten sollen bei ihm angenehme Erinnerungen wecken. Und wenn der potenzielle Anleger auf Geschichte steht, soll ich dann etwa in einer verdammten Rüstung in die Bank kommen?«

»Du nimmst die Sache nicht richtig ernst, Jody«, sagte Farragut. »In dem Kurs muss sich doch irgendwas Lohnendes finden. Du solltest dich mehr auf seine nützlichen Seiten konzentrieren.«

»Vielleicht gibt es die ja«, erwiderte Jody, »aber das hatte ich alles schon in der Charme-Schule, der Erfolg-Schule, der Elite-Schule. Ist alles dieselbe Scheiße. Das hab ich schon zehnmal durch. Sie erzählen dir zum Beispiel, dass für einen Mann der eigene Name das schönste Wort seiner Sprache ist. Das wusste ich schon, als ich drei, vier Jahre alt war. Das ist doch kalter Kaffee. Willst du's mal hören? Pass auf.«

Jody zählte die einzelnen Punkte an den Gitterstäben von Farraguts Zelle ab. »Erstens: Gib dem anderen das Gefühl, dass alle guten Ideen von ihm kommen. Zweitens: Stell ihm eine Herausforderung. Drittens: Fang mit Lob und aufrichtiger Anerkennung an. Viertens: Wenn du unrecht hast, gib es ohne Umschweife zu. Fünftens: Bring den anderen dazu, Ja zu sagen. Sechstens: Sprich über deine Fehler. Siebtens: Ermögliche dem anderen, das Gesicht zu wahren. Achtens: Ermutige ihn. Neuntens: Lass das, was du vorhast, leicht erscheinen. Zehntens:

Sorg dafür, dass der andere froh ist, tun zu dürfen, was du willst. Scheiße, Mann, das weiß doch jeder Hochstapler. Das ist mein Leben, die Geschichte meines Lebens. All das mach ich schon seit meiner Kindheit. Guck, wohin's mich gebracht hat. Guck, wo ich mit meinem Wissen über Charme, Erfolg und Bankwesen gelandet bin. Scheiße, Süßer, am liebsten würde ich den ganzen Kram hinschmeißen.«

»Tu's nicht, Jody«, sagte Farragut. »Bleib dabei. Der Abschluss macht sich gut in deiner Akte.«

»Meine Akte schaut sich in den nächsten vierzig Jahren sowieso keiner an«, sagte Jody.

Eines Abends kam Jody unangemeldet vorbei. Es schneite. »Melde dich morgen krank«, sagte er. »Montag. Da herrscht viel Betrieb. Ich warte vor der Krankenstation auf dich.« Und schon war er wieder weg. »Liebt er dich nicht mehr?«, fragte Tiny. »Also, wenn das stimmt, fällt mir ein Stein vom Herzen. Du bist wirklich ein netter Kerl, Farragut. Ich kann dich gut leiden, aber mit dem kann ich nichts anfangen. Er hat schon jedem zweiten hier einen geblasen, und das ist erst der Anfang. Letzte Woche, nein, vorletzte Woche – ich weiß es nicht mehr genau – hat er im dritten Stock diesen Fächertanz aufgeführt. Toledo hat mir davon erzählt. Er hat aus einem Stück Zeitungspapier einen Fächer gefaltet und hielt ihn sich abwechselnd vor den Schwanz und den Arsch, während er tanzte. Toledo fand das ziemlich widerlich. Echt widerlich.« Farragut versuchte, sich die Szene vorzustellen, doch es gelang ihm nicht. Er hatte das Gefühl, dass Tiny eifersüchtig war. Tiny hatte nie die Liebe eines Mannes erfahren. Tiny war unsicher. Farragut füllte seinen Antrag für den Arztbesuch aus, steckte ihn zwischen die Gitterstäbe und legte sich schlafen.

Das Wartezimmer der Krankenstation war voll, und er stand mit Jody vor der Tür, wo niemand sie hören konnte. »Also hör zu«, sagte Jody. »Bevor du dich aufregst, hör mir erst mal zu. Sag nichts, ehe ich fertig bin. Ich hab den Kurs gestern geschmissen. Nein, sag noch nichts. Ich weiß, die Sache wird dir nicht passen, weil du diesen väterlichen Glauben hast, dass ich mal in der Welt Erfolg habe, aber warte, bis du meinen Plan gehört hast. Sag nichts. Ich hab gesagt, du sollst zuhören. Die Abschlussfeier ist in Planung. Außer uns im Kurs weiß noch niemand, was da ablaufen soll, aber in ein paar Tagen werdet ihr es erfahren. Hör zu. Der Kardinal, der Kardinal der Diözese, kommt im Hubschrauber her und überreicht den Absolventen ihre Diplome. Das ist keine Verarschung, aber frag mich nicht, was das Ganze soll. Wahrscheinlich ist der Kardinal mit jemandem von der Universität verwandt, aber die Sache wird großes Aufsehen erregen, und dann passiert Folgendes: Einer der Typen in dem Kurs ist die rechte Hand des Kaplans. Er heißt DiMatteo. Ich bin eng mit ihm befreundet. Und der ist für die ganzen Klamotten verantwortlich, die sie am Altar tragen. Er hat so eine rote Kutte in meiner Größe, die sitzt wie angegossen. Die will er mir geben. Wenn der Kardinal aufkreuzt, geht es hier drunter und drüber. Ich bleibe im Hintergrund, verstecke mich im Heizungsraum, ziehe die rote Kutte an, und wenn der Kardinal die Messe feiert, schiebe ich meinen Arsch zum Altar. Hör zu, ich weiß, was ich tue. Ich kenn mich aus. Ich hab schon mit elf Jahren ministriert. Das war die Zeit meiner Firmung. Ich weiß, du befürchtest, dass sie mich erwischen, aber das wird nicht passieren. Während der Messe achtet man nicht auf die anderen Ministranten. So ist das nun mal beim Beten. Man blickt sich nicht um. Wenn man am Altar einen Fremden sieht, läuft man nicht rum und fragt, wer der Mann ist. Das ist eine heilige Verrichtung, und bei einer heiligen Verrichtung sieht man nichts anderes. Wenn man das Blut unseres Erlösers trinkt, guckt man nicht nach, ob der Kelch angelaufen ist oder im Wein Mücken schwimmen. Man ist ganz starr, wie versteinert. Beten. Das ist sein Zweck. Das Beten wird mir helfen, hier rauszukommen. Die Macht des Betens. Wenn dann die Messe vorbei ist, steige ich in meiner roten Kluft in den Hubschrauber, und wenn man mich fragt, wo ich herkomme, sage ich von Saint Anselm's, Saint Augustine's, Saint Michael's, Saint Irgendwo. Nach der Landung ziehe ich mir in der Sakristei meine Kutte aus und marschier raus auf die Straße. Ein Wunder! Ich bettle mir das Geld für die U-Bahn zusammen und fahre zur Hundertvierundsiebzigsten Straße, wo ich Freunde hab. Süßer, das erzähl ich dir bloß, weil ich dich liebe und dir vertraue. Ich lege mein Leben in deine Hände. Größere Liebe gibt es nicht unter den Menschen. Aber erwarte nicht, dass du ab jetzt noch viel von mir zu sehen kriegst. Der Typ mit der roten Kluft steht auf mich. Der Kaplan bringt ihm von draußen Essen, also nehme ich die Kochplatte mit. Vielleicht seh ich dich nie wieder, Süßer, aber wenn ich kann, komme ich noch mal vorbei und verabschiede mich.« Dann legte Jody die Hände auf seinen Bauch, krümmte sich und ging, vor Schmerzen leise stöhnend, ins Wartezimmer. Farragut folgte ihm, doch sie sprachen nicht mehr miteinander. Farragut klagte über Kopfschmerzen, und der Arzt gab ihm eine Tablette. Der Arzt trug schmutzige Kleidung und hatte ein großes Loch in der rechten Socke.

Jody kam nicht mehr, und er fehlte Farragut schmerzlich. Er horchte inmitten der unzähligen Gefängnisgeräusche auf das Quietschen von Basketballschuhen. Das war alles, was er hören wollte. Schon bald nach ihrem Abschied vor der Krankenstation musste er die Bekanntmachung abtippen, dass Seine Eminenz Kardinal Thaddeus Morgan am siebenundzwanzigsten Mai mit dem Hubschrauber nach Falconer kommen und den Absolventen des von der Stiftungsuniversität durchgeführten Kurses ihre Diplome überreichen werde. Dabei würden ihm der Gouverneur und der Leiter der Gefängnisbehörde zur Seite stehen. Man würde die Messe feiern. Dort herrsche Anwesenheitspflicht, alle weiteren Informationen könne man bei den zuständigen Beamten erfragen.

Toledo vervielfältigte die Bekanntmachung, doch diesmal übertrieb er es nicht, und es gab keine weitere Papierflut. Anfangs erfolgte darauf keine große Reaktion. Nur acht Häftlinge erhielten ihr Diplom. Der Gedanke, dass der Sachwalter Gottes vom Himmel auf das Galgenfeld herabschwebte, schien niemanden aufzuregen. Farragut horchte natürlich weiter auf das Quietschen von Basketballschuhen. Wenn Jody sich verabschieden würde, dann vermutlich am Abend vor der Ankunft des Kardinals. Das hieß, dass Farragut einen Monat warten musste, bis er seinen Liebsten sehen würde, und das auch nur kurz. Damit musste er sich abfinden. Jody balgte sich vermutlich gerade mit dem Helfer des Kaplans herum, doch Farragut empfand keine richtige Eifersucht. Er hatte keine Ahnung, ob Jodys Fluchtplan gelingen würde, aber Jodys Absichten waren genauso absurd wie das Vorhaben des Kardinals, auch wenn über dessen Vorhaben die Zeitungen berichteten.

Farragut lag auf seiner Pritsche. Er hatte Verlangen nach Jody. Die Sehnsucht machte sich zuerst in seinen sprachlosen Genitalien bemerkbar, für die seine Gehirnzellen als Dolmetscher fungierten. Dann breitete sie sich von den Genitalien zu den

Eingeweiden aus, von da zu seinem Herzen, seiner Seele und seinem Denken, bis sein gesamter Körper von Sehnsucht erfüllt war. Er wartete auf das Quietschen der Basketballschuhe und auf die Stimme, jugendlich – vielleicht aus Berechnung –, aber nicht zu hell, die ihn aufforderte: »Rutsch rüber, Süßer.« Er wartete auf das Quietschen der Basketballschuhe, wie er auf das Klappern von Janes Absätzen auf dem Kopfsteinpflaster in Boston gewartet hatte, auf das Surren des Aufzugs, der Virginia in den zehnten Stock heraufbringen würde, wie er darauf gewartet hatte, dass Dodie das rostige Tor an der Thrace Street öffnete, Roberta an einer römischen Piazza aus dem Bus der Linie C stieg, Lucy ihr Diaphragma einsetzte und nackt in der Badezimmertür erschien, wie er auf Telefonklingeln und Türglocken gewartet hatte, auf Kirchenglocken, die die Uhrzeit schlugen, auf das Ende eines Gewitters, das Helen Angst machte, auf den Bus, das Schiff, den Zug, das Flugzeug, das Schnellboot, den Hubschrauber, den Skilift, die Fünf-Uhr-Sirene und den Feueralarm, die es ihm ermöglichten, seine Liebste in die Arme zu schließen. Anscheinend hatte er einen beträchtlichen Teil seines Lebens und seiner Energie dem Warten gewidmet, doch dieses Warten war, auch wenn niemand erschien, nicht völlig frustrierend; es bezog einen Teil seines Wesens aus dem Innern des Strudels.

Aber warum sehnte er sich so sehr nach Jody, wo er doch oft gedacht hatte, dass es seine Bestimmung im Leben war, die schönsten Frauen zu besitzen? Frauen besaßen die größte und lohnendste Abgründigkeit. Man näherte sich ihnen im Dunkeln, und manchmal, wenn auch nicht immer, besaß man sie auch im Dunkeln. Sie waren etwas Wesentliches, befestigt und belagert, erobernswert und nach der Eroberung eine reiche Beute. In seinen lüsternsten Momenten wollte er sich fortpflanzen, wollte

Weiler, Dörfer, Städte und Metropolen bevölkern. Dieses Verlangen nach Befruchtung beschwor vor seinem geistigen Auge das Bild von fünfzig mit seinen Kindern schwangeren Frauen herauf. Frauen waren Ali Babas Höhle, sie waren das Morgenlicht, sie waren Wasserfälle und Gewitter, sie waren die Unermesslichkeit des Planeten, und als er sich damals nackt von seinem letzten Pfadfinderführer herunterwälzte, hatte ihn diese Vorstellung veranlasst, sich für etwas Besseres zu entscheiden. In der Erinnerung an die Herrlichkeit der Frauen lag die Spur eines Vorwurfs, doch Vorwurf war nicht das, was er meinte. Angesichts der Herrschaft seines ungebärdigen Schwanzes konnte nur eine Frau dessen Röte zweckmäßig krönen.

Er dachte, dass sexueller Besitzanspruch und sexuelle Eifersucht eine ähnliche Intensität besaßen; und es bedurfte einiger Anpassungen und Unwahrheiten, dies mit der Unbeständigkeit des Fleisches in Einklang bringen zu wollen. Oft hatte er alles Schickliche an seinen Geliebten übersehen. Er hatte Frauen angehimmelt und begehrt, die ihn mit ihren Lügen entzückten und mit ihrer absoluten Unzuverlässigkeit bezauberten. Er hatte ihnen Kleider und Flugtickets gekauft, ihre Friseure und ihre Vermieter bezahlt und in einem Fall sogar einen Gesichtschirurgen. Beim Kauf von Brillantohrringen hatte er bewusst die sexuelle Wegstrecke ermessen, die ihm dieser Schmuck einbringen würde. Wenn Frauen Fehler hatten, fand er das oft reizvoll. Wenn man sie, obwohl sie streng Diät hielten und ständig darüber redeten, auf einem Parkplatz beim Verzehr eines Schokoladenriegels ertappte, war man entzückt. Jodys Fehler fand er nicht entzückend. Er entdeckte keinen.

Sein brennendes, schmerzliches Verlangen nach Jody breitete sich, sichtbar und unsichtbar, vom Unterleib in seinen ganzen

Körper aus, und er fragte sich, ob er es fertigbrächte, seine Liebe zu Jody auch auf offener Straße zu zeigen. Würde er, den Arm um Jodys Taille geschlungen, mit ihm die Straße entlanggehen, würde er Jody am Flughafen küssen, würde er im Aufzug Jodys Hand halten, und wenn er davor zurückschreckte, hieß das dann nicht, dass er sich den grausamen Verordnungen einer blasphemischen Gesellschaft beugte? Er versuchte sich Jody und sich selbst draußen in der Welt vorzustellen. Plötzlich fielen ihm die Pensionen oder Gasthäuser in Europa ein, in denen er und Marcia mit ihrem Sohn manchmal den Sommer verbrachten. Dort gaben junge Männer und Frauen – waren sie nicht mehr jung, so waren sie zumindest agil – und deren Kinder den Ton an. Man mied die Gesellschaft von Alten und Gebrechlichen. Deren Lieblingsplätze waren wohlbekannt, und man wies einander darauf hin. Doch hier und da sah man in dieser Familienlandschaft am Ende der Bar oder in einer Ecke des Speisesaals zwei Männer oder zwei Frauen. Das waren die Schwulen und Lesben, was sich gewöhnlich am unübersehbaren Kräftespiel der Gegensätze ablesen ließ. Eine der Frauen war sanftmütig, die andere dominierend. Einer der Männer war alt, der andere noch blutjung. Man war ausgesprochen höflich zu ihnen, doch sie wurden nie gefragt, ob sie an einer Segelregatta oder einem Picknick in den Bergen teilnehmen wollten. Sie wurden nicht einmal zur Hochzeit des Dorfschmieds eingeladen. Sie waren anders. Wie sie ihren Geschlechtstrieb befriedigten, das würde für die übrigen Gäste akrobatisch und bizarr bleiben. Anders als die übrigen Gäste würden sie die Siesta nicht mit einem guten, schweißtreibenden Fick beginnen. In gesellschaftlicher Hinsicht wog das Vorurteil gegen sie nicht besonders schwer, doch auf einer tiefgründigeren Ebene war es absolut. Dass sie sich blendend verstanden, wie es mitunter vorkam, war erstaunlich und subversiv. Farragut konnte sich an eine Pension erinnern, in der zwei Schwule das einzige glückliche Paar im Speisesaal zu sein schienen. Das war eine schlechte Saison für den heiligen Stand der Ehe gewesen. Die Frauen weinten. Die Männer waren missmutig. Die Schwulen gewannen die Regatta, bezwangen den höchsten Gipfel und wurden vom regierenden Fürsten zum Essen eingeladen. Doch das war eine Ausnahme. Farragut – in Gedanken noch draußen in der Öffentlichkeit – versuchte, sich Jody und sich selbst in so einer Pension vorzustellen. Es war fünf. Sie saßen am Ende der Bar. Jody trug einen weißen Leinenanzug, den ihm Farragut gekauft hatte. Doch das war alles. Farragut konnte seine Vorstellungskraft drehen und wenden, wie er wollte, an diesem Punkt ging es einfach nicht weiter.

Wenn die Liebe eine Kette von Ähnlichkeiten darstellt, dann barg die Tatsache, dass Jody ein Mann war, die Gefahr, dass Farragut vielleicht in sich selbst verliebt war. Soweit er sich erinnern konnte, hatte er Selbstliebe nur einmal bei einem Mann erlebt, mit dem er ungefähr ein Jahr lang zusammengearbeitet hatte. Der Mann hatte in seinem Leben keine besonders große Rolle gespielt, und er hatte, vielleicht zu seinem Nachteil, diesen Fehler, sofern man ihn als solchen bezeichnen konnte, nur beiläufig bemerkt. »Ist dir schon mal aufgefallen«, hatte der Mann gefragt, »dass eins meiner Augen kleiner ist als das andere?« Später hatte er irgendwann mit Nachdruck die Frage gestellt: »Meinst du nicht, dass ich mit einem Bart besser aussehen würde, einem Schnurrbart vielleicht?« Auf dem Weg zu einem Restaurant hatte er mal gefragt: »Magst du deinen Schatten? Wenn die Sonne hinter mir steht und ich meinen Schatten sehe, bin ich jedes Mal enttäuscht. Meine Schultern sind zu schmal und meine Hüften zu breit.« Und als sie zusammen schwimmen waren, erkundigte sich der Mann: »Ganz ehrlich, wie findest du meine Armmuskeln? Ich meine, sind sie überentwickelt? Ich mache jeden Morgen vierzig Liegestütze, damit sie straff bleiben, aber ich will nicht aussehen wie ein Gewichtheber.« Diese Fragen stellte er nicht ständig, nicht einmal jeden Tag, aber doch so oft, dass sie exzentrisch wirkten und Farragut zu der Vermutung und schließlich zu der Überzeugung gelangte, dass der Mann in sich selbst verliebt war. Er sprach von sich selbst so, wie sich ein anderer Mann vielleicht in einer kriselnden Ehe die Attraktivität seiner Frau bestätigen ließe. Findest du sie nicht schön? Meinst du, sie redet zu viel? Gefallen dir ihre Beine nicht? Meinst du, sie sollte sich das Haar schneiden lassen? Farragut glaubte nicht, dass er in sich selbst verliebt war, doch als er einmal von der Matratze aufstand, um zu pissen, hatte Jody gesagt: »Scheiße, Mann, du siehst wirklich gut aus. Ich meine, eigentlich bist du uralt, und hier drin ist es ziemlich dunkel, aber in meinen Augen siehst du richtig gut aus.« – »Schwachsinn«, sagte Farragut, doch irgendwo in der riesigen Wildnis, die er selbst war, schien eine Blume zu erblühen, deren Blüte er nicht finden und mit dem Absatz zermalmen konnte. So redeten Huren, das wusste er, doch er war auf hilflose Weise empfänglich dafür. Es war, als hätte er schon immer gewusst, dass er gut aussah, und hätte sein ganzes Leben auf diese Worte gewartet. Aber wenn er mit der Liebe zu Jody sich selbst liebte, bestand die Möglichkeit, dass er sich Hals über Kopf in seine verlorene Jugend vernarrt hatte. Jody mimte den Jugendlichen, er hatte den frischen Atem und die wohlriechende Haut der Jugend, und indem Farragut beides genoss, genoss er eine Stunde der Unschuld. Ihm fehlte seine Jugend, sie fehlte ihm wie ein Freund, eine Geliebte, ein gemietetes Haus an einem der herrlichen Strände, an denen er als junger Mann gewesen war. Sich selbst, seine eigene Jugend zu umarmen, war vielleicht einfacher, als eine schöne Frau zu lieben, deren Wesen in einer Vergangenheit wurzelte, die er nie begreifen würde. Als er Mildred liebte, hatte er sich beispielsweise an ihre Vorliebe für Sardellen zum Frühstück gewöhnen müssen, an brühheißes Badewasser, verzögerte Orgasmen und zitronengelbe Tapeten, an zitronengelbes Toilettenpapier, zitronengelbe Bettlaken, Lampenschirme, Essteller, Tischdecken, Polsterbezüge und Autos. Sie hatte ihm sogar ein zitronengelbes Suspensorium gekauft. Sich selbst zu lieben, war ein müßiges, unmögliches, aber köstliches Unterfangen. Wie einfach, sich selbst zu lieben!

Und dann musste er an die Beschwörung des Todes und an des Todes dunkle Arznei denken, denn wenn er Jodys Körper bedeckte, umarmte er bereitwillig Zerfall und Verderbnis. Einen Mann auf den Hals zu küssen, ihm leidenschaftlich in die Augen zu blicken, war so unnatürlich wie die Riten und Abläufe in einem Bestattungsunternehmen; statt, wie er es getan hatte, die straffe Haut von Jodys Bauch zu küssen, hätte er ebensogut den Rasen küssen können, der ihn einmal bedecken würde.

Seit Jody nicht mehr kam – seit dieser erotische, emotionale Zeitplan nicht mehr existierte –, sah Farragut seinen Sinn für Zeit und Raum gefährdet. Er besaß eine Uhr und einen Kalender, und seine Umgebung war noch nie so übersichtlich gewesen, doch er hatte auch noch nie so beklommen der Tatsache ins Auge geblickt, dass er nicht wusste, wo er war. Er stand am Beginn einer Slalomstrecke, er wartete auf einen Zug, er wachte nach einem Horrortrip in einem Hotel in New Mexico auf.

»He, Tiny«, rief er, »wo bin ich?« Tiny verstand. »Falconer-Gefängnis«, antwortete er. »Du hast deinen Bruder umgebracht.« »Danke, Tiny.« Und so kehrten mithilfe von Tinys Stimme die nackten Fakten zurück. Um das beunruhigende Gefühl der Fremdheit zu lindern, erinnerte er sich daran, dass ihm so etwas auch schon auf offener Straße passiert war. Das Gefühl, gleichzeitig an zwei oder drei Orten zu sein, hatte er auch schon außerhalb dieser Mauern gekannt. Er konnte sich erinnern, wie er an einem sonnigen Tag in einem klimatisierten Büro gestanden und das Gefühl gehabt hatte, zugleich zu Beginn eines Schneesturms in einem schäbigen Farmhaus zu stehen. Er konnte, während er in einem sorgfältig desinfizierten Büro stand, den Geruch einer Holzkiste wahrnehmen und sich berechtigte Gedanken zu Schneeketten, Schneepflügen, Lebensmittelvorräten, Brennstoff und Alkohol machen – zu allem, was einen Mann in einem abgelegenen Haus angesichts eines Sturms beschäftigt. Das war natürlich eine Erinnerung, die in die Gegenwart eingedrungen war, doch warum überkam ihn mitten im Sommer in einem antiseptischen Raum unwillkürlich eine solche Erinnerung? Er versuchte, sie auf einen bestimmten Geruch zurückzuführen. Vielleicht hatte ein im Aschenbecher verglimmendes Streichholz diese Erinnerung heraufbeschworen, doch seit ihn einmal beim Betrachten eines aufziehenden Gewitters eine feuchte, unnachgiebige Erektion aus der Fassung gebracht hatte, war er, was seine sinnliche Empfindsamkeit betraf, ziemlich skeptisch. Auch wenn sich diese Dualität mit dem Rauch eines glimmenden Streichholzes erklären ließ, konnte er nicht erklären, warum die lebhafte Erinnerung an das Farmhaus die Realität des Büros, in dem er stand, so infrage stellte. Um die unerwünschte Erinnerung abzuschwächen und zu verscheuchen, zwang er sich, über das Büro, das wirklich künstlich wirkte, hinauszudenken und sich der unbestreitbaren Tatsachen zu vergewissern, dass an diesem Tag der neunzehnte Juli gewesen war, die Temperatur im Freien dreiunddreißig Grad betragen, die Uhr achtzehn Minuten nach drei angezeigt und er mittags Jakobsmuscheln oder Dorschbäckchen mit süßer Remoulade, saure Bratkartoffeln, Salat, ein halbes Brötchen mit Butter sowie Eis und einen Kaffee zu sich genommen hatte. Mit diesen unbestreitbaren Details gewappnet, vertrieb er die Erinnerung an das Farmhaus, so wie man Fenster und Türen öffnet, um den Rauch aus einem Zimmer zu bekommen. Es gelang ihm, die Realität des Büros wiederherzustellen, und obwohl ihn dieses Erlebnis nicht besonders beunruhigt hatte, warf es doch eine Frage auf, auf die er keine Antwort wusste.

Wenn es sich nicht um organisierte Religion oder triumphale Ficks handelte, betrachtete Farragut transzendente Erfahrungen als gefährlichen Unsinn. Man sparte seine Inbrunst besser für Menschen auf oder für Dinge, die man verwenden konnte. Die Flora und Fauna des Regenwaldes waren unergründlich, doch man konnte den Pfad ergründen, der einen zu seinem Ziel führte. Aber in Falconer hatte er manchmal das Gefühl gehabt, als drohten die Mauern und Gitter zu verschwinden, um ihn in einem Nichts zurückzulassen, das noch schlimmer wäre. Eines Morgens wurde er beispielsweise vom Rauschen der Toilette geweckt und fand sich inmitten der verblassenden Bruchstücke eines Traumes wieder. Er wusste nicht genau, wie tief der Traum gewesen war – wie tiefgründig –, doch es war ihm (und auch seinen Psychiatern) noch nie gelungen, die Moränen des Bewusstseins, die das Material des Traumes bilden, genau zu bestimmen. In dem Traum hatte er das Gesicht einer schönen Frau gesehen, die er nett fand, aber nie besonders geliebt hatte. Nun sah oder spürte er zudem einen der herrlichen Strände einer Meeresinsel. Ein Kinderlied oder ein Werbesong erklang. Er spürte den verblassenden Bruchstücken nach, als hinge sein Leben, sein Selbstwertgefühl davon ab, sie zu einer stimmigen, brauchbaren Erinnerung zusammenzufügen. Sie flüchteten, sie flüchteten so zielstrebig wie der Ballführende in einem Footballspiel, und er sah erst die Frau, dann das Meer verschwinden und hörte, wie die Melodie des Werbesongs immer leiser wurde. Er schaute auf die Uhr. Es war zehn nach drei. Das Rauschen der Toilette erstarb, und er schlief wieder ein.

Tage, Wochen, ja Monate später erwachte er aus demselben Traum von der Frau, dem Strand und dem Lied, und er spürte den Bruchstücken mit derselben Intensität wie beim ersten Mal nach und verlor eins nach dem anderen, während die Musik verklang. Unvollständig erinnerte Träume sind – wenn man ihnen nachspürt – banal, doch das Erlöschen dieses Traums war außergewöhnlich plastisch und klar. Aufgrund seiner psychiatrischen Erfahrungen fragte er sich, ob der Traum in Farbe gewesen war. Ja, aber nicht knallbunt. Das Meer war dunkel, und die Frau trug keinen Lippenstift, aber die Erinnerung beschränkte sich nicht nur auf Schwarz und Weiß. Der Traum fehlte ihm. Es ärgerte ihn zutiefst, dass er ihn verloren hatte. Natürlich war der Traum wertlos, doch anscheinend war er so etwas wie ein Talisman. Farragut schaute auf die Uhr und sah, dass es zehn nach drei war. Die Toilette war still, und er schlief wieder ein.

Das passierte immer und immer wieder. Es war nicht immer genau zehn nach drei, doch stets zwischen drei und vier Uhr früh. Jedes Mal ärgerte er sich darüber, dass seine Erinnerung ganz unabhängig von allem, was er über sich wusste, die Vergangenheit in gesteuerten, sich wiederholenden Mustern manipulieren konnte. Seine Erinnerung hatte einen freien Willen, und sein Ärger wuchs noch, als er begriff, dass sein Gedächtnis ebenso ungebärdig war wie seine Genitalien. Als er eines Morgens den dunklen Tunnel vom Speisesaal zur Arbeit entlangtrottete, hörte er die Musik und sah die Frau und das Meer. Er blieb so unvermittelt stehen, dass mehrere Männer mit ihm zusammenstießen und der Traum in alle Winde zerstreut wurde. Dabei blieb es an jenem Morgen. Doch der Traum trat an verschiedenen Orten des Gefängnisses immer wieder auf. Als Farragut eines Abends in seiner Zelle Descartes las, hörte er die Musik und wartete auf die Frau und das Meer. Ringsum war alles still. Es herrschten die besten Voraussetzungen, um sich zu konzentrieren. Er redete sich ein, dass er nur ein, zwei Zeilen des Liedes erfassen musste, um auch den Rest des Traumes zusammenfügen zu können. Der Text und die Musik entschwanden, doch es gelang ihm, mit ihnen Schritt zu halten. Er griff nach einem Bleistift und einem Fetzen Papier und wollte gerade die erhaschten Zeilen aufschreiben, als er feststellte, dass er nicht wusste, wer oder wo er war, dass ihm der Zweck der Toilette völlig rätselhaft war und er von dem Buch, das er in den Händen hielt, kein Wort verstand. Er kannte sich selbst nicht. Er kannte seine eigene Sprache nicht. Jäh stellte er jeden Gedanken an die Frau und die Musik ein und war erleichtert, als beide verschwanden. Mit ihnen verschwand auch die absolute Entfremdung, und er verspürte eine leichte Übelkeit. Er war eher erschüttert als verletzt. Er nahm das Buch und stellte fest, dass er wieder lesen konnte. Die Toilette diente der Entsorgung seiner Ausscheidungen. Das Gefängnis hieß Falconer. Er war wegen Mordes verurteilt. Stück für Stück klaubte er in diesem Augenblick die Details zusammen. Sie waren nicht besonders angenehm, doch sie waren nützlich und beständig. Er wusste nicht, was passiert wäre, wenn er den Text des Liedes niedergeschrieben hätte. Weder Tod noch Wahnsinn schienen im Spiel zu sein, doch er strebte nicht mehr danach herauszufinden, was passieren würde, wenn er den Traum zusammensetzte. Der Traum suchte ihn immer wieder heim, doch er schüttelte ihn von nun an energisch ab, da er nichts mit dem von ihm eingeschlagenen Pfad oder seiner Bestimmung zu tun hatte.

»Klopf, klopf«, sagte der Hahnrei. Es war schon spät, doch Tiny hatte noch keinen Zelleneinschluss ausgerufen. Chicken Number Two und der verrückte Killer spielten Romme. Im Fernsehen lief nur Mist. Der Hahnrei kam in Farraguts Zelle und setzte sich auf den Stuhl. Farragut mochte ihn nicht. Sein rundes rosiges Gesicht und sein dünnes Haar hatten sich durch den Gefängnisaufenthalt nicht verändert. Der rosige Glanz seiner Haut, seine unübersehbare Verletzlichkeit – vermutlich durch Alkohol und sexuelle Störungen verursacht – hatten nichts von ihrem auffälligen Farbton verloren. »Fehlt dir Jody?«, fragte er. Farragut gab keine Antwort. »Zum Teufel, Mann, ich weiß es doch«, sagte der Hahnrei, »aber ich werf's dir nicht vor. Er hat gut ausgesehen, einfach gut. Stört's dich, wenn ich rede?«

»Unten wartet ein Taxi, das mich zum Flughafen bringen soll«, sagte Farragut. Und dann, ernst gemeint: »Nein, nein, nein, das stört mich nicht, überhaupt nicht.«

»Ich hab's auch schon mal mit einem Mann getrieben«, sagte der Hahnrei. »Nachdem ich meine Frau verlassen hatte. Damals, als ich sie mit diesem Jungen in der Diele beim Ficken überrascht hab. Die Sache mit dem Mann fing in einem China-Restaurant an. Damals gehörte ich zu diesen einsamen Männern, die man immer in China-Restaurants essen sieht. Verstehst du? In ganz Amerika und auch in manchen Gegenden Europas, in denen ich war. Der Kung-Fu-Palast. Das Ein-Ei-Peng. Überall Papierlaternen mit Teakholzrahmen. Manchmal lassen sie die Weihnachtsbeleuchtung das ganze Jahr hängen. Papierblumen, jede Menge Papierblumen. Große Familien. Aber auch komische Käuze. Fette Weiber. Außenseiter. Juden. Manchmal Liebespaare und immer dieser einsame Mann. Ich. Wir essen nie die chinesischen Gerichte, wir einsamen Männer. Wir nehmen in China-Restaurants immer den Rinderbraten oder die gebackenen Bohnen mit Speck. Wir sind international. Jedenfalls bin ich ein einsamer Mann, der am Stadtrand von Kansas City in einem China-Restaurant Rinderbraten isst. Alle Städte, die das selbst entscheiden konnten, haben außerhalb der Ortsgrenzen ein Etablissement, wo es Alkohol, Fotzen oder ein Motelbett für ein paar Stunden gibt.

Das Lokal, dieses China-Restaurant, ist also etwa halb voll. An einem Tisch sitzt dieser junge Mann. Das ist auch schon alles. Er sieht gut aus, aber das liegt daran, dass er noch jung ist. In zehn Jahren sieht er aus wie der Rest der Welt. Aber er schaut mich die ganze Zeit lächelnd an. Ich weiß ehrlich nicht, worauf er aus ist. Und als ich meine Ananasstücke kriege, jedes mit einem Zahnstocher, und meinen Glückskeks, kommt er an meinen Tisch und fragt, was mir vorausgesagt wird. Ich sag ihm, dass ich den Zettel ohne meine Brille nicht lesen kann und die Brille nicht dabeihabe, und da nimmt er den Fetzen Papier und liest vor – oder tut vielleicht auch nur so –, dass mich in der nächsten Stunde ein schönes Erlebnis erwartet. Also frage ich, was auf seinem Zettel stand, und er sagt, dasselbe. Er lächelt immer noch. Obwohl er gut reden kann, merkt man, dass er arm ist. Man hört, dass er es gelernt hat, so zu reden. Und als ich gehe, kommt er mit. Er fragt, wo ich wohne, und ich sage, in dem Motel, das zum Restaurant gehört. Dann will er wissen, ob ich auf meinem Zimmer was zu trinken hab, und ich sage, ja, und frage, ob er was haben will, und er sagt, ja, er hätte gern einen Drink, legt mir den Arm um die Schulter, als wären wir ganz dicke, und dann gehen wir auf mein Zimmer. Er sagt, er kann die Drinks machen, und ich sage, klar, und erkläre ihm, wo der Whiskey und die Eiswürfel sind, und er macht ein paar schöne Drinks, setzt sich neben mich und fängt an, mich aufs Gesicht zu küssen. Die Vorstellung, dass zwei Männer sich küssen, geht mir ziemlich gegen den Strich, auch wenn es keine Qual für mich war. Ich meine, wenn ein Mann eine Frau küsst, dann ist das wie ein Plus- und ein Minuspol, aber wenn sich zwei Männer küssen, ist das – außer vielleicht in Frankreich – eine ziemlich unsinnige Aktion. Ich meine, wenn jemand fotografiert hätte, wie dieser Kerl mich küsst, wär das für mich ein sehr seltsames, unnatürliches Bild geworden, aber warum sollte ich einen Steifen kriegen, wenn das Ganze so seltsam und unnatürlich war? Und auf einmal fragte ich mich, was noch seltsamer und unnatürlicher sein kann als ein Mann, der in einem China-Restaurant im mittleren Westen allein gebackene Bohnen isst – das hab ich mir ja nicht ausgedacht –, und als er geschickt und behutsam nach meinem Schwanz tastete und mich weiter küsste, erreichte mein Schwanz seine volle Größe, und der Saft quoll heraus, und als ich nach ihm tastete, war er auch schon fast so weit.

Dann machte er noch ein paar Drinks und fragte, warum ich mich nicht auszöge, und ich fragte, was mit ihm wäre, und da ließ er die Hose runter und brachte einen wunderschönen Schwanz zum Vorschein, ich zog mich aus, und wir setzten uns splitternackt aufs Sofa und tranken unsere Gläser aus. Er machte eine Menge Drinks. Ab und zu nahm er meinen Schwanz in den Mund, und das war das erste Mal, dass jemand meinen Schwanz im Mund hatte. Ich dachte, das würde in der Wochenschau oder auf der Titelseite einer Zeitung echt idiotisch aussehen, aber mein Schwanz hatte offenbar noch nie eine Zeitung gesehen, denn er drehte völlig durch. Irgendwann schlug der Typ vor, dass wir ins Bett gehen sollten, und das taten wir auch, und dann kann ich mich erst wieder daran erinnern, wie am nächsten Morgen das Telefon klingelte.

Es war stockdunkel. Ich war allein. Ich hatte schreckliche Kopfschmerzen. Als ich ans Telefon ging, sagte eine Stimme: »Es ist jetzt sieben Uhr dreißig.« Dann tastete ich im Bett herum, um zu sehen, ob es irgendwelche Spuren eines Orgasmus gab, aber es gab keine. Ich ging zum Schrank, um in meinem Geldbeutel nachzusehen, und mein ganzes Geld – ungefähr fünfzig Dollar – war verschwunden. Sonst nichts, auch keine meiner Kreditkarten. Also hatte der Stricher mich reingelegt, mir ein Betäubungsmittel gegeben und sich mit meinem Geld aus dem Staub gemacht. Ich hatte fünfzig Dollar verloren, aber wahrscheinlich auch was gelernt. Als ich beim Rasieren war, klingelte wieder das Telefon. Es war der Stricher. Man sollte meinen, ich wäre wütend auf ihn gewesen, aber ich war ausgesprochen nett und freundlich. Erst sagte er, es täte ihm leid, dass er meine Drinks so stark gemacht hätte, dass ich ohnmächtig geworden wär. Dann sagte er, ich hätte ihm nicht das ganze Geld geben sollen, das wär er nicht wert. Das Ganze täte ihm leid, und er wollte es mir noch mal richtig umsonst besorgen, und wann wir uns treffen könnten. Obwohl ich wusste, dass er mich reingelegt und betäubt und ausgeraubt hatte, verspürte ich ein so starkes Verlangen nach ihm, dass ich sagte, ich wäre gegen halb sechs wieder da, ob er dann nicht vorbeikommen wollte.

Ich musste an diesem Tag vier Kunden besuchen und kam auf drei Abschlüsse, das war für diese Gegend gut. Bei der Rückkehr ins Motel war ich zufrieden und genehmigte mir ein paar Drinks, und er kam um halb sechs, und diesmal mixte ich die Drinks. Als er das sah, musste er lachen, aber ich sagte nichts über das Betäubungsmittel. Dann zog er sich aus und legte seine Kleidung sauber gefaltet auf einen Stuhl. Danach zog er mich aus, und ich half ihm dabei, und er küsste mich überall. Dann betrachtete er sich in dem großen Spiegel an der Badezimmertür, und das war das erste Mal, dass ich einen Narzissten sah, so nennt man das doch. Kaum hatte er sich nackt im Spiegel gesehen, konnte er den Blick nicht mehr abwenden. Er konnte sich nicht daran sattsehen, konnte sich nicht losreißen. Das gab mir Zeit zum Nachdenken. Ich hatte einen Scheck eingelöst, und in meinem Geldbeutel waren ungefähr sechzig Dollar. Die musste ich verstecken. Während er sich selbst liebte, machte ich mir Sorgen um mein Geld. Als ich sah, wie versunken er war, wie vertieft in sein Aussehen, hob ich meine Kleidungsstücke vom Boden auf und hängte sie in den Schrank. Er beachtete mich gar nicht, er sah nur sich selbst. Er stand also vor dem Spiegel und kraulte seine Eier, und ich stand am Wandschrank. Ich holte das Geld hervor und stopfte es vorn in meinen Schuh. Schließlich riss er sich von seinem Spiegelbild los, kam zu mir aufs Sofa und liebte mich, und als ich kam, wären mir fast die Augäpfel aus dem Kopf gesprungen. Danach zogen wir uns um und gingen in das China-Restaurant, um etwas zu essen.

Beim Anziehen hatte ich Schwierigkeiten, den Schuh mit den sechzig Dollar anzubekommen. Das Essen konnte ich ja mit einer Kreditkarte bezahlen. Auf dem Weg zum Restaurant fragte er, warum ich hinkte, und ich sagte, ich hinke nicht, aber wahrscheinlich wusste er, wo das Geld war. Im Restaurant nahmen sie auch Schecks, und so war ich nicht mehr ein einsamer Mann in einem China-Restaurant, sondern ein alter Schwuler mit einem jungen Schwulen in einem China-Restaurant. Mein ganzes Leben hab ich auf solche Paare herabgeblickt, aber ich hab mich auch schon schlimmer gefühlt. Wir hatten ein sehr üppiges, sehr gutes Abendessen, und als ich die Rechnung mit einem Scheck bezahlte, fragte der Kerl, ob ich kein Bargeld hätte, und ich sagte, nein, das hätte ich ihm doch gegeben, oder? Er musste lachen, und wir gingen wieder auf mein Zimmer, wobei ich versuchte, nicht zu hinken, und überlegte, was ich mit den sechzig Dollar anstellen sollte, denn ich hatte nicht vor, ihm so viel zu bezahlen. Ich versteckte den Schuh in einer dunklen Ecke, und wir gingen ins Bett, wo er mich wieder liebte, und dann unterhielten wir uns, und ich fragte ihn, wer er wäre, und er sagte es mir.

Er sagte, er hieße Giuseppe oder Joe, würde sich jetzt aber Michael nennen. Sein Vater war Italiener, seine Mutter hellhäutig. Sein Vater hatte einen Milchviehbetrieb in Maine. Als Joe noch zur Schule ging, arbeitete er in seiner Freizeit für seinen Vater, und als er etwa neun war, begann der Vorarbeiter, ihm einen zu blasen. Das gefiel ihm, und es wurde zu einer festen Gewohnheit, bis der Vorarbeiter irgendwann fragte, ob er ihm den Schwanz auch in den Arsch schieben würde. Damals war er elf oder zwölf. Er kriegte ihn erst nach vier oder fünf Versuchen ganz rein, aber als es funktionierte, war es ein tolles Gefühl, und sie trieben es ständig so. Doch es war ein anstrengendes Leben, zur Schule gehen und auf der Farm arbeiten und nur mit dem

Vorarbeiter zusammen sein, deshalb fing er an, auf den Strich zu gehen, zuerst im nächsten Ort, dann in der nächsten Stadt und dann im ganzen Land und überall auf der Welt. Er sagte, er wäre der geborene Stricher, und ich sollte ihn nicht bedauern und mich auch nicht fragen, was aus ihm werden soll.

Ich hörte ihm die ganze Zeit sehr aufmerksam zu und rechnete damit, dass er reden würde wie eine Tunte, aber davon war nichts zu hören. Gegen Tunten hab ich die größten Vorurteile. Die finde ich schon immer affig und schwachsinnig, aber er hat ganz normal geredet. Ich war echt daran interessiert, was er zu sagen hatte, weil er mir sehr sanft und liebevoll, ja geradezu rein vorkam. Als er in dieser Nacht neben mir im Bett lag, war er für mich der reinste Mensch, den ich je kannte, denn er hatte gar kein Gewissen, ich meine, kein vorgefertigtes Gewissen. Er ließ sich einfach treiben wie ein Schwimmer in klarem Wasser. Auf einmal sagte er, er wär müde und schläfrig, und ich sagte, mir ginge es genauso, und dann sagte er, es täte ihm leid, dass er mir das Geld gestohlen hätte, aber das hätte er hoffentlich wiedergutgemacht, und ich sagte, ja, das hätte er, und er sagte, er wüsste, dass ich Geld im Schuh hätte, würde es aber nicht stehlen, da bräuchte ich mir keine Sorgen zu machen, und dann schliefen wir ein. Wir schliefen gut, und als wir am Morgen erwachten, machte ich Kaffee, und wir rissen Witze, rasierten uns und zogen uns an, und das Geld war noch in meinem Schuh, und ich sagte, ich wäre spät dran, und er sagte, er auch, ich fragte, warum, und er sagte, auf Zimmer 273 wartete ein Kunde auf ihn, und er fragte, ob mir das was ausmachen würde, und ich sagte, nein, das wär schon in Ordnung, und dann schlug er vor, dass wir uns gegen halb sechs wieder träfen, und ich sagte, klar.

Und so ging er seinem Geschäft nach und ich meinem, und an diesem Tag kam ich auf fünf Abschlüsse und dachte, dass er nicht nur rein, sondern auch ein Glücksbringer war, und ich war überglücklich, als ich ins Motel zurückkam, nahm eine Dusche und genehmigte mir ein paar Drinks. Um halb sechs war von ihm nichts zu sehen, genauso wenig um halb sieben und um sieben, und ich dachte, er hätte einen Kunden gefunden, der sein Geld nicht im Schuh versteckt, und er fehlte mir, aber irgendwann klingelte das Telefon, und ich beeilte mich ranzugehen, weil ich dachte, es wäre Michael, aber es war die Polizei. Ich wurde gefragt, ob ich ihn kenne, und ich bestätigte es, denn ich kannte ihn ja. Dann bat mich der Polizist, zum Bezirksgericht zu kommen, und als ich fragte, warum, sagte er, das würde ich bei meiner Ankunft erfahren, also sagte ich, dass ich käme. Ich fragte den Mann am Empfang nach dem Weg zum Bezirksgericht, er erklärte ihn mir, und ich fuhr hin. Ich dachte, vielleicht hat man ihn wegen Landstreicherei oder so was aufgegriffen, und war bereit, nur allzu gern bereit, die Kaution für ihn zu bezahlen. Und als ich mit dem Lieutenant sprach, der mich angerufen hatte, war er zwar nett, aber auch traurig, und er fragte, wie gut ich Michael kennen würde, und ich sagte, ich hätte ihn in einem China-Restaurant kennengelernt und ein paar Gläschen mit ihm getrunken. Er sagte, gegen mich läge nichts vor, es ginge bloß darum, ob ich Michael gut genug kennen würde, um ihn identifizieren zu können, und ich sagte, natürlich, und dachte, es ginge vielleicht um eine Gegenüberstellung, obwohl ich inzwischen das Gefühl hatte, dass es sich unter den gegebenen Umständen um was Ernsteres handelte. Ich folgte ihm eine Treppe runter und erkannte schon am Gestank, wohin es ging, und da waren diese großen Schubladen wie in einem begehbaren Aktenschrank, und er zog eine raus, und da lag Michael, natürlich mausetot. Der Lieutenant sagte, jemand hätte Michael ein Messer in den Rücken gestoßen, zweiundzwanzigmal, und dann erzählte der Bulle, der Lieutenant, Michael wäre groß im Drogengeschäft gewesen, sehr aktiv, und wahrscheinlich hat ihn jemand wirklich gehasst. Der Täter muss noch lange nach seinem Tod auf ihn eingestochen haben. Der Lieutenant schüttelte mir die Hand und musterte mich, um zu sehen, ob ich drogenabhängig oder schwul war, dann lächelte er mich erleichtert an, was wohl heißen sollte, dass er mich für anständig hielt, obwohl ich mir das auch eingebildet haben kann. Ich fuhr zum Motel zurück, nahm noch ungefähr siebzehn Drinks und weinte mich in den Schlaf.«

Nicht an diesem Abend, sondern eine Weile später erzählte der Hahnrei Farragut vom »Tal«. Das »Tal« war ein langer Raum, den man über den Tunnel links vom Speisesaal erreichte. An der Wand stand eine gusseiserne Pissrinne. Das Licht im Raum war sehr schummerig. Über der Rinne war die Wand mit weißen Fliesen gekachelt, die das Licht nur schwach reflektierten. Man konnte die Größe und Hautfarbe der Männer links und rechts erkennen, doch das war auch schon alles. Ins »Tal« ging man nach dem Essen, um sich einen runterzuholen. Außer ein paar Spielverderbern kam niemand nur zum Pissen in dieses Verlies. Es gab gewisse Grundregeln. Man durfte die Hüften und Schultern des Nebenmannes berühren, aber sonst nichts. Die Rinne bot zwanzig Männern Platz, und zwanzig Männer standen auch dort, mit schlaffem, steifem oder halb steifem Schwanz, und besorgten es sich. Wer fertig war und sich noch mal einen runterholen wollte, stellte sich wieder ans Ende der

Schlange. Es wurden die üblichen Witze gerissen. *Wie oft, Charlie? Bin gerade beim fünften Mal, aber mir tun langsam die Füße weh.*

Wenn man bedenkt, dass der Schwanz das entscheidende Glied unserer Überlebenskette ist, dann ist die Vielfalt der Formen, Farben, Größen, Eigentümlichkeiten, Veranlagungen und Reaktionen, die man bei diesem rudimentären Instrument findet, viel größer als bei jedem anderen Körperorgan. Die Schwänze waren schwarz, weiß, rot, gelb, lavendelfarben, braun, warzig, schrumpelig, anmutig oder seidig und schienen – wie eine beliebige Männerschar zur Zeit der Sperrstunde – Jugend, Alter, Sieg, Niederlage, Gelächter und Tränen zu verkörpern. Es gab die hektischen, triebhaften Pumper, die Gemächlichen, die sich eine halbe Stunde lang streichelten, es gab die Stöhner und die, die seufzten. Wenn sie abgedrückt hatten und ihre Salve verschossen, erschauerten die meisten Männer, sie krümmten sich, schnappten nach Luft, gaben wimmernde, klagende oder freudige Laute, manchmal auch ein Todesröcheln von sich. Es hatte seine Richtigkeit, dass die Gestalten ringsum im Dunkeln blieben. Sie waren universell, sie waren Phantome, und alle Hautkrankheiten, alle Anzeichen von Misshandlung, Hässlichkeit, Dummheit oder Schönheit blieben im Verborgenen. Seit ihn Jody verlassen hatte, kam Farragut regelmäßig her.

Wenn er seinen Körper bog oder seinen Saft in die Rinne spritzte, empfand er eigentlich keine Trauer, sondern meist nur eine leichte Enttäuschung, weil er seine Energie auf dem Eisen vergeudet hatte. Beim Verlassen des »Tals« hatte er das Gefühl, den Zug, das Flugzeug, das Schiff verpasst zu haben. Er hatte das Ziel verfehlt. Doch er verspürte auch eine körperliche Erleichterung oder Besserung: Die Entladungen machten das Gehirn frei. Die Gefühle bei seinem Rückzug von der Rinne hatten nichts mit Scham oder Gewissensbissen zu tun. Was er empfand, was er sah, war die völlige Armseligkeit erotischer Vernunft. Deshalb hatte er das Ziel verfehlt, und das Ziel war das Mysterium der Verbindung von Geist und Fleisch. Das wusste er gut. Schicklichkeit und Schönheit waren fest umrissen. Schicklichkeit und Schönheit hatten eine Dimension, hatten eine Grenze, so wie die Meere eine Grenze haben, und er hatte sie überschritten. Das war nicht unverzeihlich – ein minderes Vergehen –, doch dass er der Erhabenheit dieser Sphäre nicht gerecht wurde, brachte ihm Schande ein. Sie war erhaben; auch im Gefängnis wusste er, dass die Welt erhaben war. Einmal hatte er während der heiligen Messe ein Steinchen aus seinem Schuh geklaubt. Er konnte sich noch an die schreckliche Angst erinnern, die ihn als Kind überfallen hatte, als er an seiner Hose, seinen Händen und seinen Hemdzipfeln kristallisierte Wichse entdeckte. Im Pfadfinder-Handbuch hatte er gelesen, davon werde sein Schwanz so lang und dünn wie ein Schnürsenkel, und der aus seinem Spalt strömende Saft entziehe ihm seine Geisteskraft. Diese elende Feuchtigkeit sei ein Zeichen dafür, dass er bei der Eignungsprüfung fürs College durchfallen werde und eine heruntergekommene Landwirtschaftsschule irgendwo im mittleren Westen besuchen müsse …

Irgendwann erschien auch Marcia wieder in ihrer grenzenlosen Schönheit, und sie duftete äußerst herausfordernd. Sie küsste ihn nicht, und er versuchte auch nicht, seine Hand auf ihre zu legen. »Hallo, Zeke«, sagte sie. »Ich habe einen Brief von Pete dabei.«

»Wie geht es ihm?«

»Offenbar sehr gut. Er ist entweder in der Schule oder im

Ferienlager, und ich bekomme ihn kaum zu Gesicht. Seine Beratungslehrer haben gesagt, er ist freundlich und intelligent.«

»Kann er mich nicht mal besuchen kommen?«

»Das halten sie nicht für gut, nicht auf dieser Entwicklungsstufe. Alle Psychiater und Schulpsychologen, mit denen ich gesprochen habe – und in dieser Hinsicht war ich sehr gewissenhaft –, waren der Meinung, dass es für ihn als Einzelkind verheerend wäre, seinen Vater im Gefängnis zu besuchen. Ich weiß, dass du mit Psychologen nichts anfangen kannst, und eigentlich geht es mir ähnlich, aber wir können nichts anderes tun, als uns auf den Rat der anerkanntesten und erfahrensten Männer zu verlassen, und das ist nun mal ihre Meinung.«

»Kann ich den Brief sehen?«

»Ja, wenn ich ihn finde. Heute finde ich einfach gar nichts. Ich glaube zwar nicht an Poltergeister, aber es gibt Tage, an denen ich alles finde, und dann gibt es Tage, an denen nichts funktioniert. Heute ist es besonders schlimm. Heute früh konnte ich den Deckel der Kaffeekanne nicht finden. Ich konnte die Orangen nicht finden. Dann habe ich die Wagenschlüssel gesucht, und als ich sie gefunden hatte und die Putzfrau abholen wollte, wusste ich nicht mehr, wo sie wohnt. Ich konnte weder das Kleid finden, das ich anziehen wollte, noch meine Ohrringe. Ich konnte meine Strümpfe nicht finden und auch nicht meine Brille, um die Strümpfe zu suchen.« Er hätte sie am liebsten umgebracht, doch schließlich fand sie den Umschlag, auf den mit Bleistift sein Name gekrakelt war. Sie legte den Brief auf den Tisch. »Ich habe ihn nicht aufgefordert, diesen Brief zu schreiben«, sagte sie, »und ich hab keine Ahnung, was drinsteht. Vielleicht hätte ich ihn den Schulpsychologen zeigen sollen, aber ich wusste, dass du das nicht willst.«

»Danke«, sagte Farragut. Er steckte den Brief unters Hemd, wo er ihn auf der nackten Haut spürte.

»Willst du ihn nicht öffnen?«

»Das spar ich mir noch auf.«

»Du hat wirklich Glück. Soweit ich weiß, ist das der erste Brief, den er im ganzen Leben geschrieben hat. Aber jetzt sag mir, wie's dir geht, Zeke. Du siehst zwar nicht gerade gut aus, aber es geht. Du scheinst ganz der Alte zu sein. Träumst du immer noch von deiner Blondine? Natürlich tust du's; das sieht man doch auf den ersten Blick. Verstehst du denn nicht, dass sie nie existiert hat, Zeke, und nie existieren wird? Ach, ich sehe es daran, wie du den Kopf hältst, dass du noch von dieser Blondine träumst, die nie ihre Tage hat, sich nie die Beine rasiert und nie irgendwas, was du sagst oder tust, infrage stellt. Du hast hier drin doch bestimmt einen Liebhaber?«

»Ich hatte einen«, sagte Farragut, »aber ich hab mich nicht in den Arsch ficken lassen. Wenn ich tot bin, kannst du auf meinen Grabstein schreiben: ›Hier liegt Ezekiel Farragut, der sich nie in den Arsch ficken ließ.‹«

Das schien sie zu rühren, plötzlich schien sie eine gewisse Bewunderung für ihn zu empfinden; ihr Lächeln und ihre Ausstrahlung wirkten sanft und mitfühlend. »Dein Haar ist ganz weiß, mein Lieber«, sagte sie. »Weißt du das? Du bist erst ein knappes Jahr hier, und schon ist dein Haar schneeweiß geworden. Das steht dir sehr gut. Tja, ich muss los. Deine Lebensmittel hab ich im Paketraum abgegeben.« Er trug den Brief unterm Hemd, bis die Lichter und der Fernseher ausgingen, und las in dem Lichtschein, der vom Hof hereinfiel: »Ich liebe dich.«

Als der Tag des Kardinalsbesuches näher rückte, sagten selbst die Lebenslänglichen, sie hätten noch nie so eine Aufregung erlebt. Farragut war damit beschäftigt, Auftragszettel, Instruktionen und Anordnungen abzutippen. Manche Befehle kamen ihm unsinnig vor, zum Beispiel: »Wenn die Häftlinge gruppenweise zum Paradeplatz marschieren oder von dort zurückkehren, sollen sie *God Bless America* singen.« Dieser Anweisung machte der gesunde Menschenverstand den Garaus. Niemand hielt sich daran, und niemand versuchte, es zu erzwingen. Zehn Tage lang wurden sämtliche Häftlinge tagtäglich zum Galgenfeld geführt, das inzwischen als Softballfeld diente und jetzt zum Paradeplatz umfunktioniert worden war. Dort mussten sie, auch bei strömendem Regen, das Strammstehen üben. Ihre Aufregung legte sich nicht, und sie war von großer Ernsthaftigkeit geprägt. Als Chicken Number Two ein kleines Tänzchen aufführte und sang: »Morgen gibt's gratis einen Kardinal und dazu geräucherten Aal«, lachte niemand, nicht ein Einziger. Chicken Number Two war ein Arschloch. Am Tag vor dem Besuch duschten sich alle. Gegen elf Uhr morgens gab es kein warmes Wasser mehr, und Block F konnte erst nach dem Essen unter die Dusche gehen. Farragut saß schon wieder in seiner Zelle und putzte seine Schuhe, als plötzlich Jody erschien.

Als er das Johlen und die Pfiffe hörte, blickte er auf und sah, wie Jody auf seine Zelle zukam. Jody hatte zugenommen. Er sah gut aus. Er ging mit elegantem, sportlich federndem Schritt auf Farragut zu. Das gefiel Farragut viel besser als der schlängelnde, herausfordernde Gang, den Jody gehabt hatte, wenn er scharf gewesen war und sein Becken wie ein Kürbis zu grinsen schien. Dieser schlängelnde Gang hatte Farragut an Kletterpflanzen erinnert, und Kletterpflanzen mussten kultiviert werden, sonst beschädigten und zerstörten sie Steintürme, Burgen und Kathedralen. Kletterpflanzen konnten eine Basilika zum Einsturz bringen. Jody kam in seine Zelle und küsste ihn auf den Mund. Nur Chicken Number Two ließ einen Pfiff ertönen. »Leb wohl, mein Liebster«, sagte er. »Leb wohl«, sagte Farragut. Seine Gefühle überschlugen sich, und er hätte weinen können, doch er hätte auch über den Tod einer Katze, über einen gerissenen Schnürsenkel oder einen misslungenen Wurf beim Softball weinen können. Er konnte Jody leidenschaftlich, aber nicht zärtlich küssen. Jody drehte sich um und ging. Farragut hatte mit Jody nie etwas Aufregenderes erlebt als diesen Abschied. Unter den Stränden, Gräbern und anderen Dingen, die er ausgegraben hatte, um die Bedeutung dieser Freundschaft herauszufinden, hatte er den geheimen Nervenkitzel, die Flucht seines Liebsten mitzuerleben, völlig übersehen.

Um acht rief Tiny den Zelleneinschluss aus und riss die üblichen Witze über Schönheitsschlaf und Körpermassage. Er sagte, seine Männer sollten für den Kardinal gut aussehen. Um neun schaltete er das Licht aus. Die einzige Lichtquelle war jetzt der Fernseher. Farragut legte sich schlafen. Er erwachte vom Rauschen der Toilette, und dann hörte er es donnern. Zunächst gefiel ihm der dröhnende Lärm, und er war ganz aufgeregt. Die willkürlichen Donnerschläge schienen zu verdeutlichen, dass der Himmel keine unendliche Weite war, sondern eine stabile Konstruktion aus Kuppeln, Rotunden und Bogengewölben. Doch dann fiel Farragut ein, dass auf dem Flugblatt gestanden hatte, bei Regen falle die Feier aus. Der Gedanke, dass dieses Gewitter das Vorspiel zu einem Regentag sein könnte, beunruhigte ihn zutiefst. Er trat nackt ans Fenster. Dieser nackte Mann war besorgt. Wenn es regnete, würde es keinen Kardinal, keine Flucht, einfach gar nichts geben. Haben wir also Mitleid mit ihm; versuchen wir, seine Ängste zu verstehen. Er war einsam.

Seine Liebe, seine Welt, sein Ein und Alles waren verschwunden. Er wollte einen Kardinal in einem Hubschrauber sehen. Auf ein Gewitter, dachte er hoffnungsvoll, kann alles Mögliche folgen. Eine Kaltfront, eine Warmfront, ein Tag, an dem einen die Klarheit des Lichts von Stunde zu Stunde trägt. Dann begann es zu regnen. In der Gegend, in der das Gefängnis stand, goss es in Strömen. Doch das Ganze dauerte nicht länger als zehn Minuten. Der Regen und der Sturm drehten glücklicherweise nach Norden ab, und genauso plötzlich und schnell stieg der kräftige, würzige Duft, der dem Regen folgt, zu Farragut an seinem vergitterten Fenster auf. Mit seiner großen, langen Nase hatte er immer und überall auf diesen durchdringenden Geruch reagiert – hatte geschrien, die Arme in die Luft geworfen, sich einen Drink eingeschenkt. Jetzt blitzte ein Erinnerungsfunke an diese urwüchsige Begeisterung auf, doch er wurde von den Gitterstäben grausam ausgelöscht. Farragut legte sich wieder ins Bett und schlief ein, während er den Regen von den Wachtürmen tropfen hörte.

Farragut bekam, was er sich gewünscht hatte: einen Tag von unvergleichlicher Schönheit. Wäre er ein freier Mann gewesen, hätte er behauptet, auf dem Licht wandeln zu können. Es war ein Feiertag; es war der Tag des großen Rugbyspiels, des Zirkus; es war der Unabhängigkeitstag; es war die Regatta; und der Tagesanbruch war, wie er sein sollte: klar, kühl und herrlich. Zum Frühstück bekamen sie zwei Speckstreifen, ein Geschenk der Diözese. Farragut ging durch den Tunnel zur Schlange vor der Methadonausgabe, und selbst dieser Rattenschwanz der Menschheit wirkte freudig erregt. Um acht standen sie an den Zellentüren, rasiert, in weißem Hemd und manche von ihnen mit Pomade im Haar, wie man schon den im Gang aufeinanderprallenden Duftwolken entnehmen konnte. Tiny inspizierte seine Leute, und dann galt es, wie an jedem Feiertag und vor jeder Zeremonie, die Zeit totzuschlagen.

Im Fernsehen lief ein Zeichentrickfilm. Aus den anderen Blocks drangen das Pfeifengetriller und Gebrüll von Wärtern herüber, die früher beim Militär gewesen waren und ihren Männern beizubringen versuchten, sich in exakter Formation aufzustellen. Obwohl es erst kurz nach acht war und der Kardinal nicht vor Mittag erwartet wurde, ließ man die Männer zum Galgenfeld hinausmarschieren. Die Mauern geboten der Spätfrühlingssonne noch Einhalt, doch am Mittag würde sie ungehindert auf das Feld herabbrennen. Chicken und der Hahnrei würfelten. Farragut fiel es auf dem Höhepunkt seiner Methadon-Euphorie nicht allzu schwer, sich die Zeit zu vertreiben. Die Zeit war frisches Brot, die Zeit war ein wohlwollendes Element, die Zeit war Wasser, in dem man schwamm, die Zeit glitt mit der Anmut des Lichts durch den Zellenblock. Farragut versuchte zu lesen. Er setzte sich auf den Rand seiner Pritsche. Er war ein Mann von achtundvierzig Jahren und saß in einem Gefängnis, in dem er zu Unrecht wegen Mordes an seinem Bruder eingesperrt worden war. Er war ein Mann, der in weißem Hemd auf dem Rand einer Pritsche saß. Tiny ließ seine Pfeife ertönen, und sie stellten sich wieder in Habachtstellung vor ihre Zellentüren. Das übten sie viermal. Um halb elf mussten sie sich in einer Zweierreihe aufstellen und durch den Tunnel auf den Platz marschieren, wo sie sich in einem kreisrunden Bereich formierten, der durch ein mit Kalk aufgemaltes »F« gekennzeichnet war.

Das Licht hatte inzwischen das Feld erreicht. Ach, es war ein bedeutender Tag. Farragut dachte an Jody und fragte sich, ob er, wenn sein Plan fehlschlüge, mit Einschluss, mit dem Loch oder vielleicht sogar mit sieben weiteren Jahren wegen Fluchtversuchs rechnen musste. Soweit er wusste, waren nur er und der Helfer des Kaplans in den Plan eingeweiht. Plötzlich verlangte Tiny, dass sie ihm zuhörten. »Also, ich bin auf eure Mitarbeit angewiesen«, sagte er. »Es ist für uns alle anstrengend, hier draußen mit zweitausend Scheißkerlen fertigzuwerden. Die Leute in den Wachtürmen wurden heute durch Scharfschützen ersetzt, und wie ihr wisst, haben die das Recht, auf jeden Häftling zu schießen, der sich verdächtig benimmt. Weil wir heute Scharfschützen dahaben, werden keine Warnschüsse abgegeben, sondern es wird nur gezielt geschossen. Der Anführer der Black Panthers hat sich bereit erklärt, auf den Panther-Gruß zu verzichten. Wenn der Kardinal kommt, steht ihr bequem. Wer nicht beim Militär war, fragt einen anderen, was das bedeutet. Es sieht so aus: Fünfundzwanzig Leute wurden für das heilige Abendmahl ausgewählt. Der Kardinal hat jede Menge Termine und ist nur zwanzig Minuten hier. Erst hören wir den Direktor und dann den Leiter der Gefängnisbehörde, der aus Albany kommt. Danach verteilt der Kardinal die Diplome, feiert die Messe, segnet den Rest von euch Arschlöchern und fliegt wieder ab. Wenn ihr wollt, könnt ihr euch hinsetzen. Ihr könnt euch hinsetzen, aber wenn der Befehl zum Strammstehen kommt, müsst ihr alle kerzengerade und exakt und ordentlich dastehen und den Kopf hochnehmen. Ich will stolz auf euch sein. Wenn ihr pissen müsst, könnt ihr das tun, aber pisst nicht da, wo sich jemand hinsetzen will.« Jubelrufe für Tiny, und dann pissten die meisten. Farragut dachte, dass es so etwas wie die Universalität einer vollen Blase gibt. In so einem Augenblick verstanden sie einander vollkommen. Dann setzten sie sich.

Irgendwer testete die Lautsprecheranlage: »Test, eins, zwei, drei. Test, eins, zwei, drei.« Die Stimme war laut und krächzend. Die Zeit verstrich. Der Sachwalter Gottes war pünktlich. Um Viertel vor zwölf erhielten sie den Befehl, strammzustehen. Sie stellten sich ordentlich auf. Dann hörten sie das Rotorengeräusch, das von den Hügeln widerhallte, laut bei niedrigen Erhebungen, nur ganz schwach im tiefen Flusstal; laut und leise, Hügel und Täler, so zeichnete der Lärm die Geländekonturen jenseits der Mauern nach. Als der Hubschrauber in Sicht kam, besaß er die Anmut einer fliegenden Waschmaschine, doch das war bedeutungslos. Er senkte sich behutsam auf den Landeplatz herab, und aus der Tür kamen drei Ministranten, ein Monsignore in Schwarz und der Kardinal höchstpersönlich, ein Mann, den entweder Gott mit großer Würde und Schönheit gesegnet oder die Diözese wegen dieser Eigenschaften ausgewählt hatte. Er hob die Hand. Sein Ring strahlte geistliche und politische Macht aus. »Bei Strichern hab ich schon schönere Ringe gesehen«, raunte Chicken Number Two. »Dafür würde kein Hehler dreißig Mäuse rausrücken. Als ich letztes Mal einen Juwelierladen ausgeräumt habe, hab ich das Zeug für …« Sie brachten ihn mit Blicken zum Schweigen. Dann wandten sich alle ab und straften ihn mit Missachtung.

Das Purpurrot des Ornats wirkte lebendig und rein, und die Haltung des Kardinals war bewundernswert und hätte jeden Aufstand beendet. Er trat aus dem Hubschrauber und raffte sein Gewand, aber ganz und gar nicht wie eine Frau, die aus dem Taxi steigt, sondern eben wie ein Kardinal, der sein fliegendes Gefährt verlässt. Er machte mit ausgestreckten Armen das Kreuzeszeichen, und der wunderbare Zauber der Andacht legte sich über den Platz. *In nomine Patris et Filii et Spiritus Sancti*. Farragut hätte gern für das Glück seines Sohnes gebetet, für seine Frau, den Schutz seines Liebhabers, die Seele seines toten Bruders, er hätte gern für die Stärkung seiner Klugheit gebetet, doch das einzige Wort, das er aus diesem Wust von Absichten hervorbrachte, war sein *Amen*. *Amen*, sagten auch tausend andere, und das aus so vielen Kehlen ertönende Wort stieg wie ein feierliches Flüstern vom Galgenfeld auf.

Plötzlich funktionierte die Lautsprecheranlage so gut, dass die folgende Konfusion für alle zu hören war. »Sie fangen an«, sagte der Leiter der Gefängnisbehörde zum Direktor. »Nein, Sie«, entgegnete der Direktor, »hier steht, dass Sie zuerst dran sind.« – »Ich habe gesagt, Sie fangen an«, erwiderte der Leiter der Gefängnisbehörde verärgert, und der Direktor trat vor, kniete nieder, küsste den Ring des Kardinals und sagte im Aufstehen: »Die Güte, dass Eure Eminenz Leib und Leben riskieren, um uns hier im Falconer Resozialisierungszentrum zu besuchen, wissen ich und meine Stellvertreter, die Wärter und alle Häftlinge sehr zu schätzen. Es ruft in mir die Erinnerung wach, wie mich mein Vater in meiner Kindheit nach einer langen Reise, wenn ich eingeschlafen war, stets vom Wagen ins Haus trug. Er hatte sicherlich schwer zu tragen, aber ich konnte mich immer auf seine Güte verlassen, und dieses Gefühl habe ich auch heute.«

Beifall ertönte – das gleiche Geräusch, als würde Wasser auf Steine klatschen –, doch im Gegensatz zum unenträtselbaren Geräusch des Wassers beruhte der Beifall eindeutig auf Dankbarkeit und Höflichkeit. Farragut erinnerte sich besonders lebhaft an jenen Beifall, den er vor Theatern, Festsälen oder Kirchen gehört hatte. Am deutlichsten hatte er ihn gehört, als er an einem Sommerabend auf einem Parkplatz das Ende einer Vorstellung abwartete. Es hatte ihn schon immer erstaunt und tief gerührt, dass sich ein so heterogenes und streitbares Volk auf dieses Signal der Begeisterung und Zustimmung hatte einigen können.

Der Direktor übergab das Mikrofon dem Leiter der Gefängnisbehörde. Der hatte graues Haar, trug einen grauen Anzug und eine graue Krawatte und rief Farragut das Grau der eckigen Karteischränke aus längst vergangenen Zeiten ins Gedächtnis. »Eure Eminenz«, sagte er und las – offenbar zum ersten Mal – die Rede vom Blatt ab. »Meine Damen und Herren.« Er runzelte die Stirn und zog angesichts dieses Fehlers seines Redenschreibers die buschigen Brauen hoch. »Meine Herren!«, rief er. »Ich möchte dem Kardinal, der als Erster in der Geschichte dieser Diözese und vielleicht sogar als Erster in der Menschheitsgeschichte mit dem Hubschrauber ein Resozialisierungszentrum besucht hat, meinen und den Dank des Gouverneurs aussprechen. Der Gouverneur bedauert zutiefst, dass er seiner Dankbarkeit nicht persönlich Ausdruck verleihen kann, aber wie Sie bestimmt alle wissen, bereist er gerade die von der Flutkatastrophe betroffenen Gebiete im Nordwesten unseres Staates. Heutzutage« – er kam jetzt langsam in Fahrt – »hören wir viel von Gefängnisreformen. Über Gefängnisreformen werden Bestseller geschrieben. Sogenannte Pönologen reisen hauptberuflich durchs ganze Land und sprechen über Gefängnisreformen. Aber wo beginnen Gefängnisreformen? In Buchhandlungen? In Vortragssälen? *Nein*. Wie alle aufrichtigen Reformbestrebungen beginnen Gefängnisreformen zu Hause. Und wo ist dieses Zuhause? Im Gefängnis! Wir sind heute hergekommen, um einen kühnen Schritt zu feiern, den die Stiftungsuniversität für Bankwesen, die Erzdiözese, die Gefängnisbehörde und vor allem die

Häftlinge selbst ermöglicht haben. Gemeinsam haben wir etwas erreicht, das – ohne Übertreibung – einem Wunder gleichkommt. Diese acht einfachen Männer haben mit Auszeichnung eine äußerst schwierige Prüfung bestanden, bei der viele namhafte Industriekapitäne durchgefallen sind. Ich weiß natürlich, dass Sie alle hier unfreiwillig auf das Wahlrecht verzichten müssen – der Gouverneur beabsichtigt das zu ändern –, und sollten Sie später einmal seinen Namen auf einem Stimmzettel sehen, werden Sie sich bestimmt an den heutigen Tag erinnern.« Er schob den Ärmel zurück, um auf die Uhr zu sehen. »Ich bitte Sie, beim Überreichen der Diplome erst zu applaudieren, wenn die Übergabe beendet ist. Frank Masullo, Herman Meany, Mike Thomas, Henry Phillips ...« Als alle ihre Diplome erhalten hatten, senkte er die Stimme, um auf wahrhaft ergreifende Weise von den weltlichen zu den spirituellen Angelegenheiten überzugehen, und sagte: »Seine Eminenz feiert jetzt die heilige Messe.« Genau in diesem Augenblick kam Jody aus dem Heizraum, ging hinter dem Kardinal tief in die Knie, nahm rechts vom Altar seinen Platz ein und erweckte auf perfekte Weise den Eindruck, ein Ministrant zu sein, der zu spät vom Pissen kam.

Adiutorium nostrum in nomine Domini. Die Verzückung des Betens fesselte Farragut, als wäre es die Verzückung der Liebe. *Misereatur tui omnipotens Deus, et dismissis peccatis tuis. Misereatur vestri omnipotens Deus, et dismissis peccatis vestris perducat vos ad vitam aeternam. Indulgentiam, absolutionem et remissionem peccatorum nostrorum tribuat nobis omnipotens et misericors Dominus. Deus, tu conversus vivificabis nos. Ostende nobis, Domine, misericordiam tuam.* Und weiter ging es zum *Benedicat* und zum letzten *Amen.* Dann machte der

Kardinal wieder ein ausladendes Kreuzeszeichen und ging mit seinem Gefolge, darunter auch Jody, zum Hubschrauber zurück.

Die Rotorblätter wirbelten eine Staubwolke auf, und die Maschine hob ab. Irgendjemand spielte über die Lautsprecheranlage eine Schallplatte mit Glockengeläut ab, und zu diesem glorreichen Getöse stiegen sie in die Lüfte. O Herrlichkeit, o Lob und Preis! Die Inbrunst der Glocken überspielte das Kratzen der Nadel und das leichte Eiern der Platte. Der Lärm des Hubschraubers und der Glocken erfüllte Himmel und Erde. Alle jubelten unaufhörlich, und manche von ihnen weinten. Das Glockengeläut verstummte, doch der Hubschrauber ließ weiter seine geodätische Vermessung des umliegenden Geländes ertönen – der strahlenden, verlorenen und geliebten Welt.

Der Hubschrauber des Kardinals landete in La Guardia, wo zwei Limousinen warteten. Jody hatte solche Wagen bisher nur im Kino gesehen. Mit einem fuhren Seine Eminenz und der Monsignore. Den anderen teilten sich die Ministranten. Jody war ungeheuer aufgeregt. Er zitterte. Er versuchte, sich nur auf zwei Punkte zu konzentrieren. Er würde sich betrinken, und er würde bumsen. Halbwegs erfolgreich klammerte er sich an diese beiden Punkte, und dennoch hatte er feuchte Hände, sein Oberkörper war schweißnass, und ihm rann der Schweiß von der Stirn in die Augen. Er presste die Hände zusammen, um ihr Zittern zu verbergen. Er befürchtete, am Fahrtziel des Wagens außerstande zu sein, wie ein freier Mann zu gehen. Er wusste nicht mehr, wie man das machte. Er hatte sich vorgestellt, das Straßenpflaster könnte hochfliegen und ihn zwischen die Augen treffen. Doch dann sagte er sich, dass er an einem Wunder mitwirkte, dass es zwischen seiner Flucht und dem Willen Gottes eine Übereinstimmung gab. Er musste improvisieren. »Wohin fahren wir?«, fragte er einen der anderen. »Wahrscheinlich zur Kathedrale«, sagte der. »Da befindet sich unsere Kleidung. Woher bist du gekommen?« »Aus Saint Anselm's«, erwiderte Jody. »Ich meine, wie bist du zum Gefängnis gekommen?« – »Ich bin früher gefahren«, sagte Jody. »Mit dem Zug.«

Aus dem Wagenfenster wirkte die Stadt eher wild und fremd als schön. Er stellte sich vor, wie lange es dauern würde – er betrachtete die Zeit als eine Wegstrecke, als etwas, das man mit geodätischen Instrumenten misst –, bis er sich unbefangen bewegen konnte. Als der Wagen hielt, öffnete Jody die Tür. Der Kardinal schritt die Stufen zur Kathedrale hinauf, und auf dem Gehsteig knieten zwei Passanten nieder. Jody stieg aus. Aus seinen Beinen war jegliche Kraft gewichen. Die Freiheit traf ihn wie eine steife Brise. Er fiel auf die Knie und fing sich mit den Händen ab. »Scheiße, Mann, bist du besoffen?«, fragte der nach ihm aussteigende Ministrant. »Alkohol«, sagte Jody. »Der Wein hatte zu viel Alkohol.« Plötzlich kehrte seine ganze Kraft zurück, und er rappelte sich auf und folgte den anderen in die Kathedrale zu einer Sakristei, die sich nicht von anderen unterschied. Er zog sein Gewand aus, und während die anderen Männer ihre Krawatten und Jacketts anlegten, bemühte er sich, mit seinem weißen Hemd, seiner Drillichhose und seinen Basketballschuhen ein respektables Erscheinungsbild abzugeben. Zu diesem Zweck straffte er die Schultern. Er sah sich in einem langen Spiegel und stellte fest, dass er eindeutig wie ein entflohener Sträfling aussah. Alles an ihm – sein Haarschnitt, die Blässe, sein tänzelnder Gang – hätte selbst einem halbblinden Betrunkenen klargemacht, dass er ein Gefängnisinsasse war. »Seine

Eminenz würde gern mit Ihnen sprechen«, sagte der Monsignore. »Bitte folgen Sie mir.«

Eine Tür wurde geöffnet, und Jody betrat einen Raum, der so ähnlich aussah wie das Wohnzimmer des Geistlichen bei ihm zu Hause. Der Kardinal, inzwischen in einen dunklen Anzug gekleidet, streckte ihm die rechte Hand entgegen. Jody kniete nieder und küsste den Ring. »Woher kommen Sie?«, fragte der Kardinal. »Aus Saint Anselm's, Eure Eminenz«, sagte Jody. »In unserer Diözese gibt es kein Saint Anselm's«, erwiderte der Kardinal, »aber ich weiß schon, wo Sie herkommen. Ich weiß gar nicht, warum ich gefragt habe. Die Zeit muss bei Ihrem Plan eine wichtige Rolle spielen. Ihnen dürften ungefähr fünfzehn Minuten bleiben. Ziemlich aufregend, nicht wahr? Wir wollen von hier verschwinden.« Sie verließen den Raum und die Kathedrale.

Auf dem Gehsteig kniete eine Frau nieder, und der Kardinal ließ sie seinen Ring küssen. Jody sah, dass es eine Schauspielerin war, die er schon mal im Fernsehen gesehen hatte. Bevor sie das Ende des Häuserblocks erreichten, kniete eine weitere Frau nieder und küsste den Ring. Sie überquerten die Straße, und eine dritte Frau tat es ihr gleich. Für sie machte der Kardinal lustlos das Kreuzeszeichen, und dann betrat er mit Jody einen Laden. Es dauerte nur einen Augenblick, bis man sie bemerkte. Ein leitender Angestellter näherte sich ihnen und fragte, ob der Kardinal in einem gesonderten Raum bedient werden wolle. »Ich weiß nicht recht«, sagte er. »Das überlasse ich Ihnen. Dieser junge Mann und ich haben in fünfzehn Minuten einen wichtigen Termin. Er trägt nicht die richtige Kleidung.« – »Das bekommen wir hin«, erwiderte der Mann. Dann nahm er Jodys Maße. »Sie haben die Statur einer Schneiderpuppe«, sagte er. Die Worte stiegen Jody zu Kopf, doch er spürte deutlich, dass bei diesem Wunder kein Platz für Eitelkeit war.

Zwanzig Minuten später ging er die Madison Avenue entlang. Er hatte einen federnden Gang – den Gang eines Mannes, der sich in aller Ruhe auf die First Base begibt, was unter Umständen auch so etwas wie ein Wunder sein kann.

Fünf

Es war ein Augusttag, einer der Hundstage. Rom und Paris würden bis auf die Touristen menschenleer sein, und selbst der Papst würde es in Castel Gandolfo ruhig angehen lassen. Nach dem Anstehen für sein Methadon ging Farragut nach draußen, um die große Rasenfläche zwischen dem Ausbildungsgebäude und Zellenblock A zu mähen. Er holte den Rasenmäher und den Benzinkanister aus der Garage und scherzte mit dem verrückten Killer. Er startete den Motor mit einem Seilzug, und das löste in ihm ferne Erinnerungen an Außenbordmotoren auf Bergseen aus. Das war der Sommer gewesen, in dem er Wasserskifahren lernte, aber nicht hinter einem Außenborder, sondern hinter einem Gar-Wood-Rennboot. Er war mit Parallelschwüngen über die hohe Steuerbordwelle – peng – auf dem geriffelten, gefurchten Kielwasser gelandet und dann in die Heckfontäne eingetaucht.

»Ich habe meine Erinnerungen«, sagte er zum Rasenmäher. »Die kannst du mir nicht nehmen.«

Eines Nachts waren er und ein Mann namens Tony mit zwei Mädchen und einer Flasche Scotch auf dem See zwölf Kilometer weit mit Vollgas zum Ausflugspier gerast – bei dem Lärm hätte man es nicht einmal donnern gehört. Dort prangte ein großes Zifferblatt unter einem Schild mit der Aufschrift: DER NÄCHSTE AUSFLUG ZUR FELSENSCHLUCHT FINDET STATT UM … Sie wollten das Zifferblatt stehlen. Zusammen mit dem Vorfahrts- und dem Wildwechselschild würde es sich in irgendeinem Schlafzimmer ausnehmend gut machen. Tony stand am Steuer, und Farragut sollte den Diebstahl begehen. Er schwang sich über die Bordwand und zerrte an dem Zifferblatt, aber es war gut am Pier befestigt. Tony reichte Farragut aus der Werkzeugkiste einen Schraubenschlüssel, und er zertrümmerte damit die Halterungen, doch der Lärm weckte einen alten Wächter, der ihm hinterherhinkte, als er das Zifferblatt zum Boot schleppte. »He, stehen bleiben«, rief der Alte mit seiner Greisenstimme. »Halt, halt, bleib stehen! Was soll das? Warum müsst ihr alles zerstören? Warum müsst ihr alten Männern wie mir das Leben schwer machen? Was bringt das, wem soll das nützen? Das enttäuscht die Leute doch bloß, es macht sie wütend und bringt sie um ihr Geld. Halt, bleib endlich stehen. Bring das Ding zurück, dann sag ich nichts. Halt, halt ...«

Als sie losbrausten, übertönte der Motorenlärm die Greisenstimme, doch sie war eindrücklicher als der Scotch und das Mädchen und klang Farragut noch die ganze Nacht und vermutlich den Rest seines Lebens im Ohr. Das hatte er drei Psychiatern geschildert, deren Dienste er in Anspruch genommen hatte. »Wissen Sie, Dr. Gaspoden, als ich diesen alten Mann ›Halt, halt‹ rufen hörte, verstand ich zum ersten Mal im Leben meinen Vater. Als ich diesen alten Mann rufen hörte, hörte ich meinen Vater, und ich wusste, wie sich mein Vater fühlte, als ich mir seinen Frack lieh, um den Kotillon anzuführen. Wegen der Stimme dieses fremden alten Mannes in dieser Sommernacht konnte ich meinen Vater zum ersten Mal im Leben verstehen.« All das erzählte er dem Rasenmäher.

Es war ein Scheißtag. Die Luft war so dunstig, dass Farragut die Sichtweite auf höchstens zweihundert Meter schätzte. Konnte das bei einem Fluchtversuch helfen? Er bezweifelte es. Der Gedanke an Flucht erinnerte ihn an Jody, eine Erinnerung, die nichts von ihrer Unbeschwertheit verloren hatte, seit er und Jody sich zum Abschied leidenschaftlich geküsst hatten. Die Verwaltung und vielleicht auch die Erzdiözese hatten Jodys Ausbruch vertuscht, und er war nicht mal eine Figur der Gefängnismythologie geworden. DiMatteo, der Helfer des Kaplans, hatte Farragut informiert. Etwa sechs Wochen nach Jodys Flucht waren sie sich einmal spätabends im Tunnel begegnet, als Farragut aus dem »Tal« kam. DiMatteo zeigte ihm ein Zeitungsfoto von Jody, das ihm jemand mit der Post geschickt hatte: Jody an seinem Hochzeitstag – so gut aussehend und selbstsicher wie noch nie. Seine überwältigende Schönheit strahlte durch den Typendruck einer Kleinstadtzeitung. Seine Braut war eine scheue und hübsche junge Asiatin, und unter dem Foto stand, dass H. Keith Morgan an diesem Tag Sally Chou Lai geheiratet hatte, die jüngste Tochter von Ling Chou Lai, dem Vorsitzenden der Viaduct Wire Factory, wo der Bräutigam angestellt war. Das war alles, und Farragut war damit zufrieden. Er lachte lauthals, doch DiMatteo sagte voller Wut: »Er hat versprochen, auf mich zu warten. Ich habe ihm das Leben gerettet, und er hat versprochen, auf mich zu warten. Er hat mich geliebt – o Gott, wie er mich geliebt hat. Er hat mir sein goldenes Kreuz geschenkt.« DiMatteo zog das Kreuz aus seinem gekräuselten Brusthaar und zeigte es Farragut. Farragut kannte das Kreuz nur zu gut – es trug vielleicht seine Bissspuren –, und die Erinnerungen an seinen Liebhaber waren lebendig, aber überhaupt nicht traurig. »Er hat sie bestimmt wegen des Geldes geheiratet«, sagte DiMatteo. »Sie muss reich sein. Er hat versprochen, auf mich zu warten.«

Farragut ging beim Rasenmähen planmäßig vor. Wenn er etwa die Hälfte der Fläche umrundet hatte, wendete er, damit das Gras nicht büschelweise übereinanderfiel, trocknete und sich verfärbte. Er hatte irgendwo gehört oder gelesen, geschnittenes

Gras würde wachsendes Gras düngen, doch er hatte beobachtet, dass totes Gras völlig unwirksam war. Er ging barfuß, weil er mit nackten Fußsohlen besseren Halt hatte als in den Gefängnisstiefeln. Er hatte die Schnürsenkel zusammengeknotet und sich die Stiefel um den Hals gehängt, damit sie ihm niemand stehlen und daraus Uhrarmbänder anfertigen konnte. Die lehrreiche Geometrie des Rasenmähens gefiel ihm. Beim Mähen folgte man den Konturen des Bodens. Indem man die Bodenkonturen studierte – wie man es auch beim Skifahren tat –, studierte und begriff man die Konturen der näheren Umgebung, des Bezirks, des Staates, des Kontinents, des Planeten, und indem man die Konturen des Planeten studierte und begriff, studierte und begriff man auch das Wesen seiner Winde, wie es sein alter Vater beim Segeln und Drachensteigen getan hatte. Das führte zu einem Einverständnis und Einssein mit der Natur.

Als er mit der großen Fläche fertig war, schob er den Rasenmäher wieder in die Garage. »In der ›Mauer‹ gibt's einen Aufstand«, sagte der Killer über die Schulter, während er sich über einen Motor beugte. »Ist im Radio gekommen. Sie haben achtundzwanzig Geiseln genommen; liegt bestimmt an der Jahreszeit. Man steckt seine Matratze in Brand und rennt sich den Schädel ein. Liegt an der Jahreszeit.«

Farragut lief zu seinem Zellenblock hinauf. Dort herrschte um diese Zeit eine angenehme Stille. Tiny schaute sich im Fernsehen eine Spielshow an. Farragut zog sich aus und wusch sich mit einem Lappen und kaltem Wasser den Schweiß vom Körper. »Und jetzt«, sagte der Moderator, »wollen wir noch einen Blick auf die Preise werfen. Zunächst haben wir hier das achtteilige Thomas-Jefferson-Kaffeeservice aus Sterlingsilber.« An dieser Stelle wurde die Sendung unterbrochen, und während

Farragut seine Hose anzog, sagte ein Ansager – ein junger Mann mit grob geschnittenem Gesicht und strohblondem Haar – in gemessenem Ton: »Häftlinge des im Norden des Staates gelegenen Gefängnisses von Amana, das unter dem Namen ›Die Mauer‹ bekannt ist, haben einen Aufstand begonnen und halten achtundzwanzig bis dreißig Vollzugsbeamte in ihrer Gewalt, denen sie die Kehle durchschneiden wollen, falls ihre Forderungen nicht erfüllt werden. Gefängnisdirektor John Cooper … Ich bitte um Entschuldigung; der Direktor der Resozialisierungseinrichtung Cooper hat eingewilligt, sich mit den Häftlingen auf neutralem Terrain zu treffen, und erwartet Fred D. Emison, den Leiter der Gefängnisbehörde. Bleiben Sie dran, um weitere Informationen zu erhalten.« Dann wurde zu der Spielshow zurückgeschaltet, wo weitere Preise zu sehen waren.

Farragut betrachtete Tiny. Er war kreidebleich. Farragut sah sich im Zellenblock um. Tennis, Bumpo und der Stone waren da. Der Stone hatte sein Hörgerät ausgeschaltet, so dass nur drei von ihnen Bescheid wussten. Ransome und Chicken Number Two kamen herein, und beide warfen ihm einen vielsagenden Blick zu. Sie wussten es. Farragut versuchte sich vorzustellen, was passieren würde. Vermutlich würde man ihnen jegliche Zusammenkunft untersagen, zugleich jedoch auf alle provokanten Maßnahmen verzichten. Das Mittagessen war die erste Gelegenheit zu einer Zusammenkunft, aber als die Glocke ertönte, schloss Tiny die Zellentüren auf, und sie traten in den Gang hinaus. »Hast du das im Fernsehen mitgekriegt?«, erkundigte sich Tiny bei Farragut. »Du meinst, das mit dem achtteiligen Thomas-Jefferson-Kaffeeservice aus Sterlingsilber?«, fragte Farragut. Tiny schwitzte. Farragut war zu weit gegangen. Er war nur ein Leichtgewicht. Er hatte den Bogen überspannt. Tiny hätte ihn sich vorknöpfen können, hatte aber Angst, und Farragut durfte zum Essen gehen. Beim Essen war alles genau geregelt, aber Farragut blickte in jedes Gesicht, um zu sehen, wer Bescheid wusste. Er kam auf ungefähr zwanzig Prozent. Er sah, dass im Speisesaal eine riesige Aufregung herrschte, und es kam mehrfach zu Ausbrüchen hysterischer Freude. Jemand fing an zu lachen und konnte nicht mehr aufhören. Er hatte einen Lachkrampf. Sie bekamen eine großzügige Portion Schweinefleisch in Mehlsoße und eine halbe Dosenbirne. »NACH DEM ESSEN KEHREN ALLE HÄFTLINGE IN IHRE BLOCKS ZURÜCK UND WARTEN AUF WEITERE DURCHSAGEN. NACH DEM ESSEN KEHREN ALLE HÄFTLINGE IN IHRE BLOCKS ZURÜCK UND WARTEN AUF WEITERE DURCHSAGEN.« Darauf hätte er wetten können. Fast alles hing von den nächsten zehn Minuten ab, und soweit Farragut es beurteilen konnte, schafften sie in den nächsten zehn Minuten alle in ihre Zellen zurück. Kläng.

Jeder hatte ein Radio. Als sie wieder in ihren Zellen waren, schaltete Chicken laute Tanzmusik ein und streckte sich lächelnd auf seiner Pritsche aus. »Schalt das Ding aus, Chicken«, rief Farragut in der Hoffnung, dass niemand an die Radios denken würde, wenn es still war. Das war idiotisch, denn das Ganze musste mittlerweile jedem klar sein. Zehn Minuten später erfolgte die Durchsage: »ALLE RADIOS SIND DEM ZUSTÄNDIGEN BEAMTEN ZUR ÜBERPRÜFUNG UND KOSTENLOSEN REPARATUR AUSZUHÄNDIGEN. ALLE RADIOS SIND DEM ZUSTÄNDIGEN BEAMTEN ZUR ÜBERPRÜFUNG UND KOSTENLOSEN REPARATUR AUSZUHÄNDIGEN.« Tiny ging den Gang entlang und sammelte die Radios ein. Man hörte Klagen und Flüche, und der Hahnrei warf sein Radio durchs Gitter, um es auf dem Boden zu zertrümmern.

»Geht's dir heute gut, Bumpo?«, fragte Farragut. »Geht's dir heute gut, meinst du, es ist ein guter Tag?« – »Nein«, sagte Bumpo, »auf dieses schwüle Wetter hab ich noch nie gestanden.« Also wusste er noch nicht Bescheid. Das Telefon klingelte. Es war eine Nachricht für Farragut. Er sollte ins Büro hinuntergehen und zwei Bekanntmachungen abtippen. Marshack würde im Wachzimmer auf ihn warten.

Der Tunnel war verwaist. Farragut hatte ihn noch nie leer gesehen. Sie mochten alle eingeschlossen sein, aber er horchte auf die Geräusche der unabwendbaren Rebellion, die dem Aufstand in der »Mauer« folgen würde. Er glaubte, in der Ferne Geschrei und Gebrüll zu hören, doch als er stehen blieb, um zu lauschen, klang es eher wie der Verkehrslärm jenseits der Mauern. Ab und zu ertönte leise eine Sirene, doch im zivilen Leben heulten ständig Sirenen. Als er sich dem Wachzimmer näherte, hörte er eine Stimme im Radio sagen: »Die Häftlinge haben eine Verfügung gegen körperliche oder verwaltungstechnische Repressalien und eine Generalamnestie gefordert.« Dann wurde das Gerät ausgeschaltet. Entweder hatten sie ihn gehört oder berechnet, wann er da sein würde. Im Wachzimmer saßen vier Beamte rings um das Radio. Auf dem Tisch standen zwei Flaschen Whiskey. Die Blicke, die ihm die Wärter zuwarfen, waren voller Bestürzung und Hass. Marshack – er hatte kleine Augen und einen rasierten Schädel – gab ihm zwei Blätter. Farragut ging durch den Gang zu seinem Büro und schlug die Tür mit dem Maschendrahtfenster hinter sich zu. Kaum war die Tür geschlossen, hörte er das Radio wieder. »Es stehen genügend Einsatzkräfte bereit, um die Einrichtung jederzeit zu stürmen. Die Frage ist, ob das Leben von achtundzwanzig unschuldigen Männern so schwer wiegt, dass man fast zweitausend verurteilten Kriminellen eine Amnestie gewährt. Am Morgen …« Farragut blickte auf und sah hinter der Scheibe Marshacks Schatten. Er riss eine Schublade auf, grapschte sich eine Matrize und spannte sie so geräuschvoll wie möglich in die Maschine ein. Er sah, wie Marshacks Schatten sich bückte, um durchs Schlüsselloch zu spähen. Farragut schüttelte die Blätter energisch und las das mit Bleistift geschriebene kindliche Gekrakel der beiden Mitteilungen. DAS PERSONAL HAT BEI JEDER VERSAMMLUNG ABSOLUTE STÄRKE ZU DEMONSTRIEREN. OHNE STÄRKE KEINE VERSAMMLUNGEN. So lautete die erste. Auf dem zweiten Blatt stand: IM GEDENKEN AN IHREN GELIEBTEN SOHN PETER BIETET LOUISA PIERCE SPINGARN INTERESSIERTEN HÄFTLINGEN DIE GELEGENHEIT, SICH IN FARBE NEBEN EINEM GESCHMÜCKTEN WEIHNACHTSBAUM FOTOGRAFIEREN ZU LASSEN UND DIE FOTOS … Marshack öffnete die Tür und stand da wie ein Scharfrichter, wie die alles beendende Macht.

»Was soll das bedeuten, Sergeant?«, fragte Farragut. »Diese Sache mit dem Weihnachtsbaum?«

»Weiß nicht, keine Ahung«, sagte Marshack. »Wahrscheinlich ist die Frau eine verdammte Weltverbesserin. Die sind die Wurzel aller Probleme. Effektivität ist alles, was zählt, und ohne Effektivität ist alles bloß Scheiße.«

»Ich weiß«, sagte Farragut, »aber was hat es mit dem Weihnachtsbaum auf sich?«

»Ich kenne nicht die ganze Geschichte«, erwiderte Marshack, »aber dieses Weibsbild, diese Spingarn, hatte wohl einen Sohn, der im Gefängnis gestorben ist. Nicht hier, sondern irgendwo anders, in Indien oder Japan. Vielleicht im Krieg. Keine Ahnung. Also denkt sie dauernd über Gefängnisse nach und geht zu einem hohen Tier in der Gefängnisbehörde und gibt ihm Geld, damit ihr Arschlöcher euch in Farbe neben einem Weihnachtsbaum fotografieren lassen könnt und die Bilder euren Familien schickt, falls irgendwer von euch eine Familie hat, was ich bezweifle. Das ist totale Geldverschwendung.«

»Wann hat sie das in die Wege geleitet?«

»Ach, keine Ahnung. Ist schon lange her. Vor ein paar Jahren vielleicht. Und heute Nachmittag ist es irgendwem wieder eingefallen. Das dient bloß dazu, euch Arschlöcher zu beschäftigen. Als Nächstes werden bestimmt Einfädelwettbewerbe mit Geldpreisen veranstaltet. Oder es gibt einen Preis für den Arsch, der den größten Haufen scheißt. Einen Preis für sonst was, bloß damit ihr beschäftigt seid.«

Marshack setzte sich auf die Tischkante. Warum rasiert er sich den Schädel?, fragte sich Farragut. Kopfläuse? Einen rasierten Schädel assoziierte Farragut mit Preußen, Grausamkeit und Scharfrichtern. Was sollte einem Gefängniswärter daran gelegen sein? Allein wegen des rasierten Schädels kam Farragut der Gedanke, dass Marshack, falls er in der »Mauer« auf den Barrikaden stünde, seelenruhig und erbarmungslos Hunderte von Männern abknallen würde. Die rasierten Schädel, dachte Farragut, werden uns immer begleiten. Sie sind leicht zu erkennen, lassen sich aber weder belehren noch bessern. Farragut dachte flüchtig an Klassenstrukturen und starre Hierarchien. Dort wurden rasierte Schädel gebraucht. Marshack war beschränkt. Diese Beschränktheit machte ihn nützlich. Anderen von Nutzen zu sein, war seine Berufung. Beim Schmieren von Maschinen und Spleißen von BX-Kabeln war er unentbehrlich, und er wäre ein mutiger, hitziger Söldner in einem Grenzgefecht, wenn ihm ein gebildeterer Mensch den Befehl zum Angriff erteilen würde. Vermutlich besaß der Mann so etwas wie eine universelle Güte – er würde anderen ein Streichholz zum Anzünden der Zigarette geben und ihnen einen Platz im Kino freihalten –, doch sein Mangel an Intelligenz war nicht universell. Marshack sprach vielleicht auf die Allgewalt der Liebe an, doch er hatte keine Ahnung von Geometrie, und das durfte man auch nicht verlangen. In Farraguts Augen war er ein Killer.

»Um vier hau ich hier ab«, sagte Marshack. »Ich hatte es noch nie im Leben so eilig, von irgendwo wegzukommen. Um vier hau ich ab, fahre heim und trinke eine ganze Flasche Southern Comfort, und wenn mir danach ist, trink ich noch eine Flasche, und wenn ich auch dann noch nicht alles vergessen kann, was ich hier in den letzten paar Stunden gesehen und erlebt hab, trink ich noch eine. Ich muss erst am Montag um vier wieder hier sein und werde mich richtig besaufen. Damals, als die Atombombe erfunden wurde, hatten die Leute Angst, das Ding könnte hochgehen und alle umbringen, aber sie wussten nicht, dass die Menschheit in ihren Eingeweiden genug Dynamit hat, um diesen verdammten Planeten in die Luft zu jagen. Doch ich weiß Bescheid.«

»Warum haben Sie diesen Job angenommen?«

»Was weiß ich. Mein Onkel hat mich dazu überredet. Er war der ältere Bruder meines Vaters. Mein Vater hat alles geglaubt, was der sagte. Und er sagte, ich sollte mir einen ruhigen Job im Gefängnis suchen, mich in zwanzig Jahren mit dem halben Gehalt pensionieren lassen und mit vierzig ein neues Leben mit gesichertem Einkommen anfangen. Ich könnte sonst was machen. Einen Parkplatz eröffnen. Orangen anbauen. Ein Motel führen. Er wusste bloß nicht, dass einen dieser Job so fertigmacht, dass man nicht mal ein Pfefferminzbonbon lutschen kann. Mir ist das Essen wieder hochgekommen. Ausnahmsweise gab's mal was Gutes – Hähnchenflügel mit Kichererbsen –, und ich hab das ganze Zeug auf den Boden gekotzt. Ich kann nichts im Magen behalten. Noch zwanzig Minuten, dann geh ich zu meinem Wagen und fahr nach Hause in die Hudson Street 327, hol meine Flasche Southern Comfort oben aus dem Schrank und mein Glas aus der Küche und vergesse alles. Wenn du das fertig getippt hast, leg's in mein Büro. Das mit den Pflanzen. Die Tür steht offen. Toledo holt es sich da.«

Er schloss die Tür. Das Radio war aus. Farragut tippte: IM GEDENKEN AN IHREN GELIEBTEN SOHN PETER BIETET LOUISA PIERCE SPINGARN INTERESSIERTEN HÄFTLINGEN DIE GELEGENHEIT, SICH IN FARBE NEBEN EINEM GESCHMÜCKTEN WEIHNACHTSBAUM FOTOGRAFIEREN ZU LASSEN UND DIE FOTOS KOSTENLOS IHREN ANGEHÖRIGEN ZU SCHICKEN. DER FOTOGRAF BEGINNT AM 27. 8. UM 9:00 UHR MIT DEN AUFNAHMEN, IN DER REIHENFOLGE DER EINGEGANGENEN ANTRÄGE. WEISSE HEMDEN ERLAUBT. BITTE NICHTS AUSSER EINEM TASCHENTUCH MITBRINGEN.

Farragut schaltete das Licht aus, schloss die Tür und ging durch den Tunnel zur offenen Tür von Marshacks Büro. Der Raum hatte drei Fenster, und wie Marshack gesagt hatte, war es der mit den Pflanzen. An der Außenseite der Fenster befanden sich senkrechte Gitterstäbe, und innen hatte Marshack waagerechte Stangen angebracht, an denen jede Menge Pflanzen hingen: etwa zwanzig oder dreißig Hängepflanzen. Hängepflanzen werden von den wahrhaft Einsamen bevorzugt, dachte Farragut, Männern und Frauen, die sie brennend vor Lust, Ehrgeiz und Wehmut gießen. Sie pflegen ihre Hängepflanzen und reden vermutlich mit ihnen, denn sie reden ja auch mit allem anderen – mit Türen, Tischen und dem Wind im Kamin. Die Pflanzen waren Farragut größtenteils unbekannt. Farne sah er, Farne und Geranien. Er riss ein Geranienblatt ab, zerrieb es zwischen den Fingern und atmete den Duft des Öls ein. Es roch nach Geranien – der muffige, vielschichtige Geruch eines bewohnten und schlecht gelüfteten Raums. Es gab noch viele andere Sorten mit allen möglichen Blattformen, manche in der Farbe von Rotkraut, andere in matten Braun- oder Gelbtönen – nicht das schillernde Herbstspektrum, aber dasselbe Spektrum des Todes, das in der Natur der Pflanze lag. Er war erfreut und erstaunt zu sehen, dass der Killer trotz seiner Beschränktheit versucht hatte, die Trostlosigkeit des Raums, in dem er arbeitete, durch Pflanzen zu verscheuchen, die lebten, wuchsen und starben, die auf seine Fürsorge und Zuwendung angewiesen waren, zumindest den Duft feuchter Erde besaßen und in ihrem Grün und ihrer Lebenskraft für die Täler und Weiden standen, wo Milch und Honig flossen. Die Pflanzen hingen an Kupferdrähten. Farragut hatte in seiner Jugend Radios gebastelt. Er wusste noch, dass dreißig Meter Kupferdraht der Beginn eines Radios waren.

Farragut nahm eine Pflanze von der Gardinenstange, weil er es auf den Kupferdraht abgesehen hatte. Marshack hatte den Draht durch Löcher in den Blumentöpfen gezogen, ihn aber so oft hindurchgeschlungen, dass es vermutlich über eine Stunde gedauert hätte, bis Farragut so viel zusammenhatte, wie er benötigte. Plötzlich hörte er Schritte. Vor Schreck stellte er sich vor die abgenommene Pflanze, doch es war bloß Toledo. Farragut reichte ihm die Matrizen und blickte ihn fragend an. »Ja, schon gut«, sagte Toledo. Er flüsterte nicht, sprach aber mit völlig ausdrucksloser Stimme. »Sie haben achtundzwanzig Geiseln.

Das sind mindestens dreizehnhundert Kilo Fleisch, und jedes Gramm davon können sie zum Singen bringen.« Dann war Toledo verschwunden.

Farragut kehrte an seinen Schreibtisch zurück, brach die am seltensten benutzte Type aus der Schreibmaschine und dachte, während er sie am alten Granit der Wand scharf schliff, an die Eiszeit und ihren Beitrag zur Härte des Steins. Als er die Type haarfein geschliffen hatte, ging er wieder in Marshacks Büro und schnitt bei achtzehn Pflanzen den Draht ab. Er steckte ihn in seine Unterhose, schaltete das Licht aus und ging durch den menschenleeren Tunnel zurück. Mit dem Draht in der Hose war sein Gang völlig steif, und hätte ihn jemand auf sein Hinken angesprochen, hätte er gesagt, er habe wegen des scheißfeuchten Wetters Rheumatismus.

»734-508-32 meldet sich zurück«, sagte er zu Tiny.

»Was gibt's Neues?«

»Ab morgen früh um neun kann sich jedes Arschloch, das in Farbe neben einem Weihnachtsbaum fotografiert werden will, diesen Wunsch erfüllen.«

»Was du nicht sagst«, erwiderte Tiny.

»Das ist mein voller Ernst«, sagte Farragut. »Die Bekanntmachung kommt morgen früh.«

Beladen mit Kupferdraht, setzte sich Farragut auf seine Pritsche. Er würde ihn unter der Matratze verstecken, sobald ihm Tiny den Rücken zukehrte. Er wickelte das Toilettenpapier von der Rolle, faltete es zu säuberlichen Quadraten und steckte es in seine Descartes-Ausgabe. Als er in seiner Jugend Radios gebaut hatte, hatte er den Draht um eine Haferflockendose gewickelt. Die Toilettenpapierrolle eignete sich vermutlich fast genausogut. Als Antenne würde eine Matratzenfeder dienen, zur

Erdung der Heizkörper, Bumpos Brillant als Kristalldiode, und der Stone steuerte den Kopfhörer bei. Wenn alles fertig war, dann konnte er durchgehend die neuesten Nachrichten von der »Mauer« empfangen. Trotz seiner Aufregung blieb Farragut äußerst gelassen, doch als plötzlich die Lautsprecheranlage losplärrte, zuckte er zusammen. »IN ZEHN MINUTEN SHORT ARM FÜR BLOCK F. IN ZEHN MINUTEN SHORT ARM FÜR BLOCK F.«

Für Kalenderfanatiker fand Short Arm immer am ersten Donnerstag des Monats statt. Für alle Übrigen wurde es angekündigt. Vermutlich sollte die Untersuchung genau wie die Sache mit dem Weihnachtsbaum nur ihre Aufregung zerstreuen. Sie würden nackt und gedemütigt sein, und die Auswirkung erzwungener Nacktheit war unermesslich. Short Arm bedeutete, dass irgendein Quacksalber und ein Pfleger aus der Krankenstation die Genitalien der Häftlinge auf Geschlechtskrankheiten untersuchten. Auf die Durchsage folgten Gejohle und Geschrei, doch schon bald war es wieder still. Farragut kehrte Tiny den Rücken zu, zog seine Hose aus und legte sie säuberlich unter die Matratze, damit sie nicht zerknitterte. Dabei entledigte er sich auch des Kupferdrahts.

Als der Arzt in den Zellentrakt kam, trug er zu seinem Anzug einen Filzhut. Er wirkte müde und verängstigt. Der Pfleger war ein sehr hässlicher Mann, den alle Veronica nannten. Vor Jahren war er anscheinend mal hübsch gewesen, denn bei trübem, schummrigem Licht hatte er das Aussehen und die Anmut eines Jugendlichen, doch bei hellerem Licht sah er aus wie ein Frosch. Die Leidenschaft, die sein Gesicht runzlig und abstoßend gemacht hatte, schien noch in ihm zu glühen. Die beiden setzten sich an Tinys Schreibtisch, und Tiny gab ihnen die Akten und schloss die Zellen auf. Nackt konnte Farragut sich selbst riechen. Er roch auch Tennis, Bumpo und den Hahnrei. Sie hatten seit Sonntag nicht mehr geduscht und stanken wie verdorbene Fleischreste beim Metzger. Bumpo ging als Erster. »Zusammendrücken«, sagte der Arzt. Seine Stimme klang angespannt und wütend. »Die Vorhaut zurückziehen und ihn zusammendrücken. Zusammendrücken, hab ich gesagt.« Der Anzug des Arztes war billig und voller Flecke, und Krawatte und Weste sahen genauso aus. Sogar seine Brille war schmutzig. Den Filzhut trug er, um die Herrschaft der Schneiderkunst zu betonen. Er, der profane Weltenrichter, war mit einem Hut gekrönt, während die Büßer nackt waren, und während ihre Sünden, ihre Genitalien, ihre Überheblichkeit und ihre Erinnerungen unverhüllt waren, zeigten sie sogar Scham. »Die Backen spreizen«, sagte der Arzt. »Weiter. Noch weiter. Der Nächste – 73482.«

»Es ist 73483«, sagte Tiny.

»Ich kann Ihre Schrift nicht lesen«, entgegnete der Arzt. »Also dann 73483.«

73483 war Tennis. Tennis war ein Sonnenanbeter und hatte einen schneeweißen Hintern. Für einen Sportler waren seine Arme und Beine ausgesprochen dünn. Tennis hatte Tripper. Es war totenstill. Bei dieser Zeremonie erlosch selbst der Sinn für Humor, der die Dunkelheit des »Tals« überstand. Erloschen war auch der krampfhafte Frohsinn, den Farragut beim Essen erlebt hatte.

»Bei wem hast du dir das geholt?«, fragte der Arzt. »Ich will seinen Namen und seine Nummer wissen.« Angesichts des Krankheitsfalls wirkte der Arzt verständig und ungezwungen. Er rückte seine Brille elegant mit dem Finger zurecht und strich sich dann mit der gespreizten Hand über die Stirn.

»Keine Ahnung«, sagte Tennis. »An so was kann ich mich gar nicht erinnern.«

»Bei wem hast du dir das geholt?«, fragte der Arzt. »Erzähl's mir besser.«

»Tja, vielleicht bei dem Baseballspiel«, sagte Tennis. »Wahrscheinlich bei dem Baseballspiel. Während ich mir das Spiel angeschaut hab, hat mir irgendein Kerl einen geblasen. Keine Ahnung, wer das war. Ich meine, wenn ich wüsste, wer's war, würde ich ihn umbringen, aber ich war so von dem Spiel fasziniert, dass ich's mir nicht gemerkt hab. Ich bin ganz verrückt auf Baseball.«

»Und du hast ihn nicht beim Duschen jemandem in den Arsch geschoben?«, fragte der Arzt.

»Wenn das passiert sein sollte, dann aus Versehen«, sagte Tennis. »Das war mit Sicherheit ein Versehen. Wir kommen nur einmal wöchentlich unter die Dusche, und für einen Mann, einen Tennis-Champion, der drei-, viermal täglich duscht, ist es sehr verwirrend, nur einmal in der Woche unter die Dusche zu kommen. Da wird einem schwindlig. Man weiß nicht mehr, was vor sich geht. Ach, wenn ich wüsste, wer's war, Sir, würde ich's Ihnen sagen. Wenn ich gewusst hätte, was der mir anhängt, hätte ich ihm eine reingehauen, ich hätte ihn umgebracht. So bin ich nun mal. Ich bin leicht reizbar.«

»Er hat meine Bibel gestohlen«, schrie Chicken, »er hat meine Lederbibel gestohlen. Seht doch, der Scheißkerl hat meine heilige Bibel gestohlen.«

Chicken deutete auf den Hahnrei. Der Hahnrei stand in einer haarsträubenden Parodie weiblicher Scham mit zusammengepressten Knien da. »Ich weiß gar nicht, wovon er redet«, sagte er. »Ich hab ihm nichts gestohlen.« Er breitete die Arme aus, um zu zeigen, dass er nichts in den Händen hielt. Chicken versetzte ihm einen Stoß, und die zwischen seine Beine geklemmte Bibel fiel zu Boden. Chicken schnappte sich das Buch. »Meine Bibel, meine heilige Bibel, die hat mir mein Cousin Henry geschickt, der einzige Verwandte, von dem ich in den letzten drei Jahren etwas gehört habe. Du hast meine heilige Bibel gestohlen. Du bist so niederträchtig, dass ich dich nicht mal anspucken würde.« Dann spuckte er den Hahnrei an. »Ich hab noch nie gehört, ja hätte mir nie träumen lassen, dass jemand so niederträchtig sein kann, einem Mann im Gefängnis die heilige Bibel zu stehlen, die ihm sein gutherziger Cousin geschenkt hat.«

»Ich wollte deine verdammte Bibel doch gar nicht, und das weißt du auch«, brüllte der Hahnrei. Er hatte ein viel größeres Stimmvolumen als Chicken und fiel in ein tieferes Register. »Du hast keinen Blick in deine Bibel geworfen. Da war eine zwei Zentimeter dicke Staubschicht drauf. Jahrelang hast du gesagt, das Letzte, was du auf der Welt bräuchtest, wär eine Bibel. Jahrelang hast du auf deinen Cousin Henry geschimpft, weil er dir eine Bibel geschickt hat. Hier haben alle die Nase voll von deinem Henry und deiner Bibel. Ich wollt bloß das Leder haben, um daraus Uhrarmbänder zu machen. Die Bibel hätte ich nicht beschädigt. Ich hätt sie dir ohne den Ledereinband zurückgegeben, das ist alles. Wenn du die Bibel wirklich lesen wolltest, statt dauernd darüber zu jammern, dass er dir keine Dosensuppe geschickt hat, hättest du das problemlos tun können, sobald du sie zurückgekriegt hättest.«

»Sie stinkt«, murmelte Chicken. Er hielt die Bibel an die Nase und atmete laut ein. »Er hat sich meine Bibel unter die Eier gesteckt. Jetzt stinkt sie. Die heilige Schrift stinkt nach seinen Eiern. Genesis, Exodus, Levitikus und Deutoronomium stinken.«

»Halt's Maul, und du auch«, sagte Tiny. »Wenn noch einer von euch das Maul aufmacht, kriegt er einen Tag Einschluss.«

»Aber ...«, protestierte Chicken.

»Du bist der Erste«, sagte Tiny.

»Religiöser Heuchler«, sagte der Hahnrei.

»Nummer zwei«, verkündete Tiny gelangweilt.

Chicken klatschte sich die Bibel auf die Brust, so wie manche Männer den Hut ans Herz drücken, wenn die Fahne vorbeigetragen wird. Er reckte das Gesicht ins Licht dieses Augustspätnachmittags. Tennis weinte. »Ehrlich, ich kann mich nicht mehr erinnern. Wenn ich's wüsste, würde ich's Ihnen sagen. Wenn ich wüsste, wer's war, würde ich ihn umbringen.«

Es dauerte lange, bis der Arzt es aufgab und Tennis ein Rezept ausschrieb. Dann stellten sich die anderen nacheinander zur Schau und wurden von der Liste gestrichen. Farragut war hungrig, und als er auf die Uhr schaute, sah er, wie spät es inzwischen war. Die Abendessenszeit war schon seit einer Stunde vorüber. Tiny und der Arzt stritten sich über irgendwas auf der Liste. Tiny hatte die Zellen abgeschlossen, nachdem sich der Hahnrei die Bibel unter den Nagel gerissen hatte, und sie standen nackt da und warteten darauf, wieder in die Zellen und in ihre Kleidung zu kommen.

Zu dieser späten Stunde erinnerte das Licht im Gefängnis Farragut an einen Wald, den er an einem Winternachmittag auf Skiern durchquert hatte. Die perfekte Diagonale des Lichts wurde von den Gitterstäben zerschnitten wie von den Bäumen, und die Größe und das Geheimnisvolle des Gefängnisses hatten etwas von einem großen Wald – einem Wandteppich mit Rittern und Einhörnern –, der eine prägnante Botschaft verhieß, doch nur die Weite zum Ausdruck brachte. Das schräge, gebrochene Licht, in dem der Staub schwebte, glich auch dem schmerzlichen Licht einer Kirche, in der eine Hinterbliebene mit verhülltem Gesicht dastand und trauerte. Doch in dem geliebten verschneiten Wald hätte eine immerwährende Frische in der Luft gelegen, und hier gab es nur den bestialischen Ziegengestank des alten Farragut und den Ärger darüber, reingelegt worden zu sein. Man hatte sie reingelegt. Und sie hatten sich selbst reingelegt. Die Nachrichten aus der »Mauer« – und die waren den meisten bekannt – hatten ihnen einen Schub verheißen, einen drastischen Wandel, doch das war von den Streitigkeiten über Tripper, Gebetbücher und Uhrarmbänder untergraben worden.

Farragut fühlte sich impotent. Kein Mädchen, kein Arsch, kein Mund konnte seinen Schwanz aufrichten, doch er war nicht dankbar für das Erlöschen seiner Lüsternheit. Das letzte Licht dieses schweißtreibenden Tages war weißlich, der weiße Widerschein, den man in den Fenstern toskanischer Gemälde sieht, ein vergehendes Licht, das jedoch den Sehnerv, die gesamte Wahrnehmungskraft auf einen Höhepunkt zu bringen scheint. Nackt, bar jeglicher Schönheit, übelriechend und gedemütigt von einem Clown in schmutzigem Anzug und mit schmutzigem Hut, waren sie auf diesem Höhepunkt des Lichts in Farraguts Augen alle bloß Kriminelle. Keine der grausamen Erfahrungen in ihrer Kindheit – weder Hunger noch Durst oder Prügel – konnte ihre Brutalität, ihre selbstzerstörerischen Diebstähle und ihre aufzehrenden, perversen Süchte erklären. Sie waren Seelen, die nicht erlöst werden konnten, und obwohl die Buße eine plumpe, grausame Antwort war, konnte man sie als Hinweis auf das Mysterium ihres Falls betrachten. In dem weißen Licht waren sie in Farraguts Augen alle Gefallene.

Sie zogen sich an. Es war dunkel. Chicken begann zu schreien: »Essen. Essen. Essen.« Die meisten anderen stimmten in das Geschrei ein. »Gibt kein Essen«, sagte Tiny. »Die Küche ist wegen Reparaturarbeiten geschlossen.« – »Nach der Verfassung stehen uns jeden Tag drei anständige Mahlzeiten zu«, brüllte Chicken. »Wir beantragen ein Haftprüfungsverfahren. Wir beantragen zwanzig ...« Dann rief er plötzlich: »Fernsehen. Fernsehen. Fernsehen.« Fast alle stimmten ein. »Der Fernseher ist kaputt«, sagte Tiny. Nach dieser Lüge wurde der Singsang noch lauter, und Farragut, vom Hunger und allem anderen erschöpft, merkte, wie er ohne jeglichen Widerstand in eine Erstarrung fiel, die die schlimmste Art von Abkapselung darstellte. Er schien mit gekrümmten Schultern und gebeugtem Nacken in ein wollüstiges, modriges Nichts hinabzusinken. Er atmete, doch das war alles, was er tat. Das laute Geschrei machte diese Erstarrung nur noch erstrebenswerter, der Lärm wirkte auf ihn wie die Wohltat einer zerstörerischen Droge, und er sah, wie seine Gehirnzellen von einem fremdartigen Lösungsmittel zersetzt wurden wie die Zellen einer Honigwabe. Plötzlich steckte Chicken seine Matratze in Brand, er blies in die kleinen Flammen und forderte die anderen auf, ihm Papier zu geben, damit das Feuer nicht erlosch. Farragut hörte ihn kaum. Sie gaben Chicken Toilettenpapier, gehortete Bekanntmachungen und Briefe von zu Hause. Chicken blies so heftig in die Flammen, dass ihm das Gebiss herausfiel – oben und unten. Als er es wieder eingesetzt hatte, begann er zu brüllen, doch Farragut hörte ihn kaum. »Steckt eure Matratzen in Brand, brennt den verdammten Knast nieder, seht, wie die Flammen züngeln, seht, wie sie sich zu Tode husten, seht, wie die Flammen durchs Dach schlagen, seht, wie sie brennen, wie sie brennen und schreien.« Farragut hörte das wie von fern, doch er hörte deutlich, wie Tiny zum Telefon griff und rief: »Alarmstufe Rot.« Dann brüllte Tiny: »Und warum zum Teufel behauptet ihr, ihr hättet Alarmstufe Rot, wenn das gar nicht stimmt? Na ja, egal – hier oben brüllen jedenfalls alle rum, sie werfen Sachen durch die Gegend und stecken ihre Matratzen an, warum also soll mein Block ungefährlicher sein als C und B? Bloß weil's hier keine Millionäre und Gouverneure gibt, heißt das nicht, dass mein Block nicht genauso gefährlich ist wie die anderen. Ich hab die ganzen Schwachköpfe hier, das ist hochexplosiv. Ich sag euch, die verbrennen ihre Matratzen. Also, erzählt mir nicht, ihr hättet Alarmstufe Rot, wenn ihr im Dienstzimmer hockt und Whiskey sauft. Gut, gut, ihr habt Schiss. Hab ich auch. Ich bin auch nur ein Mensch. Ich könnte echt einen Drink gebrauchen. Gut, in Ordnung, aber legt mal einen Zahn zu.«

»IN BLOCK F ALARMSTUFE ROT. IN BLOCK F ALARMSTUFE ROT.« Das war zehn Minuten später. Dann glitt die Tür zur Seite, und sie kamen hereingestürmt: achtzehn Mann mit Gasmasken und wasserdichten gelben Schutzanzügen, bewaffnet mit Schlagstöcken und Tränengaskanistern. Zwei Männer nahmen den Schlauch von der Wand richteten ihn in den Gang. Sie bewegten sich schwerfällig. Das lag entweder an den Schutzanzügen, oder sie waren betrunken. Chisholm nahm die Gasmaske ab und schnappte sich das Megafon. Er war betrunken und hatte Angst. Sein Gesicht war verzerrt, als würde es sich in fließendem Wasser spiegeln. Er hatte die Brauen des einen Mannes, den Mund eines anderen und die dünne, hämische Stimme eines dritten. »Stellt euch an den Türen auf, sonst kriegt ihr den Schlauch zu spüren, und das tut weh wie ein Haufen Stöcke mit Nägeln drin, wie ein Hagel Steine, wie eine Eisenstange. Lösch das Feuer, Chicken, und kapiert endlich, dass ihr machtlos seid! Das Gefängnis ist von bewaffneten Truppen aus dem ganzen Staat umstellt. Wir haben die Macht, jeden eurer Brände zu löschen. Ihr seid machtlos. Jetzt lösch deine Matratze, Chicken, und schlaf in deinem eigenen Chaos. Schalt das Licht aus, Tiny. Träumt was Schönes.«

Und weg waren sie. Die Tür schloss sich, und es war dunkel. Chicken wimmerte. »Ihr dürft nicht schlafen, niemand, keiner darf die Augen schließen. Wenn ihr die Augen schließt, bringen sie euch um. Sie killen euch im Schlaf. Niemand darf einschlafen.«

In der wohltuenden Dunkelheit nahm Farragut seinen Kupferdraht und die Toilettenpapierrolle und begann sein Radio zu bauen. Wie schön der Draht aussah, ein schmales, glänzendes, goldfarbenes Band zur Welt der Lebenden, aus der er von Zeit zu Zeit die Kampfhandlungen von Männern zu hören schien, ihr Gebrüll, wenn sie sich gegenseitig die Köpfe abrissen. Mal lauter, mal leiser, und irgendwann tat er es als Hirngespinst ab, zumindest wenn man es mit der prachtvollen Aufgabe verglich, aus Papier und Draht eine Klammer, ein Schloss oder eine glänzende Spange anzufertigen, die zwei Welten miteinander verband. Als er fertig war, seufzte er wie ein befriedigter Liebhaber und murmelte: »Gepriesen seist du, o Herr.« Chicken wimmerte immer noch: »Schlaft nicht ein, niemand. Keiner darf einschlafen.« Farragut schlief tief und fest.

Als Farragut erwachte, sah er am trüben Licht und am dunklen Himmel, dass das Wetter unverändert war. Ein Gewitter oder ein starker Nordwestwind könnten vielleicht einen Umschwung bringen, oder es würde stundenlang regnen und dann langsam aufklaren. Vom Fenster aus sah er, dass Chisholm gelogen hatte. Hinter den Mauern befanden sich keine Truppen. Hätten dort Truppen gestanden, hätte er ihren Lärm gehört und das Getümmel gespürt. Doch da regte sich nichts, und er war enttäuscht. Vielleicht standen keine Truppen mehr zur Verfügung. Die Gewitterluft war bedrückend, und er stank noch schlimmer. Genau wie Tennis und Bumpo. Ein Abzug der Bekanntmachung, die er getippt hatte, steckte zwischen den Gitterstäben. IM GEDENKEN AN IHREN GELIEBTEN SOHN PETER BIETET LOUISA PIERCE SPINGARN ... Um sieben ertönte die Frühstücksglocke. Goldfarb hatte Dienst. »In Reih und Glied«, brüllte er, »einer nach dem anderen, mit zehn Schritten Abstand. In Reih und Glied.« Sie stellten sich an der Tür auf, und als sie sich öffnete, ließ Goldfarb sie im Abstand von zehn Schritten hinaus, alle außer dem Stone, der sein Hörgerät in der Zelle vergessen hatte und nichts begriff. Goldfarb schrie ihn an, er brüllte ihn an und streckte zehn Finger in die Luft, doch der Stone lächelte bloß und tappte hinter dem Arsch von Ransome her. Er wollte nicht allein bleiben, und sei es nur für einen Augenblick. Goldfarb ließ ihn gehen. In dem zum Speisesaal führenden Tunnel sah Farragut die Auswirkungen der Anweisung, die er getippt hatte. DAS PERSONAL HAT BEI JEDER VERSAMMLUNG STÄRKE ZU DEMONSTRIEREN. Dort standen in regelmäßigen Abständen Wärter in Schutzanzügen, die mit Gummiknüppeln und Tränengaskanistern bewaffnet waren. Die wenigen Gesichter, die Farragut erkennen konnte, sahen noch verhärmter aus als die der Häftlinge. Im Speisesaal lief ein Tonband: »DIE HÄFTLINGE HABEN SICH IN REIHEN AUFZUSTELLEN UND DAS ESSEN IM STEHEN EINZUNEHMEN. DIE HÄFTLINGE HABEN SICH IN REIHEN AUFZUSTELLEN UND DAS ESSEN IM

STEHEN EINZUNEHMEN. ES HERRSCHT ABSOLUTES REDEVERBOT …«

Das Frühstück bestand aus Tee, den Fleischresten vom Vorabend und einem hart gekochten Ei. »Kaffee gibt's nicht«, sagte ein Küchenbulle. »Sie haben nichts gekriegt. Gestern Abend hat der Lieferant durchsickern lassen, dass sie immer noch achtundzwanzig Geiseln an den Eiern haben. Sie verlangen eine Amnestie. Gib's weiter. Ich teil dieses Zeug schon seit zwölf Stunden aus. Meine Füße sind noch am Leben, aber der Rest von mir ist tot.«

Farragut schlang das Fleisch und das Ei hinunter, ließ Tablett und Löffel in das schmutzige Wasser gleiten und begab sich mit seinen Nachbarn wieder in seinen Block. Kläng. »Was sagt der Fuchs, wenn er morgens in den Hühnerstall kommt?«, fragte Bumpo.

»Keine Ahnung.«

»Er sagt: ›Jetzt aber raus aus den Federn.‹«

Farragut warf sich auf seine Pritsche und spielte einen von der Haft gepeinigten Mann, der von Magenkrämpfen und sexuellen Fehlzündungen geplagt wird. Er raufte sich die Haare, zerkratzte sich die Schenkel und die Brust und raunte Bumpo ächzend zu: »Aufstand in der ›Mauer‹. Achtundzwanzig Geiseln an den Eiern. Ihre Eier bedeuten Freiheit und Amnestie.« Heulend stieß er das Becken auf die Matratze und vergrub dann das Gesicht im Kissen, unter dem er die Anfänge seines Radios spürte, das wohl in Sicherheit war, weil das erschöpfte, ängstliche und ausgedünnte Wachpersonal die Zellen höchstwahrscheinlich nicht nach Schmuggelware durchsuchen würde.

»Du bist ein toller Hühnerstall«, sagte Bumpo laut und deutlich. »Warum sieht eine Rosine so traurig aus?«

»Weil sie eine getrocknete Pflaume ist?«, fragte Farragut.

»Nein. Weil sie eine besorgte Weintraube ist«, erwiderte Bumpo.

»Ruhe da«, sagte Goldfarb.

Plötzlich konnte sich Farragut nicht mehr erinnern, wo die Schreibmaschinentype geblieben war, die er geschärft und zum Durchtrennen des Drahtes benutzt hatte. Falls sie gefunden, als Messer eingestuft und mithilfe der Fingerabdrücke zu ihm zurückverfolgt wurde, konnte ihm das drei weitere Jahre einbringen. Er ging alles noch einmal durch, was er in Marshacks Büro getan hatte: Er hatte die Pflanzen gezählt, Toledo von dem vielen Fleisch reden gehört, war in sein Büro gegangen und hatte die Type geschärft. Er hatte den Draht durchtrennt, ihn in seine Hose gesteckt, doch die Eile und die Angst vernebelten, was er mit der Type angestellt hatte. Er hatte das Licht ausgeschaltet, war den Tunnel entlanggehinkt und hatte jemandem, der gar nicht existierte, erklärt, dass er von der Feuchtigkeit Rheuma habe. Die Pflanzen und der Draht bereiteten ihm keine Sorgen – die Type war es, die ihn belasten konnte. Aber wo war sie? Auf dem Boden neben einer der Pflanzen, in einem der Blumentöpfe oder auf Marshacks Schreibtisch? Diese verfluchte Type! Er konnte sich nicht erinnern. Marshack hatte gesagt, er komme erst am Montag um vier wieder, doch plötzlich konnte sich Farragut nicht mehr erinnern, welchen Wochentag sie hatten. Gestern war Short Arm gewesen, oder hatte sich der Hahnrei Chickens Bibel schon vorgestern oder am Tag davor unter den Nagel gerissen? Er wusste es nicht. Dann wurde Goldfarb von Tiny abgelöst, der eine datierte Bekanntmachung vorlas, und so erfuhr Farragut, dass es Samstag war. Über die Type konnte er sich später den Kopf zerbrechen.

Tiny verkündete, dass sich alle Häftlinge, die ein Foto haben wollten, rasieren und anziehen sollten, um bereit zu sein, wenn sie an die Reihe kämen. Der ganze Block hatte sich angemeldet, sogar der Stone. Farragut beobachtete den Erfolg dieses Manövers. Es zerstreute tatsächlich ihre explosive Unruhe. Vermutlich war ein Mann auf dem Weg zum elektrischen Stuhl froh, wenn er noch einmal in der Nase bohren konnte. Ruhig, ja geradezu gut gelaunt, rasierten sie sich, wuschen sich die Achselhöhlen, zogen sich an und warteten.

»Ich will mit dem Stone Karten spielen«, sagte Ransome. »Ich will mit ihm Karten spielen.«

»Der weiß gar nicht, wie das geht«, entgegnete Tiny.

»Er will aber Karten spielen«, sagte Ransome. »Guck doch.« Der Stone nickte lächelnd, wie er es immer tat. Tiny ließ Ransome heraus, und der trug seinen Stuhl in den Gang und setzte sich mit einem Kartenspiel dem Stone gegenüber. »Eine für dich und eine für mich«, sagte er.

Dann begann Chicken, Gitarre zu spielen, und sang:

Achtundzwanzig Flaschen
Hängen an der Wand,
Und wenn eine davon
Runterfällt,
Hängen noch siebenundzwanzig
Flaschen an der Wand,
Und wenn eine davon
Runterfällt …

Tiny sprang wütend auf. »Willst du, dass Chisholm wieder mit seinen Schlägern und dem Schlauch kommt?«

»Nein, nein, nein«, sagte Chicken. »Überhaupt nicht. Das ist nicht das, was ich will. Wenn ich im Beschwerdeausschuss säße oder wie das heißt, dann würde ich als Erstes den Besucherraum zur Sprache bringen. Man hat mir gesagt, er wär viel besser als der Besucherraum in der ›Mauer‹, aber trotzdem, wenn mich eine Braut besucht, will ich mich nicht über einen Tresen weg mit ihr unterhalten, als ob ich ihr was verkaufen wollte. Wenn mich eine Braut besucht …«

»Du bist doch schon seit zwölf Jahren hier«, schrie Tiny, »und hast noch nie Besuch gehabt. Kein einziges Mal in zwölf Jahren.«

»Vielleicht hatte ich ja Besuch, als du im Urlaub warst«, sagte Chicken. »Oder als du deine Bruchoperation hattest. Da warst du sechs Wochen weg.«

»Das war vor zehn Jahren.«

»Also, wie gesagt, wenn mich eine Braut besucht, soll sie nicht über einen Tresen weg mit mir turteln müssen. Ich möchte mit ihr an einem Tisch sitzen, auf dem ein Aschenbecher für die Kippen steht, und möchte ihr eine Limonade anbieten.«

»Es gibt doch Getränkeautomaten.«

»Aber an einem Tisch, Tiny, an einem Tisch. Ein Tresen ist so unpersönlich. Wenn ich mit der Braut an einem Tisch reden könnte, wäre ich zufrieden und würde niemandem was tun und keine Schwierigkeiten machen.«

»In zwölf Jahren hat dich kein Mensch besucht. Das beweist, dass draußen auf der Straße kein Mensch deinen Namen kennt. Nicht mal deine Mutter weiß, wer du bist. Ob Geschwister, Tanten, Onkel, Freunde oder Bräute – du hast niemanden, mit dem du an einem Tisch sitzen könntest. Du bist schlimmer dran als ein Toter. Du musst scheißen. Tote müssen nicht scheißen.«

Da brach Chicken in Tränen aus, oder es schien nur so, und er schluchzte, oder es schien nur so, bis sie wirklich einen erwachsenen Mann weinen hörten, einen alten Mann, der auf einer verkohlten Matratze schlief, der seine ganzen Ersparnisse in Tätowierungen angelegt hatte, die zu einem aschfahlen Muster verblasst waren, einen alten Mann, dessen Schamhaar spärlich und grau war, dessen Fleisch schlaff an den Knochen hing, dessen einzige Verbindung zum Leben aus einer simplen Gitarre und dem kläglichen alten Lied »Ich weiß nicht, wo es ist, Sir, aber ich finde es, Sir« bestand und dessen Name nirgends bekannt war, weder in den Weiten der Erde noch in den Weiten seiner Erinnerung, in der er sich, wenn er Selbstgespräche führte, als Chicken Number Two anredete.

Nach eins ertönte die Essensglocke, sie erhielten den Befehl, sich hintereinander mit zehn Schritten Abstand aufzustellen, und marschierten an den Wärtern vorbei, die inzwischen noch verhärmter aussahen, durch den Tunnel. Das Essen bestand aus zwei Sandwiches, eins mit Käse und das andere nur mit Margarine. Der Küchenbulle war ein Fremder, der nichts erzählen wollte. Um kurz nach drei, als sie wieder in ihren Zellen waren, zitierte man sie ins Ausbildungsgebäude, und sie gingen im Gänsemarsch, mit zehn Schritten Abstand, dorthin.

Das Ausbildungsgebäude wurde kaum noch benutzt. Aufgrund von Budgetkürzungen und dem tiefen Misstrauen gegenüber den Auswirkungen, die eine Schulung krimineller Intelligenz haben konnte, waren hier sämtliche Lichter ausgegangen. Das Gebäude hatte sich in ein Geisterhaus verwandelt. Zu ihrer Linken lag der unbeleuchtete, gespenstische Raum für Schreibmaschinenkurse, in dem acht riesige, uralte, unbenutzte Maschinen verstaubten. Im Musikraum gab es keine Instrumente mehr, doch an der Tafel prangten Notenlinien, ein Notenschlüssel und ein paar Noten. Im Geschichtssaal, in den nur aus dem Flur etwas Licht fiel, las Farragut an der Tafel: »Der neue Imperialismus endete 1905, und darauf folgte die Epoche …« Das konnte schon vor zehn oder zwanzig Jahren geschrieben worden sein. Der letzte Klassenraum auf der linken Seite war beleuchtet. Dort herrschte Betriebsamkeit, und über Ransomes und Bumpos Schultern hinweg sah Farragut zwei helle Scheinwerfer auf skelettartigen Ständern, die eine Plastiktanne in funkelndem Weihnachtsschmuck anstrahlten. Unter dem Baum lagen quadratische und rechteckige Pakete, die fachmännisch in buntem Papier verpackt und mit glänzenden Bändern verschnürt waren. Die Klugheit oder Kunstfertigkeit des Menschen, der diesen Raum in Szene gesetzt hatte, erfüllte Farragut mit tiefster Bewunderung. Er horchte auf die Kampfhandlungen von Männern, auf die Sirenen, das Gebrüll von Todfeinden, die sich gegenseitig die Köpfe abrissen, aber das war vorbei, ausgelöscht vom Balsam des Plastikbaums mit seinen glitzernden Kronjuwelen und den ringsum aufgehäuften Schätzen. Farragut stellte sich vor, was für eine Figur er abgeben würde, wenn er in seinem weißen Hemd neben den mit Kaschmirpullovern, Seidenhemden, Zobelmützen, bestickten Pantoffeln und schwerem Männerschmuck gefüllten Paketen stand. Er sah sich im seltsamen Farbspektrum eines Fotos, das seine Frau und sein Sohn in der Diele ihres Hauses in Indian Hill aus dem Umschlag nahmen. Er sah das Spiegelbild des Teppichs, des Tisches, der Vase mit den Rosen, während die beiden ihren Schandfleck, ihr schwarzes Schaf, den Beschmutzer ihrer Familienehre, ihr Verderben in überwältigenden Farben neben einem wunderschönen Baum posieren sahen.

Im Flur stand ein langer lädierter Tisch mit einem Stapel auszufüllender Formulare, die irgendein intelligenter Bursche von draußen fabriziert haben musste. Auf dem Formular wurde erklärt, dass man ein Foto kostenlos an einen vom Häftling bestimmten Empfänger schicken würde. Der Empfänger sollte ein Familienangehöriger sein, doch Lebensgefährtinnen oder homosexuelle Partner waren ebenfalls zulässig. Ein zweiter Abzug und das Negativ würden nach Falconer geschickt, aber jedes weitere Foto musste der Häftling selbst bezahlen. Farragut schrieb in Druckbuchstaben: »Mrs. Ezekiel Farragut. Indian Hill. Southwick, Connecticut. 06998.« Er füllte auch das Formular für den Stone aus, der Serafino DeMarco hieß und aus Brooklyn stammte. Dann betrat er den hell erleuchteten Raum mit dem Baum und den Geschenken.

Die Ironie des Weihnachtsfestes ist immer den seelisch Armen vorbehalten, das Mysterium der Sonnenwende immer dem Rest von uns. Die begnadete Metapher vom Friedensfürsten inmitten des Lichterglanzes, der auch die unerträglichen, fadenscheinigen Weihnachtslieder nichts anhaben können, war plötzlich greifbar; hier, an diesem beschissenen Augustnachmittag, bewies die Legende immer noch ihre Kraft. Ihre Motive waren durchaus lauter. Mrs. Spingarn liebte ihren Sohn aufrichtig und grämte sich über sein grausames, widernatürliches Ende. Die Wärter fürchteten sich aufrichtig vor Chaos und Tod. Die Häftlinge würden kurz das Gefühl haben, mit einem Fuß draußen zu sein.

Unbeirrt von diesem Schauspiel ließ Farragut den Blick durch den Raum schweifen. Er sah eine unbeschriebene Tafel, und darüber hing ein Alphabet, das jemand vor langer Zeit in Spencer-Schrift geschrieben hatte. Die Handschrift war sehr elegant, voller Schleifen, Bögen, Schnörkeln, Schwüngen und einem Querstrich beim »t«, der wie die Balancierstange eines Seiltänzers aussah. Darüber hing eine amerikanische Fahne mit zweiundvierzig Sternen, deren weiße Streifen im Lauf der Zeit den gelben Farbton warmer Pisse angenommen hatten. Man hätte sich etwas Besseres gewünscht, aber das war die Farbe der Fahne, unter der Farragut ins Feld gezogen war. Und dann stand da noch der Fotograf.

Er war schlank und hatte einen schmalen Kopf – ein Dandy, dachte Farragut. Seine Kamera, auf einem Stativ fixiert, war nicht größer als ein Uhrenetui, doch er schien eine besondere Beziehung zu seinem Objektiv zu haben, ja geradezu davon abhängig zu sein. Er schien das zusammengekniffene Auge nur widerwillig davon zu lösen. Seine Stimme klang heiser, aber kultiviert. Es wurden zwei Fotos gemacht. Das erste von dem Formular mit der Häftlingsnummer und der Bestimmungsadresse, und das zweite vom Häftling selbst, mit behutsamer Anleitung des Fotografen.

»Lächeln. Leicht den Kopf heben. Stellen Sie jetzt den rechten Fuß näher zum linken. Das war's.« Als Chicken seinen Platz einnahm und sein Formular hochhielt, lasen alle: »Mr. und Mrs. Weihnachtsmann, Eiszapfenstraße, Nordpol.« Der Fotograf grinste breit und blickte von einem zum anderen, um diesen Scherz mit allen zu teilen, doch plötzlich erfasste er den feierlichen Ernst von Chickens Einsamkeit. Kein Einziger lachte über diese Hieroglyphe des Schmerzes, und Chicken, der in dieser Stille einen Beweis für sein trostloses Dasein erkannte, drehte den Kopf, reckte das hagere Kinn und sagte gut gelaunt: »Von links ist mein Profil am besten.« – »Das war's«, sagte der Fotograf.

Als Farragut an die Reihe kam, überlegte er, welche Rolle er anvisieren sollte. In dem Versuch, wie ein treuer Gatte, ein umsichtiger Vater und ein wohlhabender Bürger auszusehen, setzte er ein breites Lächeln auf und trat in die starke Helligkeit und Hitze der Scheinwerfer.

»Oh, Indian Hill«, sagte der Fotograf. »Das kenne ich. Ich meine, ich bin schon mal dran vorbeigefahren. Arbeiten Sie da?«

»Ja«, sagte Farragut.

»Ich habe Freunde in Southwick«, sagte der Fotograf. »So, das war's schon.«

Farragut trat ans Fenster, von wo er einen guten Blick auf die Zellenblocks B und C hatte. Mit ihren regelmäßigen Fensterreihen sahen sie aus wie eine stillgelegte Baumwollspinnerei in den Nordstaaten. Er hielt hinter den Fenstern nach Flammen und vorüberhuschenden Schatten Ausschau, sah aber bloß einen Mann, der seine Wäsche zum Trocknen aufhängte. Die Tatenlosigkeit im ganzen Gefängnis verwirrte ihn. Sie konnten doch nicht alle durch ihre Nacktheit gedemütigt oder mit dem glitzernden Baum reingelegt worden sein, aber es schien so. Alles wirkte verschlafen. Hatten sich alle in die gleiche Erstarrung geflüchtet, in die er gefallen war, als Chicken seine Matratze anzündete? Er blickte noch einmal zu dem Fremden hinüber, der seine Wäsche aufhängte.

Farragut gesellte sich zu den anderen, die im Flur warteten. Draußen hatte es zu regnen begonnen. Ransome ging von einem zum anderen und sammelte die fotografierten Formulare ein. Die waren jetzt nutzlos, und Farragut beobachtete Ransome voll Interesse, denn dieser Mann war so verschlossen, dass jede seiner Handlungen vermutlich tief blicken ließ. Als er ein Dutzend Formulare eingesammelt hatte, stieg er auf einen Stuhl. Er war von massiger Gestalt, der Stuhl war wackelig, deshalb testete er, ob er nicht umkippen würde. Als er sich sicher fühlte, riss er die Formulare in kleine Fetzen und warf sie wie ein Sämann über die Köpfe und Schultern der anderen. Sein Gesicht strahlte, und er sang *Stille Nacht*. Der Hahnrei fiel mit seinem kräftigen Bass ein, und trotz des Abstands, den sie inzwischen zum Weihnachtsliedersingen hatten, bildeten sie einen kleinen, stimmgewaltigen Chor, der mit Begeisterung von der Jungfrau Maria sang. Das alte Weihnachtslied und die auf ihre Köpfe und Schultern herabschwebenden Papierfetzen weckten an diesem stickigen Regentag keinswegs bittere, sondern ganz unbeschwerte Erinnerungen an irgendwelchen Unfug im Schneegeriesel.

Dann reihten sie sich auf und marschierten hinaus. Im Tunnel standen schon die nächsten Häftlinge und warteten darauf, neben dem Baum fotografiert zu werden. Farragut betrachtete sie so vergnügt und überrascht wie eine Menschenmenge vor dem Kino, die in die nächste Vorstellung will. Doch damit endete seine gute Laune. Sobald sie die Gesichter der Wärter im Tunnel sahen, erkannten sie, dass Weihnachten für sie vorüber war.

Farragut wusch sich sorgfältig und energisch mit kaltem Wasser und beschnupperte sich dann wie ein Hund, roch an seinen Achselhöhlen und seinem Unterleib, ohne herauszufinden, ob er oder Bumpo stank. Walton hatte Dienst, er las in seinen Lehrbüchern. Er nahm an einem Abendkurs für Autohändler teil. Er konnte nicht genau darauf achten, ob sie sich unterhielten. Als Ransome fragte, ob er mit dem Stone Karten spielen dürfe, ließ Walton ihn ungeduldig aus seiner Zelle. »Ich lerne für eine Prüfung. Ich bereite mich auf eine Prüfung vor. Ich weiß, dass ihr euch nicht vorstellen könnt, was das bedeutet, aber wenn ich dabei durchfalle, muss ich das ganze Jahr wiederholen. Hier scheinen alle verrückt zu spielen. Zu Hause kann ich nicht lernen. Das Baby ist krank und schreit die ganze Zeit. Ich bin extra früher gekommen, um im Dienstzimmer zu lernen, aber im Dienstzimmer geht's zu wie im Irrenhaus. Also dachte ich, dass ich hier Ruhe und Frieden finde, aber es herrscht das reinste Tohuwabohu. Spielt Karten, aber haltet die Klappe.«

Farragut ergriff die Gelegenheit und schrie Bumpo an: »Warum zum Teufel wäschst du dich nicht? Ich hab mich von Kopf bis Fuß gewaschen, kann aber nicht riechen, ob ich sauber bin, weil du wie ein Abfallkübel hinter einer Metzgerei stinkst.«

»Ach, tatsächlich?«, brüllte Bumpo. »Dich geilt's also auf, an den Abfallkübeln der Metzgereien rumzuschnuppern.«

»Ruhe, haltet die Klappe«, sagte Walton. »Ich muss für meine Prüfung lernen. Du weißt, was das heißt, Farragut. Wenn ich durchfalle, muss ich noch ein Jahr, aber mindestens ein Semester, mit dem Arsch auf einem harten Stuhl sitzen, um das zu lernen, was ich schon wusste, aber wieder vergessen hab. Und meine Professorin ist ein Miststück. Quatscht, wenn ihr's nicht lassen könnt, aber seid leise.«

»O Bumpo, o Bumpo, lieber Bumpo, allerliebster Bumpo«, raunte Farragut, »was sagt der Fuchs, wenn er morgens in den Hühnerstall kommt?«

»Ich bin eine verschrumpelte Weintraube«, sagte Bumpo.

»O liebster Bumpo«, flüsterte Farragut. »Ich muss dich um einen großen Gefallen bitten. Die Geschichte der modernen Zivilisation ist darauf angewiesen, dass du eine intelligente Entscheidung triffst. Ich hab dich bereitwillig sagen hören, dass du deinen Brillanten einem hungernden Kind oder einem einsamen alten Weib schenken würdest, die von der rücksichtslosen Welt übergangen wurden. Und jetzt bietet sich dir eine viel bedeutendere Gelegenheit. Ich hab die grundlegenden Bestandteile eines Radios – eine Antenne, den Erdanschluss und einen Kupferdrahtempfänger. Ich brauche nur noch einen Kopfhörer und eine Kristalldiode. Das eine hat der Stone, und du hast das andere. Nur so, mit deinem Brillanten, kann der gordische Knoten der Kommunikation, die eine Bedrohung für die Gefängnisbehörde und sogar für die Regierung darstellt, durchschlagen werden. Sie haben achtundzwanzig Geiseln an den Eiern. Ein einziger Fehler unserer Brüder kann Hunderte von uns das Leben kosten. Ein entscheidender Fehler der Gefängnisbehörde kann in jedem Gefängnis dieses Landes oder vielleicht auch der ganzen Welt Aufstände auslösen. Wir sind Millionen, Bumpo, Millionen, und wenn unsere Aufstände erfolgreich sind, können wir die Welt beherrschen, auch wenn du so gut weißt wie ich, Bumpo, dass uns dafür der Grips fehlt. Und weil uns das nötige Gehirnschmalz fehlt, können wir nur auf eine Waffenruhe hoffen, und alles hängt von deinem Stein ab.«

»Pack dein Schwänzchen weg und geh in deine Zelle«, raunte Bumpo.

»Bumpo, Bumpo, lieber Bumpo, Gott hat dir deinen Brillanten gegeben und will, dass du ihn mir gibst. Er ist das Zünglein an der Waage, Bumpo, von dem Millionen Menschenleben abhängen. Das Radio wurde 1895 von Guglielmo Marconi erfunden. Es war die wunderbare Entdeckung der Tatsache, dass auf elektrischen Wellen transportierte Laute in einiger Entfernung wieder in verständliche Laute umgewandelt werden können. Mithilfe deines Brillanten, Bumpo, können wir erfahren, wie stark sie den Leuten in der ›Mauer‹ die achtundzwanzig Eier verdrehen.«

»Sechsundfünfzig«, sagte Bumpo.

»Danke, Bumpo, süßer Bumpo, und wenn wir das wissen, dann wissen wir auch, wie wir das Beste für uns rausholen können, vielleicht sogar unsere Freiheit. Mit deinem Brillanten kann ich ein Radio bauen.«

»Wenn du so ein großer Zauberer bist, warum kannst du dann nicht von hier verschwinden?«, fragte Bumpo.

»Ich rede von Schallwellen, Bumpo, nicht von Fleisch und Blut. Luft. Liebliche Luft. Dünne Luft. Verstehst du? Ich könnte jetzt nicht so leise und geduldig mit dir sprechen, wenn ich nicht glauben würde, dass Mathematik und Geometrie verlogene, falsche Analogien für den menschlichen Charakter sind. Wenn man, wie ich bei dir, in der Natur des Menschen etwas Konvexes entdeckt, ist es ein Fehler, ein konkaves Gegenstück zu erwarten. Es gibt keinen gleichschenkligen Menschen. Ich flehe dich bloß deshalb noch an, Bumpo, weil ich an die unermessliche Vielfalt der menschlichen Natur glaube. Ich brauche deinen Brillanten, um die Welt zu retten.«

Bumpo lachte. Sein Lachen klang aufrichtig und jungenhaft, es war laut und schallend. »Mit so was ist mir noch keiner gekommen. Das ist neu. Die Menschheit retten. Ich hab bloß gesagt, ich würde ein hungerndes Kind oder einen alten Menschen retten. Von der Welt hab ich nichts gesagt. Der Brillant ist zwischen neunzehn- und sechsundzwanzigtausend wert. Im Gegensatz zum Markt ist er verlässlich. Sie hätten mir schon vor Jahren den Finger abgeschnitten, wenn der Stein zum Verhökern nicht zu groß wäre. Es ist ein großer, gut aufgehobener Stein. Ein Angebot wie deins hatte ich noch nie. Ich hatte siebenundzwanzig Angebote, vielleicht auch noch mehr. Natürlich wurde mir hier schon jeder Schwanz und jedes Arschloch angeboten, aber ich lutsche nicht gerne Schwänze und steh auch nicht auf Arschlöcher. Ich hab nichts dagegen, mir einen runterholen zu lassen, aber das ist keine sechsundzwanzigtausend wert. Vor Jahren gab's hier mal einen Wärter – er wurde gefeuert –, der mir eine Kiste Whiskey pro Woche bot. Und noch mehr solches Zeug. Essen von draußen. Jede Menge. Oder den lebenslangen Zigarettenvorrat für einen Kettenraucher. Anwälte. Sie stehen Schlange, um mit mir zu sprechen. Sie versprechen mir Wiederaufnahmeverfahren, garantieren Begnadigung und Entlassung. Ein Wärter hat mir sogar die Flucht in Aussicht gestellt. Ich sollte auf dem Karosserieboden eines Lieferwagens nach draußen gelangen. Das war das Einzige, was mich wirklich interessiert hat. Der Wagen kam dienstags und donnerstags, und er kannte den Fahrer, es war sein Schwager. Er befestigte eine Hängematte am Fahrgestell, die gerade groß genug für mich war. Er zeigte mir alles, und ich legte mich sogar probeweise hinein, aber er wollte den Stein haben, bevor ich draußen war. Natürlich ließ ich mich nicht darauf ein, und die ganze Sache platzte. Aber mir hat noch keiner erzählt, dass ich die Welt retten könnte.« Er betrachtete den Brillanten, drehte ihn lächelnd und bewunderte das darin lodernde Feuer. »Du hast gar nicht gewusst, dass du die Welt retten könntest, was?«, fragte er den Brillanten.

»Ach, warum sollte jemand einen so schönen Ort wie diesen verlassen wollen?«, fragte Chicken. Er schlug ein paar Akkorde auf seiner Gitarre und fuhr dann ohne Musikbegleitung mit seiner Bluegrass-Stimme fort: »Wer sollte einen Aufstand anzetteln, um einen so schönen Ort wie diesen zu verlassen? In der Zeitung liest man, dass überall Arbeitslosigkeit herrscht. Deshalb ist auch der stellvertretende Gouverneur hier drin. Er kriegt draußen keinen Job. Auch berühmte Filmstars, die früher Millionen verdienten, stehen heute mit hochgeschlagenem Mantelkragen um Almosen an, um eine Schale wässrige Bohnensuppe, die einen nicht satt macht und nach der man furzen muss. Auf den Straßen sieht man nur Arme, keiner hat Arbeit, und es regnet die ganze Zeit. Sie überfallen sich gegenseitig wegen einer Brotrinde. Sie stehen eine Woche lang Schlange, um dann zu erfahren, dass sie keinen Job kriegen. Wir stehen dreimal täglich an, um unsere schöne, nährstoffarme warme Mahlzeit zu kriegen, aber draußen auf den Straßen stehen sie acht Stunden, vierundzwanzig Stunden, manchmal ein Leben lang an. Wer will schon einen so schönen Ort wie diesen verlassen, um im Regen Schlange zu stehen? Und wenn sie nicht im Regen Schlange stehen, dann fürchten sie sich vor einem Atomkrieg. Manchmal tun sie auch beides. Ich meine, sie stehen im Regen Schlange und fürchten sich vor einem Atomkrieg, denn wenn es einen Atomkrieg gibt, dann müssen alle sterben und begreifen, dass sie vor den Pforten der Hölle Schlange stehen. Das gilt nicht für uns, Männer. Im Falle eines Atomkriegs werden wir als Erste gerettet. Für uns Kriminelle gibt's überall auf der Welt atombombensichere Bunker. Wir sollen nicht frei rumlaufen. Ich meine, sie lassen erst alles abbrennen, bevor sie uns freilassen, und das wird unsere Rettung sein, Freunde. Lieber verbrennen sie, als uns auf den Straßen rumlaufen zu lassen, denn jeder weiß, dass wir kleine Kinder fressen, alte Weiber in den Arsch ficken und Krankenhäuser voll hilfloser Krüppel niederbrennen. Wer sollte schon einen so schönen Ort wie diesen verlassen wollen?«

»He, Farragut, komm rüber und spiel mit dem Stone Karten«, sagte Ransome. »Lass Farragut raus, Walton, ja? Der Stone will mit ihm Karten spielen.«

»Ich lass ihn raus, wenn ihr ruhig seid«, entgegnete Walton. »Ich muss diese Prüfung bestehen. Versprecht ihr, die Klappe zu halten?«

»Versprochen«, sagte Ransome.

Farraguts Zellentür öffnete sich, und er ging mit seinem Stuhl in der Hand zur Zelle des Stone hinüber. Der Stone grinste wie ein Idiot, und vielleicht war er auch einer. Er gab Farragut die Karten, und Farragut teilte mit den Worten aus: »Eine für dich und eine für mich.« Dann fächerte er sein Blatt auf, doch die vielen Karten waren unhandlich, und ein Dutzend fiel zu Boden. Als er sie aufheben wollte, hörte er eine Stimme – kein Flüstern, sondern eine normale Stimme, die ganz leise gedreht war. Es war das Glasohr – das Zweihundert-Dollar-Hörgerät –, auf eine Radiofrequenz eingestellt. Er sah die vier Batterien in ihrem Segeltuchkorsett und den fleischfarbenen Ohrknopf aus Plastik, aus dem die Stimme zu kommen schien, auf dem Boden liegen. Er hob seine Karten auf und begann, sie mit den Worten »Eine für dich und eine für mich« auf den Tisch zu knallen. Die Stimme sagte: »Für die Fortgeschrittenenkurse in Umgangsspanisch und Kunsttischlerei kann man sich von Montag bis Freitag zwischen fünf und neun Uhr an der Benjamin-Franklin-Highschool, Ecke Elm und Chestnut Street, anmelden.« Dann hörte Farragut Klaviermusik. Es war das düsterste aller Chopin-Präludien – die Musik, die immer in Kriminalfilmen gespielt wird, bevor der tödliche Schuss fällt; die Musik, die bei Männern in seinem Alter das Bild eines kleinen Mädchens mit Zöpfen heraufbeschwört, das eine entsetzliche Stunde lang in einen trostlosen Raum eingesperrt wird, wo es auf dem Klavier das Plätschern kraftloser Wellen und das traurige Wirbeln fallender Blätter zustande bringen soll.

»Den neuesten Meldungen aus der ›Mauer‹, dem Amana-Gefängnis, zufolge«, sagte die Stimme, »sind die Verhandlungen zwischen der Verwaltung und den Häftlingsvertretern noch im Gange. Zum Schutz der Einrichtung stehen Einsatzkräfte bereit, und Berichte über eine wachsende Ungeduld innerhalb der Truppen wurden dementiert. Fünf von den Geiseln haben im Radio und im Fernsehen ausgesagt, dass sie auf Betreiben der Black Muslims Nahrung, Medikamente und ausreichenden Schutz erhalten. Der Gouverneur hat zum dritten Mal erklärt, dass es nicht in seiner Macht stehe, eine Amnestie zu gewähren. Eine letzte Aufforderung zur Freilassung der Geiseln ist ergangen, und die Häftlinge wollen bei Tagesanbruch ihre Antwort verkünden. Sonnenaufgang ist morgen um sechs Uhr achtundzwanzig, doch laut Wettervorhersage ist mit bedecktem Himmel und anhaltendem Regen zu rechnen. – Und jetzt die Lokalnachrichten: Ein zweiundachtzigjähriger Radfahrer namens Ralph Waldo hat an seinem Geburtstag das Golden-Age-Radrennen in Burnt Valley gewonnen. Seine Zeit betrug eine Stunde und achtzehn Minuten. Herzlichen Glückwunsch, Ralph! Mrs. Charles Roundtree aus Hunters Bridge im Nordosten des Staates behauptet, aus solcher Nähe ein unbekanntes Flugobjekt gesehen zu haben, dass ihr der Luftzug beim Wäscheaufhängen den Rock bauschte. Bleiben Sie dran, um nähere Einzelheiten über den Großbrand in Tappansville zu erfahren.« Dann sang eine andere Stimme:

Garroway-Zahnpasta ist gesund,
Ideal für Zähne und Mund.
Garroway-Zahnpasta für ein strahlendes Weiß,
Und das zu einem unglaublichen Preis.

Farragut spielte noch zehn Minuten lang Karten und begann dann zu jammern: »Ich hab Zahnschmerzen. Ich will aufhören. Ich hab Zahnschmerzen.«

»Los, ab in deine Zelle«, sagte Walton. »Ich muss lernen.«

Farragut nahm seinen Stuhl, blieb vor Ransomes Zelle stehen und sagte: »Ich hab ganz furchtbare Zahnschmerzen. Es ist ein Weisheitszahn. Ich bin achtundvierzig und hab immer noch meine Weisheitszähne. Nach dem hier links kann man die Uhr stellen. Der fängt um neun Uhr abends an wehzutun und hört bei Tagesanbruch wieder auf. Morgen bei Tagesanbruch weiß ich, ob die Schmerzen vorbei sind, ob der Zahn rausmuss oder nicht. Bei Tagesanbruch weiß ich Bescheid. So gegen sechs Uhr achtundzwanzig.«

»Danke, Miss America«, sagte Ransome.

Farragut wankte in seine Zelle zurück, legte sich auf seine Pritsche und schlief.

Er hatte einen Traum, der nichts mit diesem Tag zu tun hatte. Sein Traum lief in den lebhaftesten Farben ab, jenen Anilinfarben, die das Auge erst wahrnimmt, wenn dieses Spektrum von einer Kamera herausgefiltert wird. Farragut ist auf einem Kreuzfahrtschiff und erlebt die vertraute Mischung aus Freiheit, Langeweile und Sonnenbrand. Er schwimmt im Pool, trinkt mit den internationalen Gästen mittags in der Bar, vögelt während der Siesta, spielt Deck-Tennis, Paddel-Tennis, geht zwischendurch immer mal schwimmen und ist um vier wieder in der Bar. Er ist richtig geschmeidig und draufgängerisch, und seine Haut bekommt einen Goldton, der in den dunklen Bars und Clubs, in denen er nach seiner Rückkehr zu Mittag essen wird, nicht zur Geltung kommen dürfte. Also ist er träge und fühlt sich angesichts dieser Trägheit nicht ganz wohl. Doch eines Tages nähert sich nach der Siesta von Backbord ein Schoner. Auf dem Schoner werden Flaggen gehisst, deren Bedeutung er nicht versteht. Ihm fällt auf, dass das Kreuzfahrtschiff langsamer wird. Die Bugwelle wird immer kleiner, bis sie völlig verschwunden ist und der Schoner längsseits des riesigen Schiffes geht.

Der Schoner ist gekommen, um ihn abzuholen. Er geht nach unten, klettert über eine Strickleiter an Deck, und während sie davonsegeln, winkt er seinen Freunden auf dem Kreuzfahrtschiff zum Abschied zu – Männern, Frauen und den Musikern des Schiffsorchesters. Er weiß nicht, wem der Schoner gehört und wer ihn dort in Empfang nimmt. Er kann sich nur daran erinnern, dass er an Deck steht und beobachtet, wie das Kreuzfahrtschiff wieder Fahrt aufnimmt. Es ist ein großes, altmodisches Schiff, benannt nach einer Königin, weiß wie eine Braut, mit drei schrägen Schornsteinen und einer schmalen Goldborte am Bug wie bei einem Spielzeugboot. Es kommt aberwitzig vom Kurs ab, schlingert nach Backbord und steuert mit Volldampf auf eine nahe gelegene Insel zu, die aussieht wie eine Atlantikinsel, nur voller Palmen. Dann läuft es auf den Strand auf, kippt nach Steuerbord und geht in Flammen auf, und während er davonsegelt, sieht er über die Schulter hinweg diesen Scheiterhaufen und die gewaltige Rauchsäule. Im Augenblick des Erwachens wurden die leuchtenden Farben des Traumes durch das Grau von Falconer ausgelöscht.

Farragut erwachte vollends. Er ließ den Blick von seiner Uhr zum Fenster wandern. Es war sechs Uhr achtundzwanzig. Es regnete in diesem Teil der Welt und vermutlich auch in der »Mauer«. Tiny hatte ihn geweckt. »Greif nach einer Lucky anstelle von Süßigkeiten«, sagte Tiny. »Chesterfields – die machen zufrieden. Ich geh meilenweit für eine Camel.« Er hatte fünf

Zigaretten in der Hand. Farragut nahm sich zwei. Sie waren locker gestopft, vermutlich mit Cannabis. Er sah Tiny liebevoll an, doch jegliche Zuneigung oder Liebe, die er für den Wärter empfand, prallte an Tinys Verhärmtheit ab. Tinys Augen waren gerötet. Die Falten, die sich von den Nasenflügeln bis zu den Mundwinkeln zogen, sahen aus wie Fahrspuren auf einer unbefestigten Straße, und in seinem Gesicht war kein Leben und keine Empfindsamkeit mehr. Er stolperte den Gang entlang und sagte: »Greif nach einer Lucky anstelle von Süßigkeiten. Ich geh meilenweit für eine Camel.«

Diese Werbeslogans für Zigaretten waren älter als jeder von ihnen. Alle außer dem Stone wussten, was sie da erhalten hatten und was sie damit anstellen mussten, und Ransome half dem Stone. »Zieh dran und behalte den Rauch in der Lunge.« Farragut zündete seine erste an, sog den Rauch ein, hielt ihn in der Lunge und spürte, wie die wahre, kostbare Amnestie der Droge durch seinen Körper strömte. »Wow«, sagte er. »Toller Stoff«, sagte Chicken. Ringsum war ein zufriedenes Stöhnen zu hören. Tiny prallte gegen die Zellenecke und stieß sich den Arm an. »Davon kann ich noch mehr besorgen«, sagte er. Er sank auf seinen Stahlrohrstuhl, vergrub das Gesicht in den Armen und begann zu schnarchen.

Die Amnestie, die Farragut mit dem Rauch ausatmete, bildete eine Wolke – so grau wie die Wolken, die sich vor seinem Fenster zusammenballten – und erhob ihn angenehm über seine erdgebundene Pritsche und alles Irdische. Das Prasseln des Regens hatte etwas Sanftmütiges – etwas, das seiner streitlustigen Mutter, die in Operngarderobe Benzin zapfte, gefehlt hatte. Plötzlich hörte er das Piepen und Brummen aus dem Hörgerät des Stone und eine schläfrige Ermahnung von Ransome. »Leiser, los, dreh's leiser, um Himmels willen!« Dann hörte er die Stimme einer Frau, nicht die Stimme einer jungen oder alten Frau, dachte er im Überschwang des Cannabisrausches, nicht die Stimme der Schönheit oder der Unansehnlichkeit, sondern die Stimme einer Frau, die einem irgendwo auf der Welt eine Schachtel Zigaretten verkaufen könnte.

»Hallo, Leute! Hier spricht Patty Smith, in Vertretung von Eliot Hendron, der, wie Sie vielleicht noch nicht wissen, von den Ereignissen der letzten halben Stunde überwältigt wurde. Die ›Mauer‹ ist wieder unter Kontrolle der staatlichen Truppen. Die schriftliche Aufforderung zur Freilassung der Geiseln, in der die Verwaltung auch um eine Fristverlängerung bat, wurde von den Vertretern der Häftlinge um sechs Uhr früh verbrannt. Die Häftlinge stimmten einer Fristverlängerung zu, lehnten aber alles andere ab. Anscheinend wurden Vorbereitungen zur Tötung der Geiseln getroffen. Um sechs Uhr acht begann der Gasangriff, und zwei Minuten später folgte der Schießbefehl. Die Aktion dauerte sechs Minuten. Es ist noch zu früh, um die Zahl der Toten zu schätzen, aber mein Kollege Eliot, der letzte Augenzeuge in Hof K, rechnet mit mindestens fünfzig Toten und fünfzig Schwerverletzten. Die Nationalgarde hat den Lebenden sämtliche Kleidungsstücke ausgezogen. Sie liegen jetzt nackt in Regen und Schlamm und erbrechen sich infolge des CS-2. Entschuldigen Sie, meine Damen und Herren, entschuldigen Sie.« Die Nachrichtensprecherin weinte. »Ich glaube, ich muss zu Eliot auf die Krankenstation.«

»Sing uns ein Lied, Chicken Number Two«, sagte Ransome. »Los, sing uns was vor.«

Es dauerte eine Weile, bis Chicken die Wirkung des Cannabis halbwegs abgeschüttelt hatte, nach seiner Gitarre griff und vier starke Akkorde spielte. Dann begann er zu singen. Seine Stimme klang laut und künstlich in ihrer Bluegrass-Eintönigkeit, aber gerade deshalb hatte sie die Grobkörnigkeit des Mutes. Er sang:

Wenn ich bloß ein trauriges Lied singen kann,
Dann sing ich lieber gar nicht.
Wenn ich bloß ein trauriges Lied singen kann,
Dann sing ich lieber gar nicht.
Ich will nicht von den Toten und Sterbenden singen,
Ich will nicht von den Messern und Schüssen singen,
Ich will nicht von Gebeten und Tränen singen.
Wenn ich bloß ein trauriges Lied singen kann,
Dann sing ich lieber nie mehr.

Sechs

Wieder einmal standen sie nackt oder halbnackt da, warteten auf ihre neue Häftlingskleidung und reihten sich vor den Schildern mit der Aufschrift EXTRA LARGE, LARGE, MEDIUM und SMALL auf, nachdem sie das alte Gefängnisgrau ausgezogen und in einen großen Behälter geworfen hatten. Die neue Kleidung war in unverbindlichem Grün gehalten, nicht gerade ein sattes Grün, dachte Farragut, auch kein pfingstliches Grün oder das Grün der langen Sommermonate, aber immerhin ein Farbton, der etwas freundlicher war als das Grau der lebenden Toten. Farragut sang als Einziger eine Strophe von »Greensleeves«, und der Hahnrei lächelte als Einziger. Angesichts der Feierlichkeit dieses Farbwechsels wäre ihnen jeglicher Zweifel oder Sarkasmus nichtig und verachtenswert vorgekommen, denn für dieses Hellgrün waren die Männer von Amana gestorben oder hatten nackt und sich erbrechend stundenlang im Schlamm gelegen. Das war eine Tatsache. Seit der Revolte herrschte keine so strenge Disziplin mehr, und ihre Post wurde nicht jedes Mal genau unter die Lupe genommen, doch ihr Arbeitslohn entsprach weiterhin nur einer halben Schachtel Zigaretten pro Tag, und dieser Uniformwechsel war der größte Erfolg des Aufstands in der »Mauer«. Keiner von ihnen würde so dumm sein zu sagen: »Dafür sind unsere Brüder gestorben«, und fast keiner war so dumm, dass er nichts von der unermesslichen Habgier hinter dem Kleidungswechsel der Häftlinge ahnte, der auf Kosten der Allgemeinheit ging und dem Profit einer Handvoll Männer diente, damit sie länger vor den Kleinen Antillen schnorcheln, sich auf ihren Yachten einen blasen lassen oder sich sonstigen Vergnügungen hingeben konnten. Dieser Kleidungswechsel stand unter einem besonderen Stern.

Er gehörte zu einer Atmosphäre der Amnestie, die sich über Falconer gelegt hatte, nachdem die Revolte in der »Mauer« niedergeschlagen worden war. Marshack hatte seine Pflanzen wieder mit dem Draht aufgehängt, den Farragut gestohlen hatte, und die geschliffene Schreibmaschinentype war unentdeckt geblieben.

Als die neue Montur verteilt war, wurden Änderungen in Auftrag gegeben. Die meisten Männer wollten sich ihre Kleidung enger machen lassen. Es dauerte vier Tage, bis es grünen Zwirn gab, und innerhalb einer Stunde war alles ausverkauft, doch Bumpo und Tennis, die beide nähen konnten, ergatterten eine Rolle und waren eine Woche lang damit beschäftigt, Änderungen und Anproben vorzunehmen. »Klopf, klopf«, sagte der Hahnrei, und Farragut bat ihn herein, obwohl er noch nie besonders großen Wert darauf gelegt hatte, ihn zu sehen. Er wollte einfach mal eine andere Stimme als die aus dem Fernsehen hören und in seiner Zelle die Anwesenheit eines anderen Mannes, eines Schicksalsgenossen, spüren. Der Hahnrei war eine Notlösung, doch es blieb Farragut nichts anderes übrig. Der Hahnrei hatte sich seine neue Kleidung so eng schneidern lassen, dass es schmerzhaft sein musste. Der Hosenboden schnitt ihm wie der Sattel eines Rennrads in den Hintern, und Farragut sah, dass ihm die Genitalien wehtaten, denn beim Hinsetzen zuckte er zusammen. Trotz all dieser Schmerzen gibt es nichts Verlockendes zu sehen, dachte Farragut unbarmherzig, doch seine Ansichten über den Hahnrei waren meistens unbarmherzig. Als sein Mitgefangener sich setzte, um wieder über seine Frau zu reden, dachte Farragut, dass der Hahnrei ein aufblasbares Ego besaß. Während er sich anschickte zu reden, schien er mit Gas vollgepumpt zu werden. Farragut hatte das Gefühl, dass diese Aufblähung mit Händen zu greifen war und der aufschwellende Hahnrei den Descartes-Band vom Tisch stoßen, den Tisch an die Gitterstäbe drücken, die Toilette aus der Verankerung reißen und die Pritsche, auf der er lag, zermalmen würde.

Farragut wusste, dass die Geschichte des Hahnreis geschmacklos sein würde, doch er wusste nicht, welche Bedeutung er Geschmacklosigkeiten beimessen sollte. Sie existierten, sie waren unausrottbar, aber das Licht, das sie warfen, entsprach nicht ihrer Bedeutung.

Der Hahnrei behauptete stets, über eine ergiebige Informationsquelle zu verfügen, doch die Fakten, die er vortrug, verstärkten bloß Farraguts Desinteresse, sein Misstrauen und seine Verzweiflungsfähigkeit. All das gehörte zu seinem Naturell und musste vermutlich weiterentwickelt werden. Hast und ungezügelter Optimismus konnten verachtenswert sein, deshalb protestierte er nicht, als sich der Hahnrei räusperte und zu sprechen begann.

»Wenn du mich in Sachen Ehe um Rat fragen würdest, würd ich dir empfehlen, nicht zu viel Wert aufs Ficken zu legen. Ich glaube, ich hab sie geheiratet, weil sie so gut ficken konnte – ich meine, sie war meine Kragenweite, sie kam im richtigen Moment, und jahrelang lief alles bestens. Aber als sie anfing, mit jedem rumzuficken, wusste ich nicht, was ich machen sollte. Von der Kirche konnte ich keinen Rat kriegen, und die Gesetze sagten bloß, ich sollte mich scheiden lassen, aber was war dann mit den Kindern? Die wollten nicht, dass ich gehe, auch nicht, als sie erfuhren, was sie so trieb. Sie hat sogar mit mir darüber geredet. Als ich mich darüber beschwerte, dass sie mit jedem bumste, hielt sie mir vor, dass sie es auch nicht leicht hätte. Sie sagte, es wäre ein sehr einsames, gefährliches Leben, jedem Dahergelaufenen den Schwanz zu lutschen. Dazu bräuchte man großen Mut. Das hat sie tatsächlich gesagt. Sie hielt mir eine richtige Standpauke. In Filmen und Büchern wär das Ganze immer faszinierend und kinderleicht, aber sie hätte mit allen möglichen Problemen zu kämpfen. Sie erzählte mir, dass sie mal, als ich unterwegs war, abends mit ein paar Bekannten in ein Restaurant mit dazugehöriger Bar ging. In North Dakota haben wir das Gesetz, dass in einem Restaurant Essen und Alkoholtrinken räumlich getrennt stattfinden müssen, und sie hatte sich nach einem Drink gerade zum Essen gesetzt. Aber an der Bar saß ein unglaublich gut aussehender Mann. Sie warf ihm durch die Tür einen vielversprechenden Blick zu, den er sofort erwiderte. Du weißt schon, was ich meine. So einen lüsternen Blick.

Dann erzählte sie, sie hätte ihren Bekannten mit lauter Stimme erklärt, dass sie keinen Nachtisch wollte, sondern zu ihrem leeren Haus zurückfahren würde, um ein Buch zu lesen. Das hätte sie bloß gesagt, damit er es hörte und wusste, dass er weder mit einem Ehemann noch mit Kindern zu rechnen brauchte. Sie kannte den Barkeeper, und der würde ihm ihre Adresse geben. Also fuhr sie nach Hause und zog einen Morgenrock an, und dann klingelte es an der Tür, und er stand vor ihr. Schon in der Diele küsste er sie, legte ihre Hand auf seinen Schwanz und ließ die Hose runter, alles schon in der Diele, und da stellte sie fest, dass er zwar sehr gut aussah, aber auch äußerst schmutzig war. Sie sagte mir, dass er sich wahrscheinlich einen Monat lang nicht gebadet hatte. Als sie das roch, kühlte ihre Leidenschaft ab, und sie überlegte, wie sie ihn unter die Dusche kriegen sollte.

Er küsste sie weiter und zog sich aus und roch immer schlimmer, sodass sie ihn schließlich fragte, ob er vielleicht ein Bad nehmen wollte. Auf einmal wurde er wütend und sagte, er hätte es auf eine Fotze abgesehen, nicht auf eine Mutter, wenn er ein Bad bräuchte, würde ihm das seine Mutter schon sagen. Er würde sich in den Kneipen nicht an Weiber ranmachen, um sich von ihnen sagen zu lassen, wann er ein Bad bräuchte, wann er sich die Haare schneiden und wann er sich die Zähne putzen sollte. Dann zog er sich wieder an und ging, und das erzählte sie mir, um zu zeigen, dass eine Frau, die nichts anbrennen lässt, eine Menge Mut braucht.

Aber ich hab mich auch mies aufgeführt. Als ich mal von einer Tour zurückkam, sagte ich bloß Hallo und ging dann rauf, um zu scheißen, und während ich so dasaß, fiel mir der große Stapel Jagd- und Angelzeitschriften neben der Toilette auf. Und als ich fertig war, zog ich die Hose hoch und brüllte sie wegen des offenbar an Verstopfung leidenden Anglers an, mit dem sie zur Zeit vögelte. Ich brüllte immer weiter. Ich sagte, es sähe ihr ähnlich, sich mit einem Idioten einzulassen, der weder eine Angel auswerfen noch scheißen könnte. Ich könnte mir gut vorstellen, wie er mit hochrotem Kopf dasäße und alles über den Fang des furchtlosen Muskellunge in stürmischen nördlichen Gewässern läse. Das wär genau das, was sie verdient hätte, ein Blick würde ausreichen, um zu wissen, dass es ihr Schicksal wäre, von einem dieser pickligen Tankwarte gebumst zu werden, die das Angeln nur aus Zeitschriften kennen und nicht mal richtig scheißen können. Sie weinte ununterbrochen, und etwa eine Stunde später fiel mir ein, dass ich diese ganzen Jagd- und Angelzeitschriften abonniert hatte, und als ich sagte, dass es mir leid täte, war ihr das ganz egal, und ich fühlte mich beschissen.«

Farragut sagte nichts – er sagte selten etwas zum Hahnrei –, und der Hahnrei kehrte in seine Zelle zurück und schaltete sein Radio ein.

An einem Dienstagmorgen bekam Ransome Durchfall, und am Mittwochnachmittag hatte es alle bis auf den Stone erwischt. Chicken behauptete, das komme von dem Schweinefleisch, das sie die ganze Woche gegessen hatten. Er behauptete, aus seinem Fleisch sei eine Fliege herausgeflogen. Er behauptete, die Fliege gefangen zu haben, und wollte sie jedem zeigen, der ihm nicht glaubte, aber keiner wollte sie sehen. Alle wollten sich krankschreiben lassen, doch Walton und Goldfarb erklärten, die Krankenstation sei überlastet, und in den nächsten zehn Tagen könne keiner einen Termin bei einem Arzt oder Pfleger bekommen. Genau wie die anderen hatte Farragut Durchfall und Fieber. Am Donnerstagmorgen wurde ihnen in ihren Zellen eine große Dosis Schmerzmittel verabreicht, die ihnen eine einstündige Amnestie von Falconer brachte, aber gegen den Durchfall machtlos zu sein schien. Am Freitagnachmittag kam über Lautsprecher eine Durchsage. »ZWISCHEN NEUN UND ACHTZEHN UHR WIRD DEN INSASSEN DER REHABILITATIONSEINRICHTUNG EIN VORBEUGENDER IMPFSTOFF GEGEN DIE AUSBREITUNG DER GRIPPE VERABREICHT, DIE IN MANCHEN STÄDTEN IM NORDOSTEN EPIDEMISCHE AUSMASSE ANGENOMMEN HAT. DIE HÄFTLINGE WERDEN AUFGERUFEN. DIE IMPFUNG IST VERBINDLICH, ES KÖNNEN WEDER ABERGLÄUBISCHE NOCH RELIGIÖSE BEDENKEN BERÜCKSICHTIGT WERDEN.«

»Sie wollen uns als Versuchskaninchen benutzen«, sagte Chicken. »Ich weiß Bescheid. Hier gab's mal einen Mann mit Kehlkopfentzündung. Sie hatten ein neues Medikament für ihn, eine Spritze, die gaben sie ihm zwei, drei Tage, und danach schafften sie es nicht mal mehr, ihn auf die Krankenstation zu bringen, bevor er starb. Dann war da dieser Bursche mit dem Tripper, den haben sie geimpft, bis ihm die Eier anschwollen, die wurden so groß wie Basketbälle und schwollen immer weiter an, sodass sie ihn auf einer Trage rausschleppen mussten, auf der sich seine Rieseneier unter der Decke wölbten. Und dann gab's noch den Kerl mit den löchrigen Knochen, dem das Mark aus den Knochen quoll, wodurch er ganz schwach wurde, also gaben sie ihm diese Spritzen, diese noch nicht erprobten Spritzen, und er wurde zu Stein, er verwandelte sich in Stein, stimmt's, Tiny? Tiny, du kannst doch bestätigen, dass die Geschichte von dem Burschen mit den löchrigen Knochen, der zu Stein wurde, stimmt.«

»Tiny ist nicht da«, sagte Walton. »Tiny kommt erst am Samstag wieder.«

»Also, Tiny wird's euch bestätigen, wenn er wieder da ist. Er hat sich in Stein verwandelt. Er war wie aus Zement – aus Stein. Tiny hat ihm seine Initialen in den Arsch geritzt. Er hat sich direkt vor unseren Augen in Stein verwandelt. Und dann die Verrückten. Wenn sie einen für verrückt halten, geben sie ihm diese grüne Spritze – gelblich-grün ist das Zeug –, und wenn's schiefgeht, wird man davon erst richtig verrückt. Wie dieser Typ, der behauptete, er könnte auf seinen Zehennägeln die Nationalhymne spielen – das hat er den ganzen Tag gemacht –, und dann gaben sie ihm diese Spritze. Erst hat er sich ein Stück vom Ohr abgerissen – ich weiß nicht mehr, von welchem –, und dann hat er sich die Finger in die Augen gebohrt und sich geblendet. Stimmt doch, Tiny, oder, dass sie den Verrückten dieses gelblich-grüne Zeug geben?«

»Tiny ist nicht da«, sagte Walton. »Er kommt erst am Samstag wieder, und ich hab langsam die Nase voll von euch. Zu Hause hab ich eine Frau und ein Baby, die diesen Impfstoff brauchen, aber ich kann nirgends welchen für sie auftreiben. Ihr kriegt Medikamente, die sich nicht mal ein Millionär kaufen kann, und habt nichts anderes zu tun, als euch zu beschweren.«

»Ach, was soll's«, sagte Chicken. »Ich nehme alles, was sie mir geben, solange es umsonst ist, aber ich bin kein Versuchskaninchen.«

Am Samstagnachmittag wurden sie geimpft – nicht auf der Krankenstation, sondern im Vorratslager vor den Schaltern EXTRA LARGE, LARGE, MEDIUM und SMALL. Fünfzehn oder zwanzig Leute, deren Glaube es ihnen verbot, Medikamente einzunehmen, wurden neben dem Altkleiderbehälter eingesperrt, und Farragut fragte sich, ob er irgendwelche religiösen Überzeugungen hatte, für die er bereit wäre, Isolation zu erdulden. Es gab seine geistige und chemische Abhängigkeit von Drogen, wegen der er wahrscheinlich jemanden umgebracht hätte. Plötzlich wurde ihm bewusst, dass er während der dreitägigen Revolte und der drei Grippetage kein Methadon erhalten hatte. Er begriff gar nichts mehr. Einer der Pfleger, die sie impften, war der Mann, der ihm das Methadon gegeben hatte. Als Farragut den Ärmel aufkrempelte und seinen Arm der Nadel darbot, fragte er: »Warum hab ich mein Methadon nicht bekommen? Das verstößt gegen das Gesetz. In meinem Urteil heißt es, ich habe einen Anspruch auf Methadon.«

»Du bist ein dummer Idiot«, sagte der Pfleger freundlich. »Wir haben uns schon gefragt, wann du's merkst. Du kriegst seit fast einem Monat Placebos. Du bist clean, mein Freund, du bist clean.« Er verabreichte Farragut die Spritze, und Farragut zuckte bei diesem fremden, unnatürlichen Schmerz leicht zusammen und stellte sich vor, wie der Impfstoff durch seine Adern strömte.

»Das kann doch nicht sein«, sagte Farragut, »das kann nicht stimmen.«

»Rechne nach«, erwiderte der Pfleger, »zähl einfach die Tage. Und jetzt geh weiter!« Farragut war sprachlos. Er ging zur Tür, wo Chicken wartete. Farraguts sonderbare Kleingeistigkeit zeigte sich darin, dass er der Gefängnisbehörde nicht den Erfolg gönnte, der drei fachgerechten Entziehungskuren versagt geblieben war. Die Gefängnisbehörde konnte nicht recht haben. Er konnte sich nicht einmal zur Überwindung der Sucht beglückwünschen, da er gar nichts davon bemerkt hatte. Plötzlich stieg vor seinem geistigen Auge ein Bild seiner Familie, seiner verhassten Herkunft, auf. Hatten ihm diese Schmierenkomödianten – der alte Mann in seiner Jolle, die Frau, die in ihrer Operngarderobe Benzin zapfte, sein frommer Bruder – einen reinen, unfertigen, bleibenden Sinn für Beharrlichkeit vermittelt?

»Ich hab eine wichtige Entscheidung getroffen«, sagte Chicken und hakte sich bei Farragut unter. »Eine sehr wichtige Entscheidung. Ich verkaufe meine Klampfe.« Angesichts dessen, was man ihm gerade gesagt hatte, empfand Farragut Chickens Entscheidung als völlig bedeutungslos, und dass sich Chicken an seinen Arm klammerte, wirkte verzweifelt. Chicken kam ihm ungeheuer schwach und alt vor. Farragut konnte ihm nicht sagen, dass er clean war.

»Warum willst du die Klampfe verkaufen, Chicken?«, fragte er. »Warum willst du so was tun?«

»Dreimal darfst du raten«, sagte Chicken. Farragut musste

den Arm um ihn legen, um ihn den Tunnel hinauf zu ihrem Block zu lotsen.

Es war totenstill. Das Fieber erinnerte Farragut an das Glücksgefühl eines Drogenrauschs, ein Leben, dem er offenbar abgeschworen hatte. Er war benommen. Plötzlich geschah etwas Seltsames. In seiner offenen Zellentür sah er einen jungen Mann mit luftigem Haar und makellosem Habit, der ein kleines Tablett mit silbernem Kelch und Ziborium trug. »Ich bin gekommen, um mit Ihnen das heilige Abendmahl zu feiern«, sagte er. Farragut erhob sich von seiner Pritsche. Der Fremde betrat die Zelle. Als er näher kam, nahm Farragut seinen sauberen Geruch wahr und fragte: »Soll ich knien?«

»Ja, bitte«, sagte der Geistliche. Farragut kniete sich auf den abgetretenen Beton, diesen Belag eines alten Highways. Der Gedanke, dies könnten seine Sterbesakramente sein, beunruhigte ihn nicht. Er dachte an gar nichts und versenkte sich völlig in diese verbale Pavane, die man ihm als Jugendlichem beigebracht hatte. »Heilig, heilig, heilig«, sagte er mit lauter, männlicher Stimme. »Himmel und Erde sind erfüllt von deiner Herrlichkeit. Gepriesen seist du, o Herr.« Nachdem ihm der Friede Gottes, welcher höher ist als alle Vernunft, zugesprochen worden war, sagte er: »Danke, Pater«, und der Geistliche erwiderte: »Gott segne dich, mein Sohn.« Doch als der junge Mann seine Zelle und den Block verlassen hatte, rief Farragut: »Wer zum Teufel war das denn, Walton? Wer zum Teufel war das?«

»Irgend so ein Weltverbesserer«, sagte Walton. »Ich muss lernen.«

»Und wie ist der hier reingekommen? Ich hab nach keinem Geistlichen verlangt. Er war nur bei mir. Warum hat er gerade mich ausgesucht?«

»Hier geht alles den Bach runter«, sagte Walton. »Kein Wunder, dass es Aufstände gibt. Die lassen jeden rein. Vertreter – für Lexika, Bratpfannen, Staubsauger.«

»Ich schreibe dem Gouverneur«, sagte Farragut. »Wenn wir nicht rauskönnen, warum kann dann jeder reinkommen? Sie fotografieren einen, sie geben einem das heilige Abendmahl, sie fragen einen nach dem Mädchennamen der Mutter.«

Spät in der Nacht wachte er auf. Die Toilette hatte ihn geweckt. Er schaute nicht auf die Uhr, sondern trat nackt ans Fenster. Die Zufahrt war hell erleuchtet. Vor dem Haupteingang stand mit laufendem Motor ein Kombi. Auf dem Wagendach war ein Gepäckträger befestigt. Dann sah er zwei Männer und eine Frau die Treppe herunterkommen, alle drei in Tennisschuhen. Sie trugen einen altmodischen Holzsarg mit einem Kreuz auf dem Deckel. Seine Form ließ ihn an einen Byzantiner denken, mit breiten, abfallenden Schultern und schmalen Hüften. Der Inhalt hatte kein großes Gewicht. Mühelos hoben sie den Sarg auf den Dachgepäckträger, befestigten ihn und fuhren davon. Farragut legte sich wieder hin und schlief.

Als Tiny am Sonntagnachmittag wieder zum Dienst kam, brachte er Farragut ein halbes Dutzend Tomaten mit und bat ihn, Chicken zu sich in die Zelle zu nehmen. Der alte Mann war pflegebedürftig. Tiny erklärte, die Krankenstation sei überfüllt, man habe schon im Wartezimmer, im Verwaltungsbüro und in den Fluren zusätzliche Betten aufgestellt, doch das reiche nicht aus. Farragut aß seine Tomaten und willigte ein. Er machte sich sein Bett auf der oberen Koje, und Tiny holte Laken und eine Decke und richtete für Chicken ein Bett her. Als Tiny ihn den Gang entlangführte, wirkte Chicken schläfrig und roch ziemlich übel.

»Ich wasche ihn, bevor ich ihn in das saubere Bett lege«, sagte Farragut.

»Wie du willst«, erwiderte Tiny.

»Ich wasche dich«, sagte Farragut zu Chicken.

»Brauchst du nicht«, sagte Chicken, »aber ich hab's nicht geschafft, unter die Dusche zu gehen.«

»Ich weiß, ich weiß.« Farragut ließ eine Schüssel voll Wasser laufen, holte einen Lappen und zog Chicken das Krankenhemd aus.

Die berühmten Tätowierungen, für die er das in seiner Zeit als erstklassiger Fassadenkletterer angehäufte Vermögen verschleudert hatte, begannen direkt am Hals, wie ein gut geschnittener Pullover. Die Farben waren verblasst, und selbst das Blau der Umrisse hatte sich grau gefärbt. Was für ein prächtiger Anblick musste er einmal gewesen sein! Seine Brust und den oberen Teil des Bauchs nahm das Porträt eines Pferdes namens Lucky Bess ein. Auf dem linken Arm prangten ein Schwert, ein Schild, eine Schlange und der Schriftzug »Lieber Tod als Schande«. Darunter stand, von Blumen umkränzt, das Wort »Mutter«. Auf dem rechten Arm war eine frivole Tänzerin zu sehen, die wahrscheinlich das Becken nach vorn stieß, wenn er den Bizeps spannte. Sie stand vor den Köpfen einer Menge, die seinen Unterarm bedeckte. Den größten Teil seines Rückens zierte eine weite Gebirgslandschaft mit aufgehender Sonne, und darunter las Farragut in verblasster, klobiger Frakturschrift, die sich bogenförmig über den Hintern spannte: »Wer hier eintritt, lasse alle Hoffnung fahren.« Seinen Lenden entsprangen Schlangen, die sich beide Beine hinabringelten, mit seinen Zehen als Giftzähnen. Der Rest seines Körpers war mit dichtem Blattwerk bedeckt.

»Warum hast du deine Klampfe verkauft, Chicken?«, fragte Farragut.

»Für zwei Schachteln Mentholzigaretten«, sagte Chicken.

»Aber warum – warum?« – »Zu viel Neugier kann gefährlich sein«, sagte Chicken. »Warum hast du deinen Bruder umgebracht, Zeke?«

Farragut dachte, dass es zu dem Unfall, der als Mord bezeichnet wurde, gekommen war, weil er seine Familie, wenn er sich an sie erinnerte oder von ihr träumte, immer von hinten sah. Jedes Mal stapften sie empört aus Konzertsälen, Theatern, Sportstadien oder Restaurants, und er, als der Jüngste, ging stets am Schluss. »Wenn Koussevitzky denkt, ich hör mir das an ...« – »Dieser Schiedsrichter ist korrupt.« – »Das Stück ist dekadent.« – »Ich kann es nicht ausstehen, wie der Kellner mich angeschaut hat.« – »Der Verkäufer war unverschämt.« Und so weiter. Sie sahen sich kaum etwas bis zum Ende an, und deshalb konnte er sich nur daran erinnern, wie sie aus irgendeinem Grund in nassen Regenmänteln dem Ausgang zustrebten. Ihm war schon der Gedanke gekommen, dass sie vielleicht an schrecklicher Klaustrophobie litten und diese Angst als moralische Entrüstung tarnten.

Sie waren auch sehr wohltätig, vor allem die Frauen. Ständig sammelten sie Geld, um für Leute, die in Mietskasernen wohnten, ausgemergelte Hühnchen zu kaufen, oder um Privatschulen einzurichten, die oft bankrott gingen. Vermutlich bewirkten sie auch Gutes, doch Farragut hatte ihren Edelmut immer als äußerst peinlich empfunden, und er wusste genau, dass einige der Leute aus den Mietskasernen mit den ausgemergelten Hühnchen nichts anfangen konnten. Farraguts einziger Bruder Eben besaß beide familiären Wesenszüge. Er fand die meisten

Kellner, Barkeeper und Verkäufer unverschämt, und wenn man sich mit ihm zum Mittagessen in einem Restaurant traf, musste man fast immer mit einer Szene rechnen. Eben verschenkte zwar keine Hühnchen, doch er hatte Farragut mitgeteilt, dass er am Samstagmorgen den Alten im Twin-Brooks-Pflegeheim etwas vorlesen werde. An diesem Samstag fuhr Farragut mit Marcia zu Eben und Carrie raus aufs Land. Die beiden Brüder hatten sich seit über einem Jahr nicht mehr gesehen. Eben wirkte schwergewichtig, ja geradezu korpulent. Das Leben seiner beiden Kinder war voller Tragik, und es ärgerte Farragut, dass Eben diese Tragödien bloß der Natur des Lebens zuschrieb. Bei ihrer Ankunft wollte sich Eben gerade auf den Weg zum Pflegeheim machen, und Farragut begleitete seinen Bruder.

Das Twin-Brooks-Pflegeheim war ein Komplex eingeschossiger Gebäude mit einem so herrlichen Blick auf einen Fluss und die sich dahinter erhebenden Berge, dass Farragut sich fragte, ob diese Weite die Sterbenden eher tröstete oder verbitterte. Als sie das Hauptgebäude betraten, war die Hitze erdrückend, und während Farragut seinem Bruder durch den Flur folgte, fiel ihm auf, wie stark parfümiert die überhitzte Luft war. Mit seiner langen Nase roch er nacheinander die Imitationen all der erregenden Düfte von Frühling und frischem Grün. Aus den Toiletten wehte Kieferndust. Die Zimmer dufteten nach Rosen, Glyzinien, Nelken und Zitronen. Doch all das hatte etwas so Künstliches, dass man sich die Fläschchen und Dosen, in denen diese Düfte aufbewahrt wurden, mühelos auf den Regalen eines Wandschranks vorstellen konnte.

Die Sterbenden – und so musste man sie bezeichnen – waren ausgezehrt.

»Ihre Gruppe wartet im Gartenzimmer«, sagte ein Pfleger

zu Eben. Sein schwarzes Haar glänzte, sein Teint war blässlich, und er warf Farragut den Blick eines Strichers zu. Das Zimmer, das sie betraten, hieß vermutlich deshalb Gartenzimmer, weil die Möbel aus grün gestrichenem Eisen waren und irgendwie an Gärten erinnerten. Die Tapete zeigte eine Gartenlandschaft. Es waren acht Patienten da, die meisten im Rollstuhl. Einer von ihnen benutzte ein Gehgestell. Eine Frau war blind, und ihre Beine waren am Oberschenkel amputiert. Eine andere Blinde hatte sehr viel Rouge aufgelegt. Ihre Wangen leuchteten rot. Farragut hatte so etwas bei alten Frauen schon öfter erlebt und fragte sich, ob es ein Altersspleen war – dabei hatte sie gar nicht sehen können, was sie tat.

»Guten Morgen, meine Damen und Herren«, sagte Eben. »Das ist mein Bruder Zeke. Wir lesen weiter in *Romola* von George Eliot. Fünftes Kapitel. ›Die Via de' Bardi, eine in der Geschichte von Florenz bedeutende Straße, liegt in Oltrarno, das heißt in jenem Teil der Stadt, der den südlichen Teil des Flussufers einnimmt. Sie erstreckt sich vom Ponte Vecchio bis zur Piazza de' Mozzi, von der der Ponte alle Grazie ausgeht. Ihre rechte, von Häusern und Mauern gesäumte Seite liegt an einem ziemlich steilen Abhang der Anhöhe, die im fünfzehnten Jahrhundert Bogoli-Hügel genannt wurde. Dort befand sich der berühmte Steinbruch, aus dem die Stadt ihre Pflastersteine bezog. Der Abhang war von unbeständiger Festigkeit, was bei starken Regenfällen gefährlich werden konnte …‹«

Die Blinden ließen die nötige Aufmerksamkeit vermissen. Die stark geschminkte Frau schlief ein und schnarchte leise, aber unüberhörbar. Die Beinamputierte rollte nach ein, zwei Seiten aus dem Zimmer. Eben las den Halbtoten, den Verstümmelten, den Blinden und den Sterbenden weiter vor. Angesichts von

Farraguts Leidenschaft für blauen Himmel fand Eben seinen Bruder verachtenswert, obwohl sie sich so ähnlich sahen, dass man sie für Zwillinge halten konnte. Farragut wollte seinen Bruder nicht ansehen und hielt den Blick auf den Boden gerichtet. Eben las das Kapitel zu Ende, und als sie gingen, fragte ihn Farragut, warum er *Romola* ausgewählt habe.

»Sie haben sich dafür entschieden«, sagte Eben.

»Aber die Frau mit dem Rouge ist doch eingeschlafen«, entgegnete Farragut.

»So was kommt oft vor«, sagte Eben. »So alten Menschen macht man keine Vorwürfe mehr. Man nimmt es ihnen nicht übel.«

Auf der Rückfahrt saß Farragut so weit entfernt von seinem Bruder wie möglich. Marcia öffnete ihnen die Tür. »Ach, es tut mir furchtbar leid, Eben«, sagte sie, »aber deine Frau ist völlig außer sich. Wir haben über die Familie gesprochen, und da ist ihr etwas eingefallen, oder ich habe etwas gesagt, das sie zum Weinen gebracht hat.«

»Sie weint ständig«, sagte Eben. »Beachte sie einfach nicht. Sie weint bei Umzügen, bei Rockmusik; letztes Jahr hat sie während der gesamten Baseball-Finalspiele geweint. Nimm's nicht ernst, mach dir keine Vorwürfe. Setz dich, ich hol dir was zu trinken.«

Marcia war kreidebleich. Farragut wusste, dass sie die Tragik in diesem Haushalt viel deutlicher sah als er. Eben arbeitete damals als bezahlte Führungskraft für eine Wohltätigkeitsorganisation, die den Brauch fortführte, ausgemergelte Hühnchen zu verteilen. Oberflächlich betrachtet, konnte man seine Ehe als besonders sentimentalen, erotischen Unfall abtun. Doch man durfte das Leben der beiden Kinder nicht außer Acht lassen, und es schien bei beiden durch die Auswirkungen dieses Eheunfalls zerstört zu sein. Der junge Mann, Ebens einziger Sohn, verbüßte wegen der Rolle, die er bei einer Friedensdemonstration gegen irgendeinen Krieg gespielt hatte, eine zweijährige Strafe im Arbeitshaus von Cincinnati. Rachel, die Tochter, hatte dreimal versucht, sich umzubringen. Farragut hatte die näheren Einzelheiten aus seinem Gedächtnis verbannt, doch Marcia konnte sich gut daran erinnern. Beim ersten Mal hatte sich Rachel mit einer Flasche Wodka, zwanzig Schlaftabletten und einem dieser Plastiksäcke aus der chemischen Reinigung, in denen man leicht ersticken kann, auf den Dachboden zurückgezogen. Das Bellen eines Hundes rettete sie. Dann hatte sie sich in New Mexico nach einer großen Party in die Grillgrube gestürzt und wurde wieder gerettet – sie war zwar entstellt, aber gerettet. Einen Monat später hatte sie sich mit einer Sechzehner-Schrotflinte unter Verwendung einer Neuner-Patrone einen Teil des Gesichts weggeschossen. Nach der neuerlichen Rettung hatte sie ihrem Onkel zwei aufgekratzte, leidenschaftliche Briefe über ihren festen Entschluss zu sterben geschrieben. Die Briefe hatten in Farragut eine Liebe zu dieser mustergültigen Schönheit des Establishments, dieser Herrlichkeit der organisierten Gesellschaft erweckt. Rachel war eine Anomalie, und Farragut würde sie genauso unter den Teppich kehren, wie ihr Vater es offenbar getan hatte. Ebens Haus, der Ursprung dieser Tragödien, zeichnete sich durch seine traditionelle Unaufgeregtheit aus.

Das Haus war uralt, und das galt auch für die meisten Möbel. Eben hatte völlig unbefangen die Umgebung seiner angeblich unglücklichen Jugend wiederhergestellt. Das blaue Porzellan hatte ihr Urgroßvater auf einem Segelschiff aus Kanton mitgebracht, und auf den Hieroglyphen der türkischen Teppiche hatten sie das Krabbeln gelernt. Marcia und Zeke setzten sich, und Eben ging in den Anrichteraum, um die Drinks zu mixen. Seine Frau Carrie saß in der Küche auf einem Hocker und weinte.

»Ich gehe«, sagte sie schluchzend, »ich verlasse dich. Deinen Mist brauche ich mir nicht mehr anzuhören.«

»Ach, halt die Klappe«, rief Eben. »Halt bloß die Klappe. Solange ich zurückdenken kann, verlässt du mich mindestens einmal pro Woche. Du hast schon angefangen, mich zu verlassen, bevor du mich heiraten wolltest. Mein Gott! Wenn du dich nicht in einer Lagerhalle einmietest, findest du im ganzen Bezirk nirgends genug Platz für deine Sachen. Du bist ungefähr so mobil wie die *Turandot*-Inszenierung an der Metropolitan-Oper. Allein um deinen Plunder hier rauszuschaffen, wären die Möbelpacker wochenlang beschäftigt. Du hast Hunderte von Kleidern, Hüten, Pelzmänteln und Schuhen. Ich muss meine Sachen in die Waschküche hängen. Und dann sind da noch dein Klavier und die beschissene Bibliothek deines Großvaters und diese zweihundert Kilo schwere Homer-Büste ...«

»Ich gehe«, sagte sie schluchzend, »ich verlasse dich.«

»Ach, hör doch auf«, rief Eben. »Wie soll man sich denn ernsthaft mit einer Frau streiten, die es genießt, sich selbst zu belügen?«

Er schloss die Küchentür und reichte ihnen die Drinks.

»Warum bist du so grausam?«, fragte Farragut.

»Ich bin nicht immer grausam«, sagte er.

»Da bin ich mir nicht so sicher«, entgegnete Marcia.

»Ich hab mich wirklich bemüht, Verständnis aufzubringen«, sagte Eben. »Zum Beispiel hat sich Carrie einen Fernseher für die Küche gewünscht, und ich hab ihr ein ausgezeichnetes Gerät gekauft. Seitdem geht sie morgens als Erstes runter und unterhält sich mit dem Fernseher. Wenn sie schläft, trägt sie so eine Haube wie beim Duschen und reibt sich eine Menge Verjüngungsöl ins Gesicht. Und morgens sitzt sie dann mit dieser Haube da und quasselt pausenlos mit dem Fernseher. Sie widerspricht den Nachrichtenmeldungen, lacht über jeden Witz und unterhält sich über alles Mögliche. Wenn ich zur Arbeit gehe, verabschiedet sie mich nicht, denn sie ist zu sehr in das Gespräch mit dem Fernseher vertieft. Wenn ich abends nach Hause komme, sagt sie manchmal Hallo, aber nur ganz selten. Normalerweise ist sie so in die Unterhaltung mit dem Nachrichtensprecher vertieft, dass sie mich gar nicht beachtet. Und um halb sieben sagt sie dann: ›Ich stell dir dein Essen auf den Tisch.‹ Manchmal ist das der einzige Satz, den ich den ganzen Tag, mitunter sogar die ganze Woche oder noch länger, von ihr zu hören bekomme. Dann bringt sie das Essen, geht aber mit ihrem Teller wieder in die Küche, um da zu essen und über eine Show zu lachen, die *Trial and Error* heißt. Wenn ich ins Bett gehe, redet sie mit einem alten Film.

Ich will euch erzählen, was ich getan hab. Ich habe einen Freund namens Potter, der ist beim Fernsehen. Manchmal fahren wir zusammen mit dem Zug in die Stadt. Also hab ich ihn gefragt, ob es schwierig wäre, bei *Trial and Error* reinzukommen, und er sagte, nein, das könnte er bestimmt arrangieren. Ein paar Tage später rief er mich an und sagte, sie könnten mich wahrscheinlich am nächsten Tag in *Trial and Error* gebrauchen. Es wäre eine Live-Sendung, und ich müsste um fünf zum Schminken im Studio sein und so weiter. Es ist eine dieser Shows, bei denen man ein Pfand einsetzt, und an diesem Abend musste man auf einem Drahtseil über ein Wasserbecken balancieren. Man gab mir andere Klamotten, weil ich nass werden konnte, und ich musste alle möglichen Verzichtserklärungen unterschreiben. Ich zog also diesen Anzug an und absolvierte den ersten Teil der Show, wobei ich die ganze Zeit in die Kamera lächelte. Ich meine, ich lächelte Carrie an. Ich dachte, dass sie so mein Lächeln ausnahmsweise mal mitbekommen musste. Dann stieg ich die Leiter rauf, begann über das Drahtseil zu balancieren und fiel ins Wasser. Die Zuschauer lachten nicht besonders heftig, deshalb wurde lautes Gelächter vom Band eingespielt. Dann zog ich mich wieder um, fuhr nach Hause und rief bei meinem Eintreffen: ›He, hast du mich im Fernsehen gesehen?‹ Sie lag im Wohnzimmer auf dem Sofa vor dem großen Fernseher und weinte. Ich dachte schon, ich hätte das Falsche getan, und sie würde weinen, weil es so idiotisch aussah, als ich ins Wasser fiel. Sie weinte und schluchzte immer weiter, und ich fragte: ›Was ist denn los, Liebes?‹, und da sagte sie: ›Sie haben die Eisbärenmutter erschossen, sie haben die Eisbärenmutter erschossen!‹ Die falsche Show. Ich war in der falschen Show, aber ihr könnt nicht behaupten, dass ich es nicht versucht habe.«

Als er aufstand, um die Gläser abzuräumen, streifte er den Vorhang, und Farragut sah, dass dahinter zwei leere Wodkaflaschen standen. Das mochte Ebens schwerfälligen Seemannsgang, seine undeutliche Aussprache und seinen dümmlich-gelassenen Gesichtsausdruck erklären. Und weil seine Frau schluchzend in der Küche saß, seine arme Tochter wahnsinnig und sein Sohn im Gefängnis war, fragte ihn Farragut: »Eben, wie kannst du bloß so leben?«

»Weil's mir gefällt«, sagte Eben. Dann bückte er sich, hob den alten türkischen Teppich an und küsste ihn mit feuchtem Mund.

»Ich weiß nur eins«, rief Farragut. »Ich will nicht dein Bruder sein. Ich will nicht, dass irgendwer auf der Straße, irgendwo auf der Welt sagt, ich würde dir ähneln. Lieber bin ich irgendein Krüppel oder Süchtiger, ehe ich mit dir verwechselt werden will. Alles würde ich eher tun, als einen Teppich zu küssen.«

»Leck mich am Arsch«, sagte Eben.

»Du hast Dads tollen Humor geerbt«, erwiderte Farragut.

»Er wollte dich umbringen lassen«, schrie Eben. »Wetten, dass du das nicht gewusst hast! Mich hat er geliebt, aber dich wollte er umbringen lassen. Mutter hat's mir erzählt. Er ließ einen Arzt kommen, der Abtreibungen vornahm. Dein eigener Vater wollte dich umbringen lassen.«

Da schlug Farragut mit einem Schürhaken auf seinen Bruder ein. Die Witwe sagte aus, Farragut habe achtzehn- bis zwanzigmal auf seinen Bruder eingeprügelt, doch sie war eine Lügnerin, und Farragut verachtete den Arzt, der diese Lüge bestätigt hatte.

Der folgende Prozess war in seinen Augen ein mittelmäßiges Schauspiel dekadenter Rechtsprechung gewesen. Er wurde der Drogensucht und des sexuellen Abenteurertums überführt, und man verurteilte ihn wegen des Mordes an seinem Bruder zu einer Gefängnisstrafe. »Ihre Strafe wäre geringer ausgefallen, wenn Sie nicht so vom Schicksal begünstigt wären«, sagte der Richter, »aber die Gesellschaft hat ihren Reichtum an Sie verschwendet und es nicht verstanden, Ihnen jenes Gewissen einzupflanzen, das einen gebildeten, zivilisierten Menschen und ein nützliches Mitglied der Gesellschaft auszeichnet.« Marcia hatte nichts zu seiner Verteidigung vorgebracht, obwohl sie ihm aus dem Zeugenstand zugelächelt hatte, ihm traurig zugelächelt hatte, während sie der gerichtlichen Schilderung der zermürbenden Erniedrigung beipflichtete, die ihre Ehe mit einem Drogensüchtigen darstellte, dem die Beschaffung seines Stoffs tausendmal wichtiger war als die Liebe zu seiner Frau und seinem einzigen Sohn. Er konnte sich noch an die schale Atmosphäre des Gerichtsgebäudes erinnern, an die klassenraumartigen Jalousien, an das Gefühl heftiger Langeweile, das dem Gebaren des unbarmherzigsten, abgefeimtesten Folterknechtes glich, und auch wenn das Gerichtsgebäude das Letzte sein sollte, was er von der Welt zu Gesicht bekam, behauptete er, nichts zu bedauern, obwohl er sich in Wirklichkeit an jedes Dielenbrett, jeden Spucknapf und jede verschlissene Bank geklammert hätte, falls ihn das hätte retten können.

»Ich sterbe, Zeke, ich sterbe«, sagte Chicken Number Two. »Ich spüre, dass ich sterbe, aber mein Kopf ist ganz klar, mein Kopf ist ganz klar, mein Kopf ist ganz klar, mein Kopf ist ganz klar.« Danach schlief er.

Farragut blieb, wo er war. Er hörte Musik und die Stimmen aus den Radios und dem Fernseher. Durchs Fenster fiel noch Licht. Plötzlich wachte Chicken Number Two auf und sagte: »Weißt du, Zeke, ich habe keine Angst vorm Sterben. Ich weiß, das klingt verlogen, und wenn mir einer gesagt hat, er hätte keine Angst vorm Tod, weil er ihn schon gespürt hätte, dann habe ich gedacht, der hat kein Niveau, kein bisschen Niveau. Ich fand es primitiv, so was zu sagen, das ist, wie wenn man sich den ganzen Tag im Spiegel betrachtet – dieser Quatsch, dass man vorm Tod keine Angst hat, ist primitiv. Wie kann man sagen, dass es einem nichts ausmacht, die Party zu verlassen, wenn die Party noch im Gange ist – selbst Würstchen mit Reis schmecken gut, wenn man hungrig ist, selbst ein Eisengitter fühlt sich gut an, und es tut gut zu schlafen. Selbst im Hochsicherheitstrakt ist das Leben wie eine Party, und wer will schon eine Party verlassen und zu einem Ort gehen, den niemand kennt? Wer so denkt, hat kein Niveau. Aber ich lebe schon über zweiundfünfzig Jahre. Ich weiß, dass du mich für jünger hältst. Das tun alle, aber ich bin wirklich schon zweiundfünfzig. Doch nehmen wir dich zum Beispiel. Du hast noch nie was für mich getan. Und dann nimm zum Beispiel den Hahnrei. Der hat alles für mich getan. Er besorgt mir meine Zigaretten, mein Papier, Essen von draußen, und ich komme gut mit ihm aus, aber ich kann ihn nicht leiden. Damit will ich sagen, dass ich nicht alles, was ich weiß, durch Erfahrung gelernt habe. Durch Erfahrung habe ich gar nichts gelernt. Dich kann ich gut leiden und den Hahnrei nicht, und so ist es bei allem, und deshalb glaube ich, dass ich mit den Erinnerungen aus einem anderen Leben in dieses Leben gekommen bin und es wahrscheinlich ist, dass ich woanders hingehe, und weißt du was, Zeke, weißt du was, ich kann kaum erwarten, zu sehen, wie's da ist, ich kann's kaum erwarten. Ich will nicht, dass du mich für einen dieser niveaulosen Spinner hältst, einen dieser Spinner, die überall herumerzählen, sie hätten den Tod gespürt und würden sich deshalb nicht mehr davor fürchten, kein bisschen. Ich habe Niveau. Ich meine, wenn sie mich jetzt, in diesem Augenblick, vor ein Erschießungskommando führen würden, würde ich lachend rausgehen – ich meine kein bitteres, kein verzweifeltes Lachen, ich meine richtiges Lachen. Ich würde rausgehen und meinen Soft Shoe tanzen, und mit ein bisschen Glück hätte ich einen schönen Steifen, und wenn sie den Befehl bekämen zu feuern, würde ich die Arme ausbreiten, damit sie keine Munition vergeuden müssten und ich in den vollen Genuss ihrer Schüsse käme, und dann würde ich als glücklicher Mensch zu Boden sinken, weil es mich brennend interessiert, was als Nächstes kommt, weil mich das ungemein interessiert.«

Durchs Fenster fiel immer noch etwas Licht. Aus Ransomes Radio erklang Tanzmusik, und Farragut sah im Fernseher am Ende des Gangs mehrere Leute, die in Schwierigkeiten steckten. Ein alter Mann war berauscht von der Vergangenheit. Ein junger Mann war berauscht von der Zukunft. Dann gab es noch eine junge Frau, die Probleme mit ihren Liebhabern hatte, und eine alte Frau, die Gin-Flaschen in Hutschachteln, Kühlschränken und Schreibtischschubladen versteckte. Durch das Fenster hinter ihren Köpfen und Schultern sah Farragut Wellen, die sich an einem weißen Strand brachen, er sah die Straßen eines Dorfes und die Bäume eines Waldes, doch warum blieben alle in diesem Zimmer und stritten sich, wenn sie genauso gut einkaufen gehen, im Wald ein Picknick einnehmen oder im Meer schwimmen konnten? Es stand ihnen frei, all das zu tun. Warum blieben sie im Haus? Warum hörten sie nicht den Ruf des Meeres, wie ihn Farragut hörte, warum dachten sie nicht daran, wie das klare Salzwasser die schönen Kiesel umspülte? Chicken Number Two schnarchte laut, doch vielleicht rasselte auch nur sein Atem, oder es war sein Todesröcheln.

Dieser Augenblick hatte in seiner Intensität etwas Verschwörerisches. Farragut fühlte sich verfolgt, war aber seinen Verfolgern einen Schritt voraus. Jetzt war Scharfsinn vonnöten; und scharfsinnig war er doch, scharfsinnig und zärtlich. Er setzte sich auf den Stuhl neben Chicken Number Twos Bett und ergriff die warme Hand des Sterbenden. Er schien aus Chicken Number Twos Anwesenheit ein starkes Freiheitsgefühl zu ziehen; er schien etwas zu nehmen, das ihm Chicken Number Two freudig gab. Plötzlich spürte er in der rechten Gesäßbacke einen leichten Schmerz, und als er sich halb erhob, sah er, dass er auf Chickens Gebiss gesessen hatte. »Au, Chicken«, schrie er, »du hast mich in den Arsch gebissen.« Sein Lachen war von tiefer Zärtlichkeit durchdrungen, und dann begann er zu schluchzen. Es war ein krampfhaftes Schluchzen, und er wehrte sich nicht dagegen, sondern ließ den Tränen freien Lauf. Dann rief er Tiny. Tiny kam, ohne irgendwelche Fragen zu stellen. »Ich hol einen Arzt«, sagte er. Als er Chickens nackten Arm mit den dichten, blassgrauen Tätowierungen sah, fuhr er fort: »Ich glaub nicht, dass er, wie er immer behauptete, für die Tätowierungen zweitausend Dollar ausgegeben hat. Für mich sieht das eher nach zweihundert aus. Er hat eine alte Frau erdrosselt. Sie hatte zweiundachtzig Dollar in ihrer Zuckerdose.« Dann ging Tiny. Durchs Fenster fiel kein Licht mehr. Die Tanzmusik und die Streitigkeiten im Fernsehen liefen weiter.

Als der Arzt die Zelle betrat, trug er denselben Hut wie bei der Untersuchung auf Geschlechtskrankheiten während der Revolte. Der Mann sah immer noch schmutzig aus. »Rufen Sie im Himmel an«, sagte er zu Tiny. »Wir dürfen Leichen erst nach zweiundzwanzig Uhr rausbringen«, erwiderte Tiny. »So steht's im Gesetz.« – »Gut, dann rufen Sie später an. Der fängt schon nicht an zu stinken. Er ist ja nur Haut und Knochen.« Die beiden gingen, und dann kamen Veronica und ein anderer Pfleger mit einem kanuförmigen Kasten aus Leichtmetall, in dem ein langer brauner Sack lag. Sie packten Chicken hinein und verschwanden wieder. Im Fernsehen und in Ransomes Radio lief Werbung, und vielleicht aus Gefälligkeit drehte Ransome das Radio lauter.

Farragut stand mühsam auf. Jetzt war Scharfsinn gefragt, Scharfsinn und der Mut, seinen rechtmäßigen Platz in den Verhältnissen, wie er sie sah, einzunehmen. Er öffnete den Reißverschluss des Sackes. Dieses Geräusch klang wie ein gregorianischer Gesang – eine schmucklose Erinnerung an das Schließen von Koffern, Kulturbeuteln und Kleidersäcken, bevor man sich auf den Weg zum Flugplatz machte. Über den Sack gebeugt, Arme und Schultern auf eine schwere Last vorbereitet, stellte er fest, dass Chicken Number Two so gut wie nichts wog. Er legte ihn in sein eigenes Bett und wollte gerade in den Leichensack steigen, als ihn der Zufall, eine glückliche Fügung, eine Erinnerung, veranlasste, eine Klinge aus seinem Rasierapparat zu nehmen, bevor er sich in die Leichenhülle legte und den Reißverschluss über seinem Gesicht zuzog. Es war sehr eng, doch sein Grab roch bloß nach schlichtem Segeltuch, nach einem Zelt.

Die Männer, die ihn abholten, trugen offenbar Gummisohlen, denn er hörte sie nicht kommen und nahm ihre Anwesenheit erst wahr, als sie ihn hochhoben und davontrugen. Sein Atem befeuchtete allmählich den Stoff des Leichensacks, und er bekam Kopfschmerzen. Beim Atmen öffnete er weit den Mund, da er Angst hatte, sie könnten ihn sonst hören, und noch größere Angst bereitete ihm der Gedanke, der stupide Lebenstrieb seines Körpers würde ihn in Panik versetzen, und dann würde er strampeln, schreien und betteln, dass man ihn rauslasse. Der Stoff war inzwischen ganz feucht, und die Feuchtigkeit verstärkte den Gummigestank des Segeltuchs. Sein Gesicht war schweißnass, und er atmete schwer. Dann legte sich seine Angst, er hörte, wie die ersten beiden Tore auf- und zugingen, und spürte, wie man ihn den Tunnel hinunterschleppte. Er konnte sich nicht erinnern, schon einmal getragen worden zu sein. (Seine längst tote Mutter hatte ihn bestimmt früher herumgetragen, doch er konnte sich nicht mehr daran erinnern.) Die Erfahrung, getragen zu werden, gehörte der Vergangenheit an, denn sie vermittelte ihm das unwirkliche Gefühl, unschuldig und rein zu sein. Wie seltsam, so spät im Leben getragen zu werden, zu einem unbekannten Ort, anscheinend befreit von seiner erotischen Derbheit, seiner blinden Verachtung und seinem bekümmerten Lachen – noch nicht Wirklichkeit, aber eine Hoffnung, etwas wie das Nachmittagslicht auf hohen Bäumen, völlig nutzlos und doch erregend. Wie seltsam, erwachsen und am Leben zu sein und getragen zu werden.

Er spürte, wie der Boden am Tunnelende in der Nähe des Lieferanteneingangs eben wurde, und hörte den Wärter an Posten 8 sagen: »Wieder ein Indianer ins Gras gebissen. Was macht ihr eigentlich bei ›Hinterbliebene unbekannt‹?« – »Die werden billig verbrannt«, sagte einer der Träger. Farragut hörte, wie sich das letzte Gefängnisgitter öffnete und wieder schloss und spürte die holprige Fläche der Zufahrt. »Lass ihn bloß nicht fallen«, sagte der erste Träger. »Lass ihn um Himmels willen nicht fallen.« – »Guck dir mal diesen verdammten Mond an«, sagte der zweite Träger. »Guck doch mal.« Vermutlich gingen sie gerade am Haupteingang vorbei zum Tor. Farragut spürte, wie sie ihn absetzten. »Wo ist Charlie?«, fragte der erste Träger. »Der hat gesagt, dass es später wird«, erwiderte der zweite. »Seine Schwiegermutter hatte heute früh einen Herzinfarkt. Er kommt mit seinem eigenen Wagen, aber seine Frau musste damit erst noch ins Krankenhaus fahren.« – »Und wo ist der Leichenwagen?«, fragte der erste Träger. »Beim Ölwechsel«, sagte der zweite. »Ich fass es nicht«, sagte der erste. »Reg dich ab«, entgegnete der zweite. »Du kriegst fünfzig Prozent Zuschlag fürs Nichtstun. Letztes oder vorletztes Jahr, eine Weile bevor Peter den Schönheitssalon gekauft hat, mussten Pete und ich mal einen Hundertfünfzig-Kilo-Mann schleppen. Ich hab immer gedacht, fünfundsiebzig würde ich mühelos schaffen, aber wir mussten ungefähr zehnmal absetzen, bis wir den Kerl draußen hatten. Danach mussten wir erst mal verschnaufen. Warte hier! Ich geh ins Hauptgebäude und ruf Charlie an, um zu sehen, wo er bleibt.« – »Was für einen Wagen hat er denn?«, fragte der erste. »Einen Kombi«, antwortete der zweite. »Ich weiß nicht, welches Baujahr. Wahrscheinlich ein Gebrauchtwagen. Er hat einen neuen Kotflügel montiert und hatte Probleme mit dem Verteiler. Ich ruf ihn jetzt an.« – »Moment, wart mal«, sagte der erste. »Hast du Feuer?« – »Ja«, sagte der zweite, »für mein Alter noch jede Menge.« Farragut hörte, wie er ein Streichholz entzündete. »Danke«, sagte der erste, und dann ging der zweite davon.

Er war außerhalb des Tores oder zumindest in der Nähe des Tores. Die Wachtürme waren um diese Zeit nicht besetzt, aber der Mond machte ihm Sorgen. Sein Leben hing vom Mondlicht und von einem Gebrauchtwagen ab. Falls der Verteiler streikte oder der Vergaser absoff, würden die beiden Männer nach dem Werkzeug suchen, und Farragut konnte sich aus dem Staub machen. Plötzlich hörte er eine andere Stimme. »Willst du ein Bier?« – »Hast du eins da?«, fragte der Träger ohne große Begeisterung, und Farragut hörte die beiden davongehen.

Er straffte die Schultern und spannte die Arme an, um die Festigkeit des Leichensacks zu prüfen. Das Segeltuch war gummibeschichtet, und das Kopfende war mit dickem Draht verstärkt. Er zog die Rasierklinge aus der Tasche und begann parallel zum Reißverschluss zu schneiden. Die Klinge arbeitete sich durch das Segeltuch, kam aber nur langsam voran. Er brauchte

Zeit, doch er wollte weder um Zeit noch um etwas anderes beten. Er würde sich mit der Kraft der Liebe begnügen, deren Anwesenheit er wie die ersten Stufen einer Treppe spürte. Die Klinge glitt ihm aus den Fingern und fiel auf sein Hemd, und durch das ängstliche, unbeholfene Zurückzucken seines Körpers rutschte sie in den Sack. Während er ungestüm danach grapschte, schnitt er sich in die Finger, die Hose und den Schenkel. Als er über seinen Schenkel strich, spürte er die Nässe des Blutes, doch das Ganze schien jemand anderem zugestoßen zu sein. Die feuchte Klinge zwischen den Fingern, machte er sich wieder daran, seine Fesseln zu durchschneiden. Als seine Knie frei waren, zog er sie an, wand Kopf und Schultern aus dem drahtverstärkten Teil des Sackes heraus und stieg aus seinem Grab.

Der Mond war hinter Wolken versteckt. Durch die Fenster eines Wachhauses sah er zwei Männer. Einer der beiden trank einen Schluck aus einer Dose. Unweit der Stelle, an der er gelegen hatte, befand sich ein Steinhaufen. Farragut versuchte einzuschätzen, wie viele Steine seinem Körpergewicht entsprachen, und packte das Gewicht eines Mannes in die Leichenhülle, so dass man im Krematorium Steine in den Ofen schieben würde. Er trat einfach durchs Tor auf die vorbeiführende schmale Straße hinaus, in der die meisten Bewohner vermutlich arm waren und nur in wenigen Häusern Licht brannte.

Er setzte einen Fuß vor den anderen. Das war so ziemlich alles. Die Straßen waren hell erleuchtet, und zu dieser Zeit konnte man in jeder Straße, in der arme Leute wohnten, sogar die kleingedruckten Buchstaben eines Gebetbuchs lesen. Dieses kompromisslose Licht sollte Vergewaltiger, Straßenräuber und Männer, die zweiundachtzigjährige Frauen erdrosseln, in die

Flucht schlagen. Das grelle Licht und der schwarze Schatten, den er warf, beunruhigten Farragut genauso wenig wie der Gedanke, dass er verfolgt und verhaftet werden könnte, ihn schreckte bloß die Möglichkeit, dass ihm aus Hysterie die Beine versagten. Er setzte einen Fuß vor den anderen. Ein Fuß war nass vom Blut, doch das war ihm egal. Er bestaunte die gleichförmige Dunkelheit der Häuser. Es brannte gar kein Licht – weder ein Licht der Krankheit noch der Sorge oder der Liebe –, nicht einmal eins dieser schummrigen Lichter, die den Kindern zuliebe wegen ihrer ausgeprägten Angst vor der Dunkelheit brennen. Plötzlich hörte er ein Klavier. Zu dieser späten Stunde konnte es wohl kein Kind sein, das da spielte, obwohl der Anschlag so steif und ungelenk klang, vermutlich war es ein älterer Mensch. Es handelte sich um ein Anfängerstück – ein einfaches Menuett oder Klagelied, abgelesen von einem verschmutzten, eselsohrigen Notenblatt –, doch der Spieler musste die Noten im Dunkeln lesen können, denn das Haus, aus dem die Musik ertönte, war vollkommen dunkel.

An einer Stelle machte die Häuserzeile zwei öden Abrissgrundstücken Platz, die trotz der Schilder SCHUTT ABLADEN VERBOTEN und ZU VERKAUFEN als Müllhalde benutzt wurden. Farragut sah eine dreifüßige Waschmaschine und eine Autokarosserie. Seine Reaktion darauf war heftig und spontan, als würde ihn der Müllberg an sein verlorenes Land gemahnen. Er sog die Luft ein, die von dem Platz herüberwehte, obwohl sie nicht mehr als die Bitterkeit eines gelöschten Feuers enthielt. Hätte er den Kopf gehoben, hätte er die große Eile und Verwirrung gesehen, mit der die Wolken vor dem nahezu vollen Mond dahintrieben, so chaotisch und schnell, dass sie ihn bei seiner Denkweise vielleicht nicht an fliehende Horden, zumindest aber an vorrückende Linien und ungeordnete Scharen erinnert hätten, an eine schnelle, wenn auch nicht besonders kriegslüsterne Armee, ein säumiges Regiment. Doch er sah nichts von dem, was am Himmel vorging, weil er, aus Angst zu stürzen, den Blick auf den Gehsteig heftete, und dort gab es sowieso nichts zu sehen, das ihm jetzt etwas genützt hätte.

In einiger Entfernung sah er rechts vor sich ein Rechteck aus reinem weißem Licht, und er wusste, dass er die Kraft hatte, dort hinzugelangen, obwohl das Blut inzwischen in seinem Stiefel patschte. Es war ein Waschsalon. Drinnen warteten drei Männer und zwei Frauen verschiedenen Alters und unterschiedlicher Hautfarbe auf ihre Wäsche. Die Türen der meisten Maschinen hingen offen in den Angeln. Gegenüber befanden sich die Bullaugen der Trockner, hinter denen die Kleidungsstücke umherwirbelten und fielen, immer wieder fielen – sah sie anscheinend achtlos fallen wie fallende Seelen oder Engel, sofern deren Sturz je etwas Achtloses hatte. Er, der entflohene, blutverschmierte Häftling, stand vor dem Schaufenster und beobachtete, wie diese Fremden darauf warteten, dass ihre Wäsche sauber wurde. Eine der Frauen bemerkte ihn und trat ans Schaufenster, um ihn besser erkennen zu können, doch sein Aussehen erschreckte sie nicht im Geringsten, wie er voller Freude sah, und als sie sich vergewissert hatte, dass er kein Bekannter war, drehte sie sich um und kehrte zu ihrer Maschine zurück.

Weiter vorn sah er an der Straßenecke einen Mann unter einer Laterne stehen. Das konnte ein Beamter des Gefängnisses sein oder – in Anbetracht seines bisherigen Glücks – ein Abgesandter des Himmels. Über dem Fremden hing ein Schild mit der Aufschrift BUSHALTESTELLE – PARKEN VERBOTEN. Der Mann roch nach Whiskey, und zu seinen Füßen stand ein Koffer, über dem Kleider auf Bügeln hingen, daneben ein elektrischer Heizlüfter mit goldenem, sonnenartigem Korpus und ein himmelblauer Motorradhelm. Der Fremde hatte etwas völlig Nichtssagendes, angefangen bei seinem strähnigen Haar, über sein Dutzendgesicht und seinen hageren Allerweltskörper bis zu seinem vergorenen Atem. »Hi«, sagte er. »Sie sehen jemanden vor sich, der aus seiner Wohnung geworfen wurde. Das ist nicht alles, was ich auf der Welt besitze. Das hier ist schon die dritte Ladung. Ich ziehe zu meiner Schwester, bis ich was anderes finde. So spät in der Nacht findet man nichts. Ich wurde nicht rausgeworfen, weil ich die Miete nicht bezahlt hab. Geld hab ich genug. Um Geld brauch ich mir keine Sorgen zu machen. Ich hab Geld wie Heu. Ich wurde rausgeworfen, weil ich ein Mensch bin, das ist der Grund. Ich mache Geräusche wie jeder Mensch, ich schließe Türen, huste nachts manchmal, hab ab und zu Freunde da, manchmal sing ich, manchmal pfeif ich, manchmal mach ich Yoga, und weil ich ein Mensch bin und ein bisschen Lärm mache, ein bisschen menschlichen Lärm beim Treppensteigen, wurde ich rausgeworfen. Ich bin ein Ruhestörer.«

»Das ist schrecklich«, sagte Farragut.

»Kann man wohl sagen«, erwiderte der Fremde, »Sie haben den Nagel auf den Kopf getroffen. Meine Vermieterin ist eine dieser muffig riechenden alten Witwen – die sind auch Witwen, wenn sie einen Bier trinkenden Ehemann in der Küche sitzen haben –, eine dieser muffig riechenden alten Witwen, die das Leben in keiner Form, Fasson oder Geschmacksrichtung ertragen können. Ich wurde rausgeworfen, weil ich lebendig und gesund bin. Das hier ist nicht alles, was ich besitze, bei Weitem nicht. Meinen Fernseher hab ich beim ersten Mal mitgenommen. Der ist erstklassig. Er ist vier Jahre alt, Farbe, aber als ich mal Schnee auf dem Bildschirm hatte und den Mechaniker kommen ließ, hat der gesagt, ich soll das Gerät auf keinen Fall gegen ein neues eintauschen. So was wird heute nicht mehr hergestellt, hat er gesagt. Er hat den Fehler behoben und dafür bloß zwei Dollar verlangt. Hat gesagt, es wär ein Vergnügen, ein Gerät wie meins zu reparieren. Jetzt steht's drüben bei meiner Schwester. Gott, ich kann meine Schwester nicht ausstehen und sie mich auch nicht, aber heute übernachte ich da, und morgen suche ich mir eine hübsche Bleibe. Auf der Südseite gibt's ein paar schöne Wohnungen mit Blick auf den Fluss. Sie hätten wohl kein Interesse, eine Wohnung mit mir zu teilen, wenn ich was Schönes fände, oder?«

»Vielleicht«, sagte Farragut.

»Gut, hier ist meine Karte. Rufen Sie mich an, wenn Sie Lust haben. Sie gefallen mir. Ich sehe, dass Sie Humor haben. Ich bin von zehn bis vier auf der Arbeit zu erreichen. Manchmal komm ich ein bisschen später, aber ich gehe mittags nicht essen. Rufen Sie mich nicht bei meiner Schwester an. Die kann mich nicht ausstehen. Da kommt unser Bus.«

In dem hell erleuchteten Bus saßen ebenso viele und ganz ähnliche Leute – soweit er es beurteilen konnte, sogar dieselben Leute – wie in dem Waschsalon. Farragut nahm den Heizlüfter und den Motorradhelm, und der Fremde ging mit seinem Koffer und seinen Kleidungsstücken vor ihm her. »Ich übernehme das«, sagte er über die Schulter und bezahlte Farraguts Fahrschein. Er setzte sich in der dritten Reihe links ans Fenster und sagte zu Farragut: »Setzen Sie sich zu mir.« Farragut folgte der Aufforderung. »Sie kennen sich doch mit Menschen aus, stimmt's?«, sagte er. »Denken Sie nur, dass diese Frau mich lotterhaft nennt, bloß weil ich singe und pfeife und nachts beim Treppensteigen ein bisschen Lärm mache. Stellen Sie sich das mal vor! Oh, es regnet«, rief er und deutete auf die weißen Schlieren am Fenster. »Es regnet, und Sie haben keinen Mantel. Aber ich hab einen dabei, ich hab hier einen Mantel, der Ihnen passen dürfte. Moment mal.« Er zog einen Mantel aus dem Kleiderstapel hervor. »Hier, probieren Sie den mal an!«

»Sie brauchen Ihren Mantel doch selbst«, sagte Farragut.

»Nein, nein, probieren Sie ihn an. Ich besitze drei Regenmäntel. Trotz des ständigen Umherziehens nimmt mein Kram nicht ab, sondern es sammelt sich immer mehr an, und ich hab schon einen Regenmantel bei meiner Schwester, einen im Fundraum des Exeter House und den hier, den ich anhabe. Und dann noch den da. Macht zusammen vier. Probieren Sie ihn an!«

Farragut schob die Arme in die Ärmel und zog den Mantel über die Schultern. »Perfekt, perfekt«, rief der Fremde. »Sitzt perfekt. Wissen Sie, in diesem Mantel sehen Sie aus wie ein Millionär. Sie sehen aus, als hätten Sie gerade eine Million Dollar auf der Bank eingezahlt und würden ganz gemächlich auf die Straße treten, um sich mit einer Mieze in einem kostspieligen Restaurant zu treffen und ihr ein Essen zu spendieren. Sitzt wirklich perfekt.«

»Vielen Dank«, sagte Farragut. Er stand auf und gab dem Fremden die Hand. »An der nächsten Haltestelle steige ich aus.«

»Ist schon in Ordnung«, sagte der Fremde. »Meine Telefonnummer haben Sie ja. Ich bin von zehn bis vier zu erreichen, vielleicht auch erst etwas später. Ich gehe mittags nicht essen, aber rufen Sie mich nicht bei meiner Schwester an.«

Farragut ging im Bus nach vorn und stieg an der nächsten Haltestelle aus. Als er auf die Straße trat, merkte er, dass er seine

Angst vorm Fallen und alle anderen derartigen Ängste verloren hatte. Er hielt den Kopf hoch, den Rücken gerade und ging mit festem Schritt die Straße entlang. Freu dich, dachte er, freu dich.

Nachwort

Amerikanische Kritiker haben den Roman, der 1977 auf Anhieb zum US-Bestseller avancierte, für sein »religiöses Geheimnis« gerühmt und für seine »sprachliche Intensität« als Meisterwerk gepriesen. Im deutschsprachigen Raum aber war es John Cheevers viertem Roman »Falconer« nie gelungen, aus dem Schatten seiner beiden großen »Wapshot«-Romane herauszutreten, deren Darstellung des doppelbödigen Lebens in den Suburbs ihm nicht nur den »National Book Award« (1958), sondern darüber hinaus den literarischen Adelstitel *Tschechow der Vorstädte* eintrug. Das Buch galt als Nebenwerk und verschwand geräuschlos aus den Buchläden. Mag sein, dass die mehr als dürftige deutsche Übertragung des Romans seinerzeit das Ihre dazu beitrug, dass dieser bei seinem Erscheinen auf Deutsch 1978 ein höchst zwiespältiges Echo fand. Cheevers bis dato angehäuften Ruhm jedenfalls vermochte »Falconer« in hiesigen Breitengraden nicht zu mehren. Denn der Anspruch des Romans, mit der Geschichte seines wegen Totschlags einsitzenden und zwischen sexueller Not und wachsendem Erlösungsverlangen hin und her geworfenen Helden Ezekiel Farragut eine Parabel vom allgemeinen Welt- und Gesellschaftszustand und »der amerikanischen Seele« jener Zeit zu entwerfen, blieb durch Dieter Dörrs oftmals verkitschte Übertragung ins Deutsche uneingelöst.

Nun aber, vierunddreißig Jahre nach seiner verunglückten Erstveröffentlichung auf Deutsch, liegt der Roman unter dem neuen Titel »Willkommen in Falconer« endlich in einer adäquaten Neuübertragung vor, die in ihrer luftigen Geschmeidigkeit offenbart, um welches Lesevergnügen die deutschen Leser bis dato gebracht wurden. Cheever eröffnet dem Leser, ähnlich wie in seinen »Wapshot«-Romanen, auch in »Willkommen in Falconer« einmal mehr tiefe, wenn auch literarisch verfremdete Einblicke in sein Seelenleben. Der Amerikaner, das offenbaren auch seine erschütternd schonungslosen, einer rückhaltlosen Selbstauslieferung gleichkommenden »Tagebücher«, muss etwa die Ehe mit seiner Frau als fortwährende Gefangenschaft erlebt haben. Er beschreibt sie als eine Art Dauerarrest seiner von wachsenden homosexuellen Neigungen umgetriebenen Seele, die nach nichts mehr hungert als nach Betäubung und dem Ausbruch aus jener Hölle namens Bürgerlichkeit, in der das Ehepaar Cheever »wie zwei angeschlagene Gladiatoren allmorgendlich um den Toaster kreist«. Betäubung boten Cheever rasch wechselnde Sexualpartner sowie Alkoholkonsum bis an den Rand der Selbstzerstörung (da musste, wenn sich nichts anderes bot, auch schon mal eine Flasche Haarwasser herhalten, um die flatternden Nerven zu beruhigen); den ersehnten Ausbruch aus seinem längst als verlogen empfundenen bürgerlichen Leben aber vollzog er in seinen Texten. Denn nur dort, in seinen Romanen und Stories, fand er die tatsächliche Erlösung von seinen Übeln, wenn er – lediglich mit Badeschlappen, Shorts und Feinripp-Unterhemd bekleidet – im Souterrain seiner abgedunkelten Wohnung an einem Campingtisch saß, neben sich ein Glas Whisky, und seine Erlösungsfantasien in die Underwood hämmerte. In ihnen gewann er jenen Abstand zu sich selbst, der es ihm ermöglichte, seine Sätze schonungslos wie Abrissbirnen gegen das morsch gewordene Fundament des eigenen Lebens und seiner flauen Familienlegende zu schleudern.

Und natürlich bildet auch in »Willkommen in Falconer« Cheevers eigene Biografie den Subtext seiner Geschichten. Doch anders als seine »Wapshot«-Romane oder »Die Lichter von Bullet Park« spielt der Autor in diesem Buch mal mehr, mal weniger ironisch mit den Elementen der Heiligenlegende: Auserwähltsein, Wunder und Prüfung, Verrat, Tod und Wiederauferstehung. Denn Farragut ist ein *Auserwählter* – an welchem sich die Wunder in der Gefangenschaft vollziehen: Er überwindet seine Heroinsucht (ohne es zu bemerken) – und findet als ein aufs Wesentliche reduzierter Mensch zu sich und seinem Schöpfer. Wie es Cheever dabei vermag, seine zwar realistischen, dabei aber stets symbolisch aufgeladenen Schilderungen des Gefängnisalltags regelmäßig ironisch-humoristisch zu brechen und zu unterlaufen, und zuletzt gar mit einer Wiederauferstehung zu beschließen, das hat auf seine Weise etwas unerwartet Triumphales.

Ezekiel Farragut, der etwa vierzigjährige verarmte Ostküstenprinz, hat allen Prüfungen am Ende erfolgreich getrotzt – geläutert darf er die Hölle auf Erden verlassen. Ob er die unversehens wiedergewonnene Freiheit jedoch tatsächlich zu nutzen weiß, das lässt der Roman bewusst offen. Nur so viel: Farragut hat gelernt, dass die Höllenqualen stets stärkere Empfindungen hervorbringen als die himmlischen Freuden.

Und er weiß nur zu gut, dass die Unfreiheit universell ist; war er doch als Verurteilter von der einen Gefangenschaft – der Ehe mit seiner spitzzüngigen Frau Marcia – in die nächste geraten. Mehr noch: Das Gefängnis scheint den Insassen auch befreiende Momente zu bescheren. Farragut jedenfalls findet hinter den Gefängnismauern zu jener *Clarté*, jener brennenden Bewusstseinsklarheit, die ihn die ganze Falschheit seiner Ehe und der gesellschaftlichen Konventionen erkennen lässt. So gelangt Farragut in der Gemeinschaft der Ausgestoßenen Zug um Zug zu einer Offenheit und Authentizität seiner Gefühle, wie sie ihm in seinem bürgerlichen Leben unerreichbar erschien: Einer Radikalität des Geistes, die befreiend wirkt.

Farraguts Alltag erleben wir als amüsantes episodisches Knasttheater, zu dem sein fortgesetzter Dialog mit dem eigenen Geschlechtsteil ebenso gehört wie die Massentötung von räudigen Katzen, die wiederkehrenden Erinnerungen an sein hinter sich gelassenes Familienleben oder die umkämpfte Hackordnung unter den Häftlingen. Dabei kommt der verurteilte Mörder ebenso wie der Leser immer wieder in den Genuss der raffinierten Selbstdarstellungslegenden seiner Mitgefangenen.

In Sequenzen von stupender Plastizität zeigt Cheever seinen Helden befreit von der ewig lähmenden Kontrolle durch seine Frau Marcia, deren wenige, gleichwohl Funken sprühende Auftritte zu den Glanzstücken des Romans zählen. Farragut beginnt eine homosexuelle Affäre, wird clean und lässt sich am Ende in einem Totensack in die ungewisse Freiheit hinausexpedieren. Doch er erlebt dies weniger als große Befreiung, sondern als das Ausgespucktwerden einer Jonah-Figur, die zwar dem Dunkel des Wals entkommt, darüber aber keineswegs in Ekstase gerät. Im Gegenteil: In seiner offensichtlichen Gleichgültigkeit erinnert Cheevers Protagonist an Albert Camus' »Fremden« Meursault, jenen indifferenten, pflanzenhaft anmutenden Akteur, der in seiner zärtlichen Gleichgültigkeit bis in den eigenen Tod hinein gefangen bleibt.

Die großen Dinge seines aus der Spur geratenen Lebens lassen Farragut merkwürdig kalt: der Umstand, zum Brudermörder gewordenen zu sein, ebenso wie die ihm zuteil gewordenen Kränkungen und Demütigungen. Doch eine Kleinigkeit kann schon genügen, um ihn aus der Haut fahren zu lassen. Gerade diese emotionale Schieflage Farraguts macht den eigentümlichen Reiz des Romans aus. Auf diese Weise unterläuft Cheever die Erwartungen des Lesers permanent und verführt zu genauem Hinsehen, nach dem Motto: Was interessiert uns diese langweilige Kain-und-Abel-Geschichte, wenn wir den Flug der Vögel beobachten können.

Gerade diese hell zündenden Momentaufnahmen sind Cheevers Stärke, sie lassen seine Texte regelmäßig von innen heraus leuchten wie eine Kerze einen Lampion. So lebt »Willkommen in Falconer« auch von den jähen, blitzlichthell umrissenen Sequenzen, in denen scheinbar kleine, alltägliche Clashs der Gefühle und Gedanken urplötzlich Dostojewski'sche Tiefe bekommen.

Auch in Büchern wie Hubert Selbys Gefängnisroman »Mauern« (1971), Stephen Kings »Green Mile« (1996) oder John Grishams Roman »Der Gefangene« (2006) begegnen wir Individuen, die hinter Anstaltsmauern dem amerikanischen Lebensmodell in seiner verdichtetsten Form ins Auge sehen – nämlich als alltäglichem und nicht selten bis aufs Blut geführtem Kampf ums Überleben auf allerengstem Raum. Doch Cheevers Protagonisten sind Wesen, die ihr Schicksal im Sinne Sartres anzunehmen pflegen. Von den Gedanken und Gefühlen, die sie dabei umtreiben, handelt sein zutiefst religiöser Roman.

Peter Henning
Köln, im Januar 2012